Über die Autorin

Deborah Bedford ist verheiratet und hat zwei Kinder im Teenageralter. Sie liebt Fliegenfischen, Baseball, Einkaufstouren mit ihrer Tochter und lange Spaziergänge mit ihrem Dackel. Eigentlich hat sie Journalismus studiert. Gleich ihr erster Roman wurde zu einem Überraschungserfolg und seitdem ist sie als Autorin tätig.

Deborah Bedford

Bis wir uns wiedersehen

Roman

Deborah Bedford

Bis wir uns wiedersehen

Roman

GerthMedien

Die englische Originalausgabe erschien
im Verlag Warner Books,
a Division of Hachette Book Group USA Inc., New York,
unter dem Titel „Remember Me".

Aus dem Englischen übersetzt von Silvia Lutz.

Dieses Werk wurde vermittelt durch die
Literarische Agentur Thomas Schlück GmbH, 30827 Garbsen.

Best.-Nr. 816 142
ISBN 978-3-89437-142-1
1. Auflage 2007
Umschlaggestaltung: Michael Wenserit
Satz: Typostudio Rücker
Druck und Verarbeitung: GGP Media GmbH, Pößneck
Printed in Germany

Für alle,
denen es schwerfällt
loszulassen.

Denkt zurück an das, was von Anfang an,
von der Urzeit her, galt:
Ich bin Gott – sonst gibt es keinen!
Es gibt keinen wie mich.
Ich habe von Anfang an das,
was kommen wird, vorausgesagt,
schon lange bevor es Wirklichkeit wurde.
Ich sage: „Was ich plane, steht fest.
Alles, was mir gefällt, führe ich auch aus.“

Jesaja 46,9–10

Teil 1

Der Anfang

Kapitel 1

Sam nimmt immer zwei Stufen auf einmal zur Haustür und stolpert über die Sohlen seiner ausgelatschten Sandalen in Größe 48. Einen Augenblick steht er da und atmet den morschen Geruch der Veranda ein, betrachtet die Scheiben der Glastür, die mit Salz und Schmutz überzogen sind, den runden, rostigen Türgriff, die Schindeln, von denen die Farbe abgeblättert ist.

Er atmet tief durch und klopft. Er weiß genau, was er sagen wird. Er ist über zwei Tage lang gefahren, um sie zu sehen, durch das endlose Nichts von Wyoming, die Weite des flachen Idaho, die Höhen im Osten Oregons und schließlich über die gewundene Schnellstraße, die steil zum Meer hin abfällt. Als er noch einmal an die Tür klopft, klappert der rostige Türrahmen. Die Vorhänge wackeln im Gleichklang mit seinen Fausthieben. „Allie! Ich bin es! Hallo!“

Es kommt ihm seltsam vor, dass der Hund noch nicht angefangen hat zu kläffen. Mox, die schwarz-weiße Promenadenmischung der McCarts, ist sonst immer der Erste, der ihn begrüßt.

Dann, nur Sekunden nach dem Hund, wird auch Allie kommen. Sie wird den Vorhang zur Seite schieben, um zu sehen, wer da ist, dann die Tür aufreißen und ihn angrinsen. Ihre Füße werden in spitz zulaufenden Pumps stecken, und ihre hellen Augen, die sie, wie er genau weiß, dick mit Kajal umrandet hat, damit sie wie Priscilla Presley aussieht, werden sich vor Freude ganz schmal zusammenziehen.

„Sam", wird sie sagen, „wusstest du, dass das Quaken einer Ente kein Echo erzeugt, und niemand weiß, warum das so ist?"

Er wird sie leicht boxen und sagen: „Ich falle nicht mehr auf deine blöden Geschichten rein. Das weißt du doch. Du brauchst es also gar nicht mehr zu probieren."

Als er versuchen will, sich mit der Klingel bemerkbar zu machen, stellt er fest, dass sie ausgeschaltet ist. Er rüttelt am Türknauf und horcht nach Geräuschen im Inneren des Hauses. Er klopft wieder, diesmal so stark, dass ihm die Knöchel wehtun.

Der Klang seines Klopfens verhallt, die Außengeräusche werden lauter. Die leichte Meerbrise bringt die Myrtenblätter zum Rascheln. Sam beugt sich zur Glasscheibe vor, versucht durchzuschauen, wischt mit dem Ärmel den Schmutz weg. „Allie?"

Als er sich wieder aufrichtet, steht jemand neben der Tür auf der Veranda. Eine Nachbarin – er glaubt sich zu erinnern, dass sie Mrs Branton heißt – betrachtet ihn mit argwöhnisch zusammengekniffenen Augen.

„Was willst du denn hier, Junge? Warum veranstaltest du so einen Lärm?"

Er ist immer noch so überrascht, weil bei den McCarts niemand zu Hause ist, dass er sie nur stumm anstarrt.

„Du störst die Leute. Das Gepolter hört man ja noch im nächsten Ort."

„Ich wollte niemanden belästigen."

„Aber das tust du. Ihr jungen Leute lebt in eurer eigenen Welt. Ihr denkt immer nur an euch selbst."

Sam spürt, wie sein Gesicht vor Verlegenheit errötet.

„Entschuldigung", sagt er. Dann: „Wissen Sie, wo sie sind?"

„Wer?"

„Die McCarts."

„Oh, meine Güte! Du bist doch nicht etwa ihretwegen da?"

Er nickt.

„Sie sind nicht mehr da."

Sam weiß nicht, was er sagen soll.

„Sie haben sich nicht einmal die Zeit genommen, das Haus zu verkaufen. Dafür waren sie viel zu schnell verschwunden. Sie sind einfach auf und davon. Alles an einem Tag."

„Wissen Sie, wohin? Warum?"

„Sie haben das Auto vollgepackt und die Tür zugesperrt. Mehr weiß keiner hier. Seitdem hat sie niemand mehr gesehen."

„Aber die Boote …"

„An eine andere Firma verkauft. An irgendwelche Leute aus Portland, die sich nicht fürs Fischen interessieren. Sie haben alles bunt angestrichen und fahren mit Touristen hinaus, die die Wale sehen wollen."

Von der Stelle, an der er steht, sieht Sam den langen Strandstreifen und das Wasser, das ihm entgegenfunkelt. Die silbernen Strahlen brennen ihm in den Augen. Irgendwo in der Nähe der Klippen liegen sicher die Seehunde in der Sonne.

„Du bist wahrscheinlich genauso wie alle anderen Jungen. Jeder hier war hinter Allie her."

Ihre Worte prasseln wie Steine auf ihn nieder, fallen herab, erscheinen ihm nicht real. Er wendet sich von Mrs Branton ab, probiert ziellos, noch einmal den Türknauf zu drehen, und denkt: Ich bin nicht hinter ihr her, nein. Es ist viel mehr. Dann denkt er: Herr, ich dachte, du willst, dass wir zusammenbleiben. Wie konntest du es so enden lassen?

*

Als Sam Tibbits ein kleiner Junge war, fand er es unmöglich, an etwas anderes zu denken als an das Meer, das an den Strand rollte, und an die Flut, die mit atemberaubender Geschwindigkeit den Fluss hinaufdrängte.

Er wollte so tun, als gehörte er das ganze Jahr über hierher, als wäre er kein Besucher aus der Stadt und dazu verurteilt, nach ein paar Wochen wieder wegzufahren. Er wollte wissen, um welche Uhrzeit die Gezeiten wechselten, und den Dieselgeruch der Boote kennen und wissen, mit welchem Köder er welche Fische an seinen Angelhaken locken konnte.

Etwas in ihm erwachte jedes Mal neu zum Leben, wenn er nach Piddock Beach kam. Er wollte ein Junge vom Meer sein.

Seit dem Augenblick vor sieben Jahren, als sein Vater ihren Wagen das erste Mal vor dem Motel geparkt hatte und Sam sich nach vorne schob und dabei seine Mutter auf ihrem Sitz fast zerquetschte, konnte er es nicht erwarten, zum Wasser zu kommen.

„Langsam, junger Mann! Der Strand wird dir in den nächsten fünf Minuten nicht davonlaufen." Aber seine Mutter tastete trotzdem nach dem Griff, um ihn hinauszulassen, dicht gefolgt von seiner siebenjährigen Schwester Brenda.

„Kann ich die Schaufel aus dem Kofferraum haben?"

Sein Vater stieg aus und ging zum neonbeleuchteten Rezeptionsraum. „Ich melde uns erst an, mein Sohn."

„Aber es wird bald dunkel. Wenn ich nichts sehe, kann ich nichts ausgraben."

„Es wird höchstens eine Minute dauern."

„Papa, wir haben jetzt *drei Tage* im Auto gesessen." Sie waren, wie es ihm vorkam, eine Ewigkeit in den Wagen gepfercht gewesen, hatten quer durch das Land Autoradio gehört und Frischhaltefolie von belegten Broten gewickelt, die nach überreifem, warmem Schinken rochen.

Aber Edward Tibbits ging unbeirrt weiter.

„Wer weiß!", rief Sam den breiten Schultern seines Vaters nach. Er ließ nicht locker. „Vielleicht grabe ich vor dem Abendessen noch ein paar Venusmuscheln aus, wenn du mich jetzt gehen lässt."

Sein Vater drehte sich um. Ein paar Sekunden lang beobachtete Sam, wie sich der Gesichtsausdruck seines Vaters veränderte: der erste Hinweis darauf, dass sich sein Vater seit Monaten das erste Mal entspannte, während er die salzige Meeresluft einatmete.

Mit einem verständnisvollen Lächeln warf ihm sein Vater die Autoschlüssel zu. „Du willst keine Zeit verlieren, was, Junge? Na, dann hol dir deine Schaufel."

„Danke." Sam fing die Schlüssel in der Luft auf.

Eine lange Liste von Ermahnungen folgte aus dem Mund seiner Mutter: „Du passt auf deine Schwester auf, Sam. Geh nicht zu nah ans Wasser. Vergiss nicht, dass du diese Hose die ganze Woche anziehen musst; mach sie nicht gleich am Anfang schmutzig." Ihre Stimme hätte genauso gut im Wind davonsegeln können. Sam holte seine Schaufel und sprintete zum Strand, lief eine Reihe wackeliger Stufen hinab und drehte sich gereizt zu seiner lästigen kleinen Schwester um. Brenda klammerte sich an das Geländer und stieg die verwitterte Treppe hinab. Ihre Sandalen klapperten auf dem Holz.

„Du läufst zu *schnell*“, beklagte sie sich. „Du sollst auf mich aufpassen, hat Mama gesagt.“

„Du musst dich nicht festhalten, Brenda. *Lauf* einfach. Komm jetzt weiter.“

Als sie ihn einholte, saß er bereits im Dünengras und zog seine Schuhe aus. Er ließ die Socken zusammengeknüllt liegen, schnappte sich die Schaufel und raste zum Wasser.

„Ich muss meine Schuhe ausziehen, Sam. Warte auf mich!“

Die Sonne begann unterzugehen und warf einen silbernen Schein auf das Wasser, das an den Strand rollte. Eine Schar Kiebitze stolzierte auf zahnstocherdünnen Beinen herum.

„*Aaaaah!*“, grinste Sam. Nasser Sandstrand unter seinen nackten Füßen! Nichts auf der Welt konnte ihn jetzt noch zurückhalten.

„Ich habe einen Splitter in der Hand! Kannst du den rausholen?“ Brenda hielt ihm ihre kleine, schmutzige Hand vors Gesicht.

„Das musst du jetzt aushalten, Brenda.“

Eine weitere Welle rollte auf sie zu. Als das Wasser wieder zurücklief, blubberten Luftblasen aus dem Sand um sie herum. Früher hätte Sam gedacht, diese Blasen zeigten an, wo Venusmuscheln zu finden seien. Jetzt wusste er es besser. Er hatte einen Freund in der Schulbibliothek, Mr Crisp, der ihm Bilder in Büchern gezeigt und ihm erklärt hatte, dass er nicht nach Löchern Ausschau halten sollte, sondern nach aufgewühlten Vertiefungen, Spuren der Venusmuscheln, die sich im seichten Wasser am Ufer eingruben.

Sam machte sich auf die Suche nach solchen Spuren und achtete überhaupt nicht mehr auf seine Schwester. Er erspähte eine vielversprechende Stelle und begann zu graben. Er bohrte seine Schaufel in den Sand, häufte ihn auf und durchwühlte ihn dann mit den Fingern, ganz sicher, dass er etwas zum Abendessen gefunden hätte.

Aber nein. Nichts.

Er versuchte es an einer anderen Stelle, während Brenda hinter ihm hertrottete. Ihre Schuhe quietschten und blubberten, da sie nicht die Zeit gehabt hatte, sie auszuziehen. Die Hand mit dem Splitter hielt sie immer noch hoch, die Finger wie einen Seestern abgespreizt. „Sammy Tibbits! Wenn du nicht auf mich aufpasst, wird Mama dir den Hintern versohlen."

Sam verdrehte die Augen und machte sich daran, den Sand umzugraben, bevor er schließlich die Schaufel in die Erde steckte und enttäuscht den rötlichen Sonnenuntergang anstarrte. Er war so sicher gewesen, dass er Muscheln finden würde.

In diesem Moment bemerkte Sam das Mädchen, das draußen stand, wo die Wellen sich brachen und über das Ende des Piers rollten. Ihre Silhouette vor dem immer dunkler werdenden Himmel ließ die Beine des Mädchens so dürr wie die eines Strandläufers aussehen. Er konnte nicht anders, er musste sie einfach anstarren. Sie starrte zurück, als prüfte sie Sam, als wüsste sie bereits, dass ihre Rolle in seinem Leben eine große Sache sein würde.

„Sammy", quengelte Brenda. „Ich sag's Mama!"

„Okay." Sam drehte sich zu seiner Schwester um. „Papa

hat eine Pinzette im Handschuhfach. Wir gehen zurück, damit er deine Hand verarzten kann."

Das Mädchen hüpfte leichtfüßig in einem flatternden, gelben Hosenrock von einem Felsen zum anderen auf sie zu. Sam sah, dass sie ihm etwas zurief. Die Gischt brandete gegen den Pier. Sie sprang so selbstsicher von den Felsen, dass man meinen konnte, der Strand gehöre ihr.

„Wenn du so weiterbuddelst, findest du gar nichts."

„Ach nein?"

„Nein. Gar nichts." Die Lücke zwischen ihren Schneidezähnen machte ihr Lächeln interessant. Ihre Augen waren von einem klaren Flaschengrün.

„Jeder sagt aber, dass man es so machen soll."

„Sagen kann man viel." Er konnte sehen, wo sie sich über ihre Wange gewischt und Sandspuren hinterlassen hatte. Auch ihre Locken waren salzverklebt und standen wie die Scheren eines Krebses von ihrer Stirn ab. „Aber anscheinend hat es dir nie jemand *gezeigt*."

„An diesem Strand gibt es sowieso keine Venusmuscheln."

„Meinst du?" Sie schob sich eine Haarsträhne aus den Augen. „Schau", forderte sie ihn auf und nahm ihm die Schaufel aus der Hand. „Ich zeige dir Venusmuscheln."

Mit Brenda im Schlepptau folgte er dem Mädchen, während sie mit schmutzigen, nackten Füßen durch das seichte Wasser watete. Als Sam es am wenigsten erwartete, stieß sie die Schaufel in den Sand und begann so schnell zu buddeln, dass er ihren Bewegungen kaum folgen konnte.

„Keine Muscheln an diesem Strand, was?", fragte sie, während sie eine herauszog und ihm reichte. Dann fand sie noch eine. Und noch eine.

Sam hätte sich ärgern können, weil nicht er es war, der

die Muscheln aus dem Sand grub, doch war seine Begeisterung größer als sein verletzter Stolz. Es waren die größten, dicksten, rundesten Venusmuscheln, die er je gesehen hatte! Sam hatte kleine Muscheln erwartet, wie es sie in Restaurants gab.

„Wollt ihr die mitnehmen? Halt deine Bluse auf." Das Mädchen bot sie Brenda an. „Willst du noch mehr? Von diesen paar wird niemand satt."

Brenda blickte mit unverhohlener Bewunderung zu ihr auf. „Wir brauchen ganz viele."

Das Mädchen blieb bis zum Einbruch der Dunkelheit bei ihnen, grub im Sand und warf Muscheln in Brendas ausgebreitete Bluse. „Du solltest auch ein paar mitnehmen", versuchte Sam, höflich zu sein.

„Das kann ich nicht", erwiderte sie und wischte die Haare aus ihrer Stirn. „Ich bringe sowieso ständig welche nach Hause. Mein Vater hat gesagt, dass ich keine mehr mitbringen soll." Sie deutete zu einem Licht, das gerade am westlichen Horizont aufgetaucht war, ungefähr eine halbe Meile draußen auf dem Meer. „Seht ihr das?"

„Ja."

„Ich muss jetzt los. Das ist das Boot meines Vaters. Er kommt nach Hause."

Sam nahm seine Schaufel wieder in Empfang.

„Wie lang bleibt ihr hier?"

„Eine Woche."

„Das ist länger, als viele andere bleiben."

Erst als sie schon weg war, wurde ihm bewusst, dass er sie nicht nach ihrem Namen gefragt hatte. Nur ihre Fußabdrücke waren noch im weichen Sand zu erkennen.

*

Als Sam und Brenda auf der Türschwelle zu Zimmer 3 im Motel standen und ihre Mutter ihnen die Tür öffnete, keuchte sie laut. Edward schüttelte stolz den Kopf. „Wie ich sehe, war es richtig, dich an den Strand zu lassen, Junge. Er ist losgelaufen und hat uns unser Abendessen geholt, genau wie er gesagt hat!"

„Edward, hol den beiden ein Handtuch. Ihr zwei kommt mir nicht herein, wenn ihr euch nicht vorher abtrocknet. Oh, Brenda, schau dich nur an! Du hast deine ganze Bluse ruiniert."

„Ich gehe sofort zur Anmeldung und leihe mir einen Topf aus", verkündete ihr Vater. „Wir haben nichts, das groß genug wäre, um diesen riesigen Fang zu kochen."

Leise flüsterte Sam seiner Schwester zu: „Nichts verraten."

„Nein", flüsterte sie zurück.

Kapitel 2

Möwen hingen am nächsten Morgen wie an den Kai gebundene Drachen in der Luft, als sein Vater Sam mitnahm, um sie beide für eine Fahrt mit einem Fischerboot anzumelden. Hin und wieder landete eine Möwe auf dem verwitterten Schild, auf dem *McCarts Köderladen* stand, legte ihre Flügel an und betrachtete mit gelben Augen die Fischwaagen auf dem Pier.

„Es hat keinen Sinn, für mich einen Platz auf dem Boot zu buchen", hatte Sams Mutter ihnen erklärt, während sie den Topf an diesem Morgen zum zweiten Mal schrubbte, bevor sie ihn zurückgeben wollte. „Ich würde nur seekrank werden und mir Sorgen machen, Brenda könnte ins Wasser fallen."

„Wir sind im Urlaub, um als Familie gemeinsam etwas zu unternehmen, Terrie. Das machen wir einmal im Jahr."

„Es macht mir keinen Spaß zuzuschauen, wie etwas hereingezogen wird und nach Luft schnappt, bis es stirbt. Die Fische tun mir so leid! Ich würde viel lieber mit Brenda in die Stadt gehen und ihr Schulkleidung kaufen."

„Dabei würde *ich* nach Luft schnappen und sterben", bemerkte Sams Vater.

Und so waren sie jetzt nur zu zweit hier, um Plätze auf einem Fischerboot zu reservieren.

Sein Vater drückte die Tür zum Köderladen auf. Sam fand, dass dieser Laden innen sogar noch mehr nach Fisch roch als außen. Krebsfallen aus Hühnerdraht baumelten über ihren Köpfen. Hinter der Theke hingen drei verblasste, staubige, gerahmte Fotos von Fischerbooten – die *Westerly*, die *Stately Mary* und die *No Nonsense*. Sein Vater deutete auf die Fotos. „Haben Sie morgen noch für zwei Leute Platz auf einem dieser Boote?“, fragte er.

Der Mann, der hinter der Registrierkasse stand, sah aus wie ein typischer Fischer mit seinem gegerbten Gesicht und dem Schnurrbart, der so weiß war wie der Bauch einer Elritze. Er zog einen schwarzen Ordner mit rostigen Ringen und eingerollten Kanten heraus.

Edward stützte seinen Ellbogen auf die Theke. „Wir würden gern zum Lachsfischen mitfahren, wenn das möglich wäre.“

Der Mann trug ein rot kariertes Hemd und darüber einen grünen Schottenpullover. Auf einem Button, der an seiner Brust steckte, stand: EIN ECHTER FISCHER ZIEHT ALLES AN LAND. „Wenn Sie Lachse sehen wollen, dürften Sie in diesem Jahr Glück haben. Bis jetzt ist es ein wirklich gutes Jahr.“

Draußen vom Pier ertönten kratzende Geräusche und man hörte das Schlagen von Seilen. „Carl“, rief jemand. „Komm raus und binde uns fest.“

„Jetzt kommen sie gerade zurück.“ Der Mann namens Carl schlug den Ordner zu, lief hinaus und ließ sie an der Theke stehen.

Sam zuckte die Achseln. Sein Vater nahm ihn an der Hand. „Was meinst du? Wollen wir schauen, was sie gefangen haben?“ Sie gingen hinaus und halfen, das Boot zu vertäuen. Der Kapitän stieg von der *Westerly*, um den Damen mit ihren Sonnenhüten beim Aussteigen zu helfen, während die Männer in Bermudashorts ohne fremde Hilfe an Land gingen. Ein älterer Junge, braungebrannt und drahtig, öffnete einen Kühlbehälter an Bord und begann, den Fang dieses Tages auf den Kai zu laden. Das war offenbar kein Lachsfang, sondern eher eine Fischtour am Meeresboden nahe am Ufer gewesen, schloss Sam. Der gefleckte, rostige Körper eines Lingcods, die silberne Schleife eines Aals und eine große Ansammlung kleinerer Wolfsbarsche landeten auf dem Kai.

„Ich habe noch zwei Leute, die morgen mit dir hinausfahren wollen, McCart. Bist du bereit, eine Gruppe mit in tiefere Gewässer hinauszunehmen?“

„Weiß nicht. Eigentlich habe ich genug Leute ...“

„Ich kann die Fahrt machen, wenn du willst.“ Das Mädchen vom Kai trat auf dem Deck vor. Die Ruten und Köder in ihrer Hand baumelten wie Windspiele. „Ich würde das *gern* machen.“ Als Sam sie erkannte, wusste er, dass dieser Tag soeben noch interessanter geworden war.

Er wartete, ob sie verraten würde, dass sie sich gestern Abend getroffen hatten. Er fürchtete, sie könnte vielleicht sagen: „Ach, *du* bist doch der, für den ich gestern die ganzen Muscheln ausgraben musste.“ Aber sie sagte nichts. Sie lächelte Sam nur an, und ihn erfüllte eine tiefe Dankbarkeit.

Das Mädchen mit den flaschengrünen Augen steckte zwei Ruten in die Metallhalterungen an der Reling und sprang ans Ufer. „Zu den Fahrten in tiefere Gewässer muss nicht immer Ken mitfahren.“

„Walter McCart.“ Der Kapitän der *Westerly*, ein Mann mit einem eckigen, faltigen Gesicht und blauen Augen, reichte Sams Vater die Hand. Steife Strähnen brauner Haare schauten unter seiner Strickmütze hervor. Er sah genauso wettergegerbt aus wie der Mann, der im Köderladen ihre Reservierung entgegengenommen hatte. Ohne seine Tochter zu beachten, deutete der Kapitän zu dem Jungen neben sich, der die Fische ausgeladen hatte. „Das ist mein Sohn, Ken. Er wird diese Boote eines Tages übernehmen."

Obwohl seine Gesichtszüge etwas schlicht wirkten, stand Ken groß und gerade wie der Mast eines Segelbootes da. Seine braunen Haare waren zerzaust, seine Augen waren dunkler als die seines Vaters und seine Zähne so weiß wie der Rumpf des Bootes neben ihm. „Freut mich, Sie kennenzulernen. Hallo, Sam."

„Freut mich auch, dich kennenzulernen, Ken." Edward reichte ihm ebenfalls die Hand.

„Er hat erst vor kurzem seinen Adler bekommen, ist das nicht eine Ehre für einen Pfadfinder? Und in seiner Baseballmannschaft ist er jetzt der beste Schläger."

McCart pries die Leistungen seines Sohnes, bevor er anscheinend bemerkte, dass Sam den einzigen Menschen betrachtete, der nicht vorgestellt worden war, das Mädchen, das an der Seite seines Vaters stand.

„Ach, und das hier ist meine Tochter. Allie."

„Allie", wiederholte Sam. „Hallo, Allie."

„Soll ich dir zeigen, wo man sich auf einem Boot überall verstecken kann?", fragte sie.

Er nickte. „Ja."

Während die Männer im Büro alles für den Ausflug klärten und Ken eine Ladung Fische wegbrachte, die in der Konservenfabrik filetiert wurden, kletterten die Kinder auf das Boot. Allie zeigte Sam, wie sich die langen, weißen Holzbänke auf dem Schiff aufklappen ließen. Unter den Sitzen waren Kammern, in denen Rettungswesten verstaut waren.

„Kletter rein", sagte sie.

„Was?“

„Wenn ich dich mit Rettungswesten zudecke und den Deckel zumache, wird niemand wissen, dass du hier bist.“

„Du setzt dich dann auf die Bank“, argwöhnte Sam. „Du bleibst auf mir sitzen und lässt mich nicht mehr hinaus.“

Aber sie kletterte als Erste hinein. „Deck mich zu.“

„Du meinst, dass wir uns *beide* da drin verstecken?“

„Beeil dich. Ken ist bald zurück. Er macht das Deck sauber und zwingt mich dann, nach Hause zu gehen.“

„Ich weiß nicht ...“

„Hast du Angst? Schau, du bleibst hier nicht stecken. Die Bank kann man nicht verriegeln.“

Wenn Sam das nicht tat, wäre es das zweite Mal, dass er sich vor diesem Mädchen blamierte. Er kletterte auf die Rettungswesten und begann, sie über sich zu stapeln. Als Allie sich hingelegt hatte, zog sie den Deckel über ihnen beiden zu.

„Pass auf deine Hände auf“, flüsterte sie.

„Ich kann nichts ... sehen ...“

„Du brauchst nichts zu sehen. Du musst nur die Ohren spitzen.“

„Allie? Bist du da?“

„Pass auf, dass du nicht zu viel atmest. Sonst geht dir vielleicht die Luft aus.“

Diese Warnung veranlasste Sam, entsetzt die Luft anzuhalten. Wie Allie gesagt hatte, schienen sich die Geräusche um ihn herum zu verstärken. Das Klatschen der Wellen gegen den Kai, das melancholische Klingeln der Bojen draußen in der Bucht, die Jukebox, die in einem Café am Ufer „Tom Dooley“ spielte.

„Er wird bald kommen“, flüsterte sie.

„Warum lässt Ken dich nicht an Bord bleiben? Wenn das Boot doch deinem Vater gehört?"

„Ken glaubt, er könne alles bestimmen." Er spürte, wie sie seinen Arm berührte. „Sei einfach ruhig."

In diesem Augenblick hörten sie Schritte auf den Planken und jemanden eine Melodie pfeifen. Ein Wasserschlauch prallte auf das Holz. Der Wasserhahn quietschte. Dann prasselte ein Wasserstrahl in kurzen, abgehackten Sequenzen gegen die Seite des Bootes.

Sie hatten keine Ahnung, wie viel Zeit vergangen war. Das Wasser lief über das Deck, tropfte ins Meer unter ihnen. Auch das klang wie Musik.

Schließlich, als der Schlauch wieder auf dem Boden aufschlug und der Wasserhahn quietschend abgedreht wurde, wartete Sam darauf, dass die Schritte sich entfernen würden. „Ich habe immer noch genug Luft, Allie."

„Das war nur ein Scherz."

Er begann, sich aus den Rettungswesten nach oben zu schieben.

„Nein, warte. Bleib ruhig liegen. Nur noch eine Minute."

„Warum?"

„Ich fühle mich immer sicher, wenn sie nicht wissen, wo ich bin."

„Das ist verrückt, Allie."

„Vielleicht."

„Hast du ein Fahrrad? Wenn du eins hast, kann ich dir beibringen, wie man auf der Bordsteinkante fahren kann, ohne hinunterzufallen."

„Okay."

„Am Anfang kann es ein bisschen unheimlich sein."

„Hast du das Bestattungsinstitut in der Hauptstraße

gesehen? Weißt du, was das Unheimlichste ist, was ich je getan habe?"

„Nein. Was?"

„Meine Freunde und ich haben uns einmal da reingeschlichen und die Särge ausprobiert."

Sam wusste nicht genau, was er sagen sollte. Das war eindeutig unheimlicher als Fahrradfahren auf der Bordsteinkante.

„Es war irgendwie so ähnlich wie das hier."

„Ich will jetzt wieder raus."

„Wir wollten wissen, ob die teuren bequemer sind als die billigen."

Ein anderes Boot musste vorbeigefahren sein, denn er hörte einen Motor dröhnen, und die *Westerly* begann, mit den Wellen zu schwanken. Dieselabgase brannten Sam in der Nase. Das Boot begann zu schaukeln, als die größten Wellen es ergriffen.

„Und?", fragte er. „Waren sie es?"

„Waren sie was?"

„Bequemer?"

„Sie waren alle gleich." Sie war eine Weile still. Dann flüsterte sie: „Er ist weg." Als sie sich mühsam aufsetzte, warf sie mit den Rettungswesten um sich, und er spürte ihre Bewegungen am ganzen Körper. Sam schob den Deckel auf, und beide wurden vom Sonnenlicht geblendet.

So würde er sich in den Jahren, die er mit Allie in Piddock Beach verbrachte, jeden Sommer fühlen: Als würde sie pures Licht in sein Leben gießen und sie beide damit blenden.

Unter dem Kai, am unteren Ende der alten Leiter, die zur Wasserlinie hinabführte, trieb eine Plattform. Drei Seehunde schliefen darauf. Allie nahm eine Handvoll

Köderfische aus der Kühlkammer ihres Vaters und warf sie über die Seite.

Ein Seehund erwachte und rollte sich rückwärts ins Meer. Ein anderer, der drei Meter weiter aufgetaucht war, sprang nach einem Fisch und brachte die Plattform ins Schwanken. Sie fielen alle hinein, klagend, bellend, während ein Pelikan den Kopf hob und mit seinem Kropf wackelte, um sich über den Lärm zu beschweren.

„Wusstest du, dass ein Rhinozeroshorn aus gepressten Haaren besteht?", fragte er.

„Wusstest du, dass ein Kugelfisch zwei Tage lang die Luft anhalten kann?", konterte sie.

„Du glaubst wohl, du wüsstest alles."

„Vielleicht weiß ich ja auch alles."

Sie starrten sich in einer schweigenden Herausforderung stumm an. Später konnte keiner mehr sagen, wer mit diesem Wettkampf angefangen hatte. Sie liefen den Pier hinauf, lachten, schoben sich zwischen den Leuten durch und landeten genau zur gleichen Zeit im Seegras am Ende des Kais. Dann wandten sie ihre Gesichter zu den Wolken hinauf, die vom Pazifik heranrollten.

*

„Dann will ich dir wenigstens ein Stück Kuchen anbieten."

Mrs Branton hat eine Schürze mit Blumenmuster an, die so eng um ihre Taille gebunden ist, dass ihr Bauch sich wie Teig darüberlegt. „Wenn er bei dem Lärm, den du veranstaltet hast, nicht zusammengefallen ist, müsste er jetzt fertig sein."

Sam ist 19. Solange er an der Iowa-State-Universität moderne Kunst studiert, wird er nicht nach Vietnam gehen. Er hat einen Job in der Mensa, wo er Essen serviert. Im April, in der Woche vor Ostern, reichte er gerade einen Teller mit Hackbraten und Pommes über die Theke, als sich etwas in seinem Kopf und in seinem Herzen meldete. Ein heiliges Drängen, das direkt und konkret zu ihm sprach. Anders kann er es nicht beschreiben.

„Ich habe dich erwählt, Sam Tibbits. Du sollst denen Nahrung geben, die ich liebe."

Immer noch mit dem Teller in der Hand stand er da und starrte die Studentin an, die aussah, als hätte sie die ganze Nacht gelernt und sich seit drei Tagen nicht mehr umgezogen.

Wenn das jetzt das ist, was ich glaube, überlegte er, wenn das Gott ist, der mich beruft, sollte ich dann nicht noch mehr hören?

Aber er hörte nur den Teller des Mädchens klappern, als sie ihn auf ihr Tablett stellte, er hörte das Klirren des Bestecks, die lauten Stimmen, die die Cafeteria erfüllten, die nächste Person in der Schlange, die gebratenes Hühnchen mit grünen Bohnen bestellte.

In diesem Sommer ist sein Kopf voller Fragen. Er sehnt sich danach, mit Allie zu sprechen und zu hören, was sie davon hält, dass er Theologie studieren will. Er weiß von seinen jährlichen Besuchen bei ihr, dass ihr Vater nie mit ihr zur Kirche geht. Und ihre Meinung wird im Vergleich zu der von Pastor Wiley nicht viel zählen, dem Mann, der Sam taufte, als er neun war, der ihm ungefähr tausend Fragen stellte, als er seine Geschichte hörte, der einen Kollegen an der Bibelschule anrief und sagte: „Mir sitzt ein junger Mann gegenüber, der eine heilige Berufung für sein Leben hat. Ich möchte Ihnen diesen Mann von ganzem Herzen empfehlen."

Aber Allies Meinung hat für ihn immer viel mehr gezählt, als er je zugeben würde. Er muss sie sehen. Er muss in ihre Augen schauen, wenn sie diese Nachricht hört.

Sie wird lachen, wenn er ihr sagt, dass er glaubt, er solle Pastor werden. Sie wird ihm in die Rippen boxen, wenn er ihr sagt, dass Gott zu ihm gesprochen hat, während er Hackfleisch über die Theke reichte. Sie wird den Kopf schütteln, wenn er ihr von dem Scheck für die Studiengebühren erzählt, den ihm jemand aus Nebraska, den er nicht einmal kennt, mit der Post geschickt hat.

Wenn er sie überreden kann, mit ihm zu kommen, könnte dies sein letzter Ausflug zum Meer sein.

Mrs Branton schaut ihn mit zusammengekniffenen Augen an. „Sie hat dir Briefe geschrieben? Vielleicht weißt du etwas, das wir nicht wissen."

„Ein paar Briefe, ja. Aber das ist schon mehrere Monate her." Er denkt an ihren letzten Brief, sieht ihn vor sich, wie er ihn aus seinem Briefkasten im Studentenwohnheim holt und Allies Handschrift darauf erkennt und die Handschrift seiner Mutter, die darübergeschrieben hat: Weitersenden nach Madison Hall, Zi. 211, Ames, Iowa.

„Sie sind seit fast zwei Monaten fort."

Sam versucht, sich an das Datum, den Poststempel zu erinnern, an etwas, das sie geschrieben hat und das ihm einen Hinweis geben könnte. Er erinnert sich, dass ihre letzten paar Briefe nicht sehr befriedigend gewesen waren, zu allgemein, nicht Allies normale Mischung aus Scherzen und Geschichten. Sam sieht sich die Blätter wieder in den Umschlag stecken und den Brief als Lesezeichen in seinem Psychologiebuch verwenden. Er musste für die Zwischenprüfungen pauken.

„Jedes Fenster ist fest verriegelt." Mrs Branton faltet die

Schürze in ihren Händen zusammen und wieder auseinander. „Wir konnten es nicht aushalten. Nach drei Wochen oder so trug Philip die Leiter hinüber und kletterte hinauf, damit er hineinschauen konnte. Es war so seltsam."

„Was war seltsam?"

„Die Zeitung lag immer noch aufgeschlagen neben Walter McCarts Stuhl. Mox' Futter war noch in der Schüssel. Allies Teebeutel lag auf einer Untertasse. Als hätte sie vorgehabt, gleich wiederzukommen."

Hätte er aus irgendetwas in ihren Briefen schließen müssen, dass etwas nicht stimmte? Die ganze Zeit ringt Sam mit seiner Enttäuschung. Jetzt packt ihn auch noch die Angst. „Glauben Sie, ihnen könnte etwas passiert sein? Hat irgendjemand die Polizei benachrichtigt?"

„Natürlich haben wir daran gedacht. Aber wir sind Nachbarn, keine Verwandten. Sie können sonst wo hingefahren sein, und wir würden uns nur zum Narren machen, wenn wir behaupteten, sie würden vermisst."

Sam kann an nichts anderes denken als daran, zum Strand hinunterzugehen und sich in den Sand zu setzen. Er will seine Zehen tief in den Sand bohren, wo er kalt und nass ist. Er will dem Ozean Fragen stellen, zuschauen, wie die hohen Wellen auf ihn zurollen, wie das Blau dunkler wird, wenn die Wolken sich vor die Sonne schieben.

„Haben Sie mit Carl gesprochen? Glauben Sie, dass er vielleicht etwas weiß?"

„Carl ist schon lange nicht mehr hier. Er hat eine gewisse Esther geheiratet und ist mit ihr nach Medford gezogen, als McCart die Boote verkaufte."

„Einen Versuch wäre es wert. Vielleicht weiß er etwas."

„Ich habe sie ins Auto steigen sehen. Das ist das Komi-

sche dabei. Ich hätte mir etwas dabei denken sollen. McCart hatte die Hand auf ihrem Arm."

Sie zeigt Sam einen festen Griff über dem Ellbogen, während sein Herz sich zusammenzieht und seine Kehle wie zugeschnürt ist.

„Das hat er gemacht? Als zwinge er sie zu gehen?"

„Ja. Leider."

Sam kann riechen, wie der Kuchen im Haus anbrennt. Er weiß, dass sie es auch riecht. Aber sie stehen beide da und schauen sich noch einen Moment an und fragen sich, ob einer von ihnen jetzt irgendetwas für Allie tun könnte.

Kapitel 3

Jedes Jahr ging der Urlaub der Tibbits mit dem gleichen Vater-Sohn-Ritual zu Ende: Edward und Sam saßen auf einem Stück Treibholz, das ans Ufer geschwemmt worden war, und schauten zu, wie die Felsen sich vor dem letzten Sonnenuntergang über dem Meer in Silhouetten verwandelten und wie das letzte goldene Licht seine Finger in den dunklen Himmel spreizte. Am Morgen, bevor sie abfuhren, gab es immer ein allgemeines Schulterklopfen auf dem Pier und das Versprechen von Walter McCart, dass sie im nächsten Jahr zusammen noch mehr Fische fangen würden. Brenda bettelte jedes Mal um eine Kirschlimonade, bevor sie die Stadt verließen. Und Allie kam jedes Jahr mit einer zusammengeknüllten Papiertüte den Gehweg entlanggelaufen, keuchte schwer, weil sie sie beinahe verpasst hätte, warf ihm die Tüte zu und sagte: „Das ist für dieses Jahr dein Geschenk von mir, damit du mich nicht vergisst."

„Was ist das?"

„Schau rein, dann siehst du es."

Jedes Jahr öffnete Sam die Tüte und fand irgendeinen Schatz darin. In einem Jahr war es etwas Hartes und Spitzes. Er zog die aufgeblasene Hülle eines Kugelfisches heraus, dessen getrocknete Gräten in alle Richtungen abstanden. Zwei falsche Augen, bewegliche Scheiben aus Weiß und Schwarz, waren in die Augenhöhlen geklebt.

„Lass mich raten", sagte er. „Er ist gestorben, weil er zu lange die Luft angehalten hat."

„Halt einfach den Mund."

„Wusstest du, dass eine Libelle nur zwei Tage lebt? Das ist genauso lange, wie ein Kugelfisch die Luft anhalten kann."

„Schreib mir", sagte sie, wie jedes Jahr.

„Das werde ich."

„Versprichst du es?"

„Ja. Ich verspreche es."

Damit brachen die Tibbits zu ihrer langen Heimfahrt nach Iowa auf. Sam winkte auch dann noch, als er Allie nicht mehr sehen konnte. Wenn sie die Grenze zum nächsten Bundesstaat erreichten, dachte er schon wieder an alles, was vor ihm lag, und nicht mehr an das, was hinter ihm lag. An das Gras in Nachbars Garten, *stöhn*. An das Freibad. An seine Baseballmannschaft.

Vielleicht würde seine Mannschaft dieses Jahr aufsteigen; das erschien ihm alles plötzlich viel wichtiger als seine Urlaubserlebnisse. Sam liebte es, mit seinen Mannschaftskameraden auf der Bank zu sitzen und zu johlen, wenn jemand einen Treffer landete. Er liebte es, an den Aufschlagpunkt zu treten und an seiner Unterlippe zu kauen, während er den Pitcher anstarrte.

Bis jetzt hatte Sam sich noch nicht viele Gedanken um Mädchen gemacht. Es gab ein paar, die seine Freunde gern neckten, indem sie ihnen die Bücher klauten oder ihre Spindtüren zuschlugen. Aber in einer Jungenclique durch die Schulgänge zu schlendern und über die Prognosen der nächsten Saison zu diskutieren, erschien ihm wichtiger als irgendetwas, das mit Mädchen zu tun hatte. Im Park grillen und zuschauen, wie Plastikgabeln im Feuer schmelzen und sich verformen, war viel faszinierender als irgendetwas an den Mädchen. Deshalb behielt Sam die Geschichten mit Allie für sich. Aus irgendeinem Grund hatte er das Gefühl, seine Gedanken an sie seien so besser aufgehoben. Allie wurde zu einem Teil von ihm, den er mit sich herumtrug, über den er aber nicht sprach.

*

Manchmal, bei Sonnenuntergang – wenigstens erzählte Allie das Sam und Brenda eines Augusts –, konnte man für einen kurzen Augenblick ein phosphoreszierendes Licht im Wasser sehen. Wenn man gut aufpasste, leuchtete das Meer für einen Augenblick grün auf. Im selben Sommer erklärte Allie sich zu George Harrisons größtem Fan mit Postern, einer Sammlung von George-Ansteckern, die sich auf ihrer Pinnwand aneinanderreihten, und Beatles-Alben, die sich einen halben Meter hoch neben ihrem Plattenspieler stapelten.

„Du solltest lieber Paul mögen“, sagte Brenda zu ihr. „Er ist viel süßer.“

„Ich verstehe nicht, was Mädchen an den Beatles so toll finden“, warf Sam in einem Anflug von unerklärlicher Eifersucht ein. Irgendwie konnte er sich nicht an den Anblick des übergroßen George-Gesichts gewöhnen, das nachdenklich von Allies Decke auf sie hinunterschaute.

„Zeigst du uns das grüne Licht?“, fragte Brenda.

„Wollt ihr es sehen? Okay, aber ihr müsst versprechen, dass ihr eure Augen gut anstrengt. Wenn ihr blinzelt, verpasst ihr es vielleicht.“

Als die drei losmarschierten, nahmen sie den Hund mit. Walter McCart hatte Mox eines Morgens zusammengerollt in den Seilen auf der *No Nonsense* gefunden. Er sagte, man würde wohl nie erfahren, ob jemand versucht hatte, den Hund zu ersäufen, oder ob man ihn einfach am Kai ausgesetzt hatte. Der Hund lief mit wedelndem Schwanz und seinem vom Sand matten, struppigen Fell neben den drei Kindern her, wobei seine Hinterbeine manchmal seine Vorderbeine überholten. Selbst Menschen, denen sonst nichts ein Lächeln entlocken konnte, mussten über Mox schmunzeln.

„Schaut auf meine Lippen, ihr beiden", sagte Brenda und hüpfte neben ihnen her.

Sam bemühte sich nach Kräften, sie zu ignorieren.

„Sam, du musst *schauen.*"

Er verdrehte die Augen. Er brauchte das nicht zu sehen. Er war dabei gewesen, als sie an diesem Morgen ihr Taschengeld für die essbaren Wachslippen im Laden neben der Straße ausgegeben hatte.

„Willst du etwas davon?" Brenda hielt Allie die Tüte hin.

„Klar."

„Willst du auch Lippen, Sam?"

„Nein."

„Ich glaube, du willst *Allies* Lippen."

Er blieb wie angewurzelt stehen. „Halt den Mund, Brenda."

Aber es war nicht das erste Mal, dass *ihm* dieser Gedanke in den Sinn kam.

Allie kam ihm zu Hilfe und wechselte das Thema. „Ich muss euch das Neueste erzählen, was Ken getan hat." Wenn Sam nicht in diesem Augenblick so verzweifelt das Thema hätte wechseln wollen, hätte er über Ken-Geschichten genauso die Augen verdreht. Als sie das letzte

Mal beim Fischen draußen gewesen waren, hätte McCart fast einen 30 Pfund schweren Königslachs verpasst, weil er so damit beschäftigt gewesen war, Lobeshymnen auf seinen Sohn zu singen.

Sam stellte sich seufzend darauf ein, eine neue Geschichte über Kens Heldentaten zu hören. Je mehr Zeit Sam mit Allie verbrachte, umso deutlicher begriff er, dass Ken McCart der Lieblingssohn von ganz Piddock Beach war. Aber zu seiner Überraschung verkündete Allie: „Er hat in diesem Frühling einem Mann das Leben gerettet. Das war, nachdem ich dir das letzte Mal geschrieben habe."

Sam öffnete den Mund, um etwas zu sagen, und schloss ihn sofort wieder.

„Wirklich?" Brenda blieb ebenfalls wie angewurzelt stehen. „Wen hat er gerettet?"

„Einen Mann, der draußen am Fluss lebte."

Sam hob eine Muschel auf, fuhr mit dem Daumen darüber und warf sie dann weg. Mox raste hinter ihr her.

„Ein Obdachloser kam zum Kai, als Ken gerade die *Stately Mary* sauber machte. Er fragte meinen Bruder, ob er einen Fisch für ihn übrig hätte. Ken fragte, wo er wohne, und der Mann antwortete, er habe am Elbow Creek ein Zelt aufgeschlagen, gleich unter der Brücke."

Mox jagte den Wellen hinterher. Sam schaute sich nach einem Stock um, den er für den Hund werfen könnte. Brenda schaute mit offenem Mund zu Allie hinauf und lauschte fasziniert der Geschichte, die sie erzählte.

„An diesem Abend sprachen sie in den Nachrichten von dem Erdbeben in Alaska. Aber niemand begriff, was das für uns hier bedeuten würde. Und als Ken nachts im Bett lag und Radio hörte, fiel ihm plötzlich auf, dass er keine

Wellen mehr hörte. Das, was Ken *nicht* hörte, verwirrte ihn. Wenn du gewohnt bist, am Meer zu wohnen und das ständige Rauschen zu hören, fällt dir die plötzliche Stille auf."

Mox überholte den Stock, lief zurück und suchte ihn.

„Ken sagte, er habe gewusst, dass das Wasser hinausgezogen worden war und dass es mit großer Wucht zurückdonnern würde. Er wusste, das Wasser würde die Flüsse hinaufdrücken und den Elbow Creek überfluten. Niemand außer ihm wusste, dass ein Obdachloser dort oben schlief."

„Wow", staunte Brenda.

„Also weckte er Papa, und sie fuhren zu der Stelle. Er musste nur ein Wort sagen, und mein Vater fuhr mit ihm los. Auf mich hört mein Vater nie so."

Mox war ohne das Treibholz zurückgekehrt. „Jemand muss diesem Hund das Apportieren beibringen."

„Sie kamen rechtzeitig dort an. Mein Bruder brachte den Mann in Sicherheit. Um sie herum wurde es plötzlich ganz laut. Das Meer kam wie eine Mauer zurück, eine Brücke brach zusammen, Menschen schrien, ein Baumstamm bohrte sich in ein Auto."

Ken, das Goldkind der ganzen Stadt. „Was, glaubst du, ist das für ein Gefühl?", fragte Sam. „Zu wissen, dass jemand nur deinetwegen noch lebt?"

„Mein Vater hat den Artikel neben die ganzen anderen an die Wand im Büro gehängt", erklärte Allie ihnen.

HELD AUS UNSERER STADT RETTET MENSCHENLEBEN, lautete die Schlagzeile im *Leuchtturm-Reporter*, als Sam den Zeitungsartikel am nächsten Tag sah. Die Zeitung erzählte die Geschichte und zeigte ein Bild von Ken mit einem völlig durchnässten Fremden, dessen

Zelt im Hintergrund wie ein steifer Tintenfisch aus dem Wasser ragte. Der Artikel beschrieb, wie Ken unter die Brücke gelaufen war und die Hand des Mannes auf dem Felsen ergriffen hatte, auf den er sich gerettet hatte, während sein Vater seine Beine festhielt, damit er nicht auch abrutschte. Der Tsunami war vom Prince-William-Sund gekommen, berichtete die Zeitung, nach dem Erdbeben in Alaska einen Tag zuvor. Die Überreste des Zeltes hingen noch zwei Wochen lang unter der Brücke.

„Allie?“, sagte Brenda, und Sam sah, wie seine Schwester vorsichtig die Finger nach Allies Hand ausstreckte. „Ich will das Licht im Wasser nicht verpassen. Passt du auf?“

„Ich passe immer auf.“

Sam war nicht sicher, warum er Allies Hand ergriff, als wollte er sie von etwas wegziehen. Vielleicht, weil er jedes Mal, wenn er eine neue Geschichte über Ken hörte, sah, wie sehr sie im Schatten ihres Bruders stand.

Es war Ebbe. Das Meer war weit zurückgegangen. Die Wellen brachen sich weit draußen. Mox folgte ihnen zu dem hohen Felsen, der zu jeder anderen Tageszeit von Wasser umspült war.

Sam ließ Allies Hand los und hob Brenda auf den Felsen hinauf. Seine Schwester suchte einen festen Standplatz, dann hob sie das Gesicht zum Himmel, streckte die Arme weit aus und rief: „Ich fliege über das Meer. Ich kann fliegen!“

Mox wurde als Nächster hinaufgehievt, dann half Sam auch Allie, bevor er neben sie auf den Felsen hinaufkletterte.

„Wir könnten die ganze Nacht hierbleiben“, schlug Brenda mit dem Gesicht zum Wind vor.

Die drei kauerten nebeneinander auf dem Felsen, während der Nebel heraufzog und die Lichter der Stadt immer weiter wegzugleiten schienen. Die Meeresgeräusche hüllten sie völlig ein und wurden so laut, dass sie nichts anderes mehr hören konnten. Der Ozean zeigte sein geheimnisvolles grünes Licht kein einziges Mal, aber die Sterne begannen einer nach dem anderen über ihnen zu funkeln.

Sie blieben so lange reglos sitzen, dass Sam dachte, Brenda wäre eingeschlafen. Er flüsterte Allie zu: „Ich möchte am liebsten nie von hier fort."

„Von diesem Felsen?"

„Nein. Aus deiner Stadt."

„Ich weiß."

„Ich komme immer wieder zurück, weißt du das?"

„Und ich werde immer hier sein."

„Das ist gut."

„Ja", sagte sie. „Das ist gut."

Mox rutschte ab und fiel ins Wasser. Sie waren so in ihre Träume versunken, dass sie gar nicht bemerkt hatten, dass die Flut zurückkam. Sie hörten die kratzenden Krallen der Hundepfoten, das leise Hecheln. Sam sprang hinunter, um Mox zu helfen, und befand sich knietief im dunklen Ozean, als die nächste Welle hochschoss. Allie folgte ihm.

Doch Mox paddelte bereits in Richtung Ufer. Meerwasser schlug gegen ihre Beine und zerrte wenige Momente später an ihren Knöcheln. Der Ozean stieg, fiel ab, brach sich, stieg, fiel ab, brach sich, als wüsste er nicht, ob er sie ans Ufer spülen oder hinaus in die Tiefe ziehen sollte. Als sie die Düne erreichten, sagte Sam: „Deshalb glaube ich an Gott, Allie. Weil alles sich zum Guten wendet."

Sie zog Mox, ein Bündel nasses Fell, in ihre Arme. „Ich nicht."

„Was, du nicht?"

„Ich glaube nicht an Gott."

„Warum nicht?"

„Ich glaube an das Meer", erklärte sie. „Es ist immer da. Es ist nicht wie Gott – man weiß immer, was es als Nächstes macht."

Sie stolperte über etwas, vielleicht ein Loch im Sand oder die Überbleibsel von jemandes Sandburg, und landete mit einem Plumps auf ihrem Hinterteil. Sam konnte nicht mehr bremsen und fiel auf sie, während Mox wie wild bellte. Sam rettete die Situation, indem er sich in letzter Sekunde mit seinen Armen abstützte.

„Hey", sagte er und grinste zu ihr hinunter.

„Hey."

Was hatte Brenda vorher über Allies Lippen gesagt? Da lag sie vor ihm im Sand, kleine Wellen umspülten ihre Schultern, während sie zu ihm hinaufschaute und ihre Haare wie Seetang um ihr Gesicht klebten. Mox schüttelte sich. Dabei spritzte er beiden Wasser ins Gesicht. Allie lachte. Licht aus den Fenstern der Häuser auf der Klippe über ihnen spiegelte sich in ihren Augen.

Allie hörte auf zu lachen, als er seinen Mund zu ihren Lippen senkte.

Ihr Mund öffnete sich bei seiner leichten Berührung. Auf ihren Lippen schmeckte er Salz. *Oh ja.* Jetzt wusste er, dass er es sich so vorgestellt hatte, dass er öfter daran gedacht hatte, sie zu küssen, als er sich eingestehen wollte. Er konnte ihren Atem fühlen.

Eine Welle floss über ihre Beine, aber das bemerkte keiner von ihnen. Irgendwo im Hinterkopf dachte er, dass er nach Brenda schauen sollte. Als sie dem Hund hinterhergesprungen waren, hatten sie seine Schwester einfach allein auf dem Felsvorsprung sitzen lassen.

„Warum machst du das?“, fragte Allie.

„Darum. Weil ich es wollte.“

Unter seinem T-Shirt raste Sams Puls genauso schnell wie ihrer. Er fühlte, wie sich ihre kleinen Brüste an seinen Brustkorb pressten.

„Warum wolltest du es?“

„Weiß ich nicht.“

Brechende Wellen dröhnten in der Ferne. Schließlich fragte sie: „Wir wollen aber doch nicht, dass irgendjemand denkt, wir würden uns *mögen*, oder?“

„Nein“, sagte er mit großer Bestimmtheit und schüttelte den Kopf.

„Oder dass wir zusammen wären oder so etwas.“

„Nein, das wollen wir nicht.“

„Denn wir sind *Freunde.*“ Aber ihre Stimme klang unsicher, als müsste sie sich selbst überzeugen, dass ihre Worte wahr waren.

„Ja.“

Lichter schaukelten in der Ferne auf einem Boot der Küstenwache, das am Ufer patrouillierte. Am äußersten Horizont verwischte das letzte Licht, das noch geblieben war, die Linie zwischen Himmel und Erde. Eine Bojenglocke ertönte draußen hinter der Landzunge.

„Sam?“

Er antwortete nicht.

„Warum bist du so still? Hat es dir nicht gefallen, mich zu küssen?“

Schweigen.

„Du zitterst ja. Hast du Angst vor mir?“

Sam schüttelte verneinend den Kopf und sagte ja.

Sie rappelte sich auf die Knie. Er erhob sich mit ihr, legte eine Hand in ihren Nacken und wischte mit den Fingern die Haare von ihrem Ohr weg. *Ich werde dir zeigen, wer hier Angst hat.* Er küsste sie wieder. Sam fühlte, wie ihre Hände auf seine Schultern wanderten. Spürte, wie eine Gänsehaut über ihre Arme zog, hörte ein leises Geräusch aus ihrer Kehle. Er zitterte jetzt nicht mehr.

Irgendwo über dem Tosen der Wellen hörte er eine kleine Stimme, die ihn rief: „Sam?"

Zuerst reagierte er nicht auf die Rufe.

„*Sam?* Bist du da?"

Sie rappelten sich auf die Beine und traten voneinander zurück.

„Sam? Kommst du und holst mich?"

Er ließ Allie los. „Brenda." Sam stapfte wieder in die Wellen und watete zu dem Felsen hinaus. Dann streckte er seiner Schwester die Arme entgegen.

„Ich dachte schon, du hättest mich vergessen."

„Das würde ich doch nie tun. Komm jetzt." Brenda rutschte auf ihn zu, Sam fing sie auf. „Willst du allein ans Ufer gehen, oder soll ich dich tragen?" Aber sie platschte ihm bereits voraus zum Ufer.

Als sie auf trockenem Boden ankamen, erwartete Allie sie. Sie hatte die Arme um sich gelegt und fuhr mit den Händen über ihre Gänsehaut. „Ich muss zum Kai. Ich habe meinem Vater versprochen, dass ich heute Abend den Köderbehälter wieder auffülle."

Sam wollte nicht, dass sie ging. Er wischte über die nassen Beine seiner Jeans, als könnte er sie trocknen. „Musst du wirklich schon gehen?"

„Kens Hemden müssen auch noch gewaschen werden."

„Wie kommt es, dass du die ganze Hausarbeit machen musst und dein Bruder nicht?“

„Er kümmert sich um die Boote.“

„Aber das willst doch *du* machen. Allie, kannst du nicht noch ein bisschen bleiben? Diese Sachen könntest du doch alle ein anderes Mal machen, oder?“

„Ich bekomme Ärger.“ Sie klatschte in die Hände, um den Hund zu sich zu locken. Mox kam sofort. „Komm, gehen wir, Mox.“

Sam kam in den Sinn, dass er Allie irgendwie ständig nachschaute, wie sie über den Sand davonging.

In dieser Nacht lag er in seinem Motelbett und konnte nicht schlafen. Auf der anderen Seite des schmalen Zimmers, gegenüber von seinem schnarchenden Vater und seiner Mutter, lag Sam wach und war erfüllt von diesem neuen Gefühl, jemanden geküsst zu haben. Sein Herz schlug vor freudiger Erregung und Ungewissheit ganz laut. Der Schmerz in seinem Inneren fühlte sich so groß und unangenehm an wie Hunger.

Kapitel 4

Während Sams 16. Sommer kam ein Tag, an dem die *Westerly*, die *Stately Mary* und die *No Nonsense* nachmittags ihre Landeplätze nicht verließen. Sam, der auf der Suche nach seinem Vater war, stand unbemerkt am Rand des Kais und sah alles: Walter McCarts vorgeschobenes Kinn, die verzweifelte Haltung seiner Schultern.

„Warum hast du mir das nicht schon früher gesagt, Ken?“ McCart schüttelte die Faust, in der er mehrere Papiere umklammert hielt, gegen seinen Sohn. „Ich hätte alles getan, um dir das auszureden.“

„Genau deshalb habe ich es ohne dich gemacht.“

„Alles, was du willst, wartet hier auf dich. Das Familienunternehmen. Dein guter Ruf. Warum brauchst du noch etwas anderes?“

„Ich … ich bin einfach aus dieser Stadt herausgewachsen.“

„Du bist jung. Verstehst du denn nicht, dass du nie aus der Stadt, die dein Zuhause ist, herauswachsen kannst?“

Ken öffnete die Eistonne und begann, den Fang dieses Morgens auszuladen. „Es gibt nichts mehr, das ich hier noch lernen könnte. Ich habe alles gesehen, was diese Stadt zu bieten hat. Es gibt im Leben mehr als Piddock Beach.“

Sein Vater begann, unmittelbar neben ihm auch Fische auszuladen. „Du bist verrückt.“ Ein Kokanee-Lachs in einer schönen Größe klatschte auf den Boden und schimmerte in der Sonne. „Das bist du, Junge. Einfach verrückt und dumm."

„Du hast Marc Brewer gesehen, als er im Frühling von der Grundausbildung nach Hause kam. Marc, der seinen Wagen durch einen Zaun jagte und verhaftet wurde, weil er Bierdosen vom Wasserturm warf und sich nie an eine Sperrstunde hielt!" Ken lud schwungvoll die Fische aus. Sie landeten auf einem rutschigen Haufen. „Du hast ihn in der Uniform gesehen, wie er zackig vor George Bauer salutierte. Du hast ihn mit erhobenem Kinn durch die Straße stolzieren sehen, als wäre er bereit, es mit einem Drachen aufzunehmen und ihn zu besiegen."

„Geht es dir also nur darum? Du kannst es nicht ertragen, dass ein anderer ein Held ist? Der Held musst immer nur du sein?"

„Selbstachtung, das hat Marc jetzt. Man konnte es an seinen Schritten sehen. Er ist als anderer Mensch nach Hause gekommen."

„Ich bin stolz auf dich, mein Sohn. Ist es das, was du wissen musst?" McCart wischte sich mit dem Ärmel über die Stirn. „Du brauchst dafür nicht in den Krieg ziehen. Ich bin auch so stolz auf dich."

„Es geht hier nicht um dich, Papa. Es geht um *mich*. Vielleicht liebe ich dieses Land so sehr, dass ich dafür kämpfen will. Hast du dir das schon mal überlegt?"

„Ja. Ein Mann überlegt sich solche Sachen immer."

Sie hatten fertig ausgeladen. Ihre Muskeln waren angespannt und ihre Brustkörbe hoben und senkten sich. „Ich bin bereit, Verantwortung zu übernehmen. Ich bin bereit, für eine gerechte Sache einzutreten."

„Du wirst nach Vietnam gehen."

„Das werde ich. Und ich werde als Mann zurückkommen. Du erinnerst dich an die Geschichten, die Großvater über seine Zeit in Frankreich erzählt hat."

„Großvaters Kriegsgeschichten. Deine Mutter ließ ihn immer reden, bis uns fast die Augen zufielen. Dann lächelte sie und lenkte ihn mit einem Brombeerkuchen ab."

„Ich habe nichts dagegen, ein Teil von dem zu werden, was er erzählt hat. Ich habe nichts dagegen, ein Teil von etwas zu werden, das größer ist als ich selbst."

In der Ferne konnte Sam ein Radio „A Hard Day's Night" spielen hören. Die *Beatles* waren überall, stellte er ärgerlich fest.

„Du hast dich also schon gemeldet? Gibt es etwas, das dich jetzt noch zurückhalten könnte?"

„Nein."

„Ich könnte mit deinem Rekrutierungsoffizier sprechen. Ihm sagen, dass du das ohne meine Erlaubnis gemacht hast."

„Ich bin vor dem Gesetz für mich selbst verantwortlich, Papa. Ich brauchte deine Erlaubnis nicht. Was geschehen ist, ist geschehen."

McCarts Fäuste hingen wie Knoten an seinen Seiten.

„Es sei denn, ich erfülle die Anforderungen nicht. Aber das halte ich für ziemlich unwahrscheinlich."

„Ich kapiere nicht, was du dir dabei denkst, dein Leben so wegzuwerfen."

Ken zuckte die Achseln.

„Wenn du zum College gewollt hättest, hätte ich eines der Boote verkaufen können. Ich hätte es schon geschafft, die Ausbildung meines Sohnes zu bezahlen." Ein neuer Versuch. Sam konnte spüren, dass Walter McCart schwer mit sich rang. „Deshalb habe ich die *Westerly* überhaupt gekauft, damit ich genug habe, das ich dir einmal übergeben kann, wenn die Zeit kommt. Damit wir dieses Geschäft miteinander weiterführen können."

„Es ist zu spät für dieses Gespräch, Papa."

„Du hättest auch so die Welt sehen können."

„Ich bekomme die GI Bill*, wenn ich von Vietnam nach Hause komme. Das ist genau das, was ich will."

McCart trocknete sich die Hände an einem öligen Lappen ab. „Deine Mutter ..."

Sie kamen dicht an Sam heran. Er duckte sich hinter einen Haufen Netze. Ken sah aus, als wollte er vom Boot auf den Pier springen, aber er drehte sich wieder um. „Was ist mit ihr?"

„Deine Mutter würde sagen, dass es falsch von mir ist, dich aufhalten zu wollen."

Ken hob das Kinn. „Dann wäre es schön, wenn sie hier wäre."

McCart umklammerte die eiserne Reling am Boot. „Ich habe schon sie verloren, mein Sohn. Ich hatte nicht eingeplant, dich auch noch zu verlieren."

Sam hatte in Walter McCart nie einen alten Mann gesehen. Jetzt sah er plötzlich sehr alt aus. Als es nichts mehr zu sagen gab, schritt Ken hoch erhobenen Hauptes davon. Seine Absätze schlugen absichtlich laut auf den Holzplanken auf. Hinter ihm starrte McCart mit hängenden Schultern das Gewirr aus Angelruten und Ködern und Seilen an, als hätte er solche Dinge noch nie gesehen.

---

* Gesetz, das 1944 vom Kongress verabschiedet wurde. Das Gesetz gewährte allen Armeeangehörigen („GI" = amerikanischer Soldat) finanzielle Unterstützung für ihre Aus- oder Weiterbildung nach dem Ende des Krieges.

*

Kens Abschiedsfeier war ein Großereignis mit gebratenem Heilbutt, goldenen Maiskolben und Fleischtomatenscheiben, die so groß waren wie Untertassen. Ein riesiges Lagerfeuer warf Schatten auf den Strand. Es wurden Fotos gemacht, Hände geschüttelt, und jeder wünschte ihm viel Glück. In wenigen Stunden, gleich nach Sonnenaufgang, würde Ken in den Bus steigen und zu seiner Musterung nach Portland fahren.

Während Kens Freunde bei der Glut des Lagerfeuers einschlummerten und die Familien sich in Decken wickelten und zum Ufer schlenderten, um das im Mondlicht silbern schimmernde Meer zu betrachten, beobachtete Sam, wie Allie und Ken sich an eine Sanddüne lehnten und sich leise unterhielten.

„Du kommst klar, Kleine?", fragte der Bruder.

„Denke schon", antwortete die Schwester. „Mir bleibt ja auch keine andere Wahl."

Selbst Sam konnte die tiefe Kluft zwischen den beiden fühlen, die erst verschwand, als Ken ihr die Hand auf die Schulter legte. „Ich werde diese ganzen Fragen vermissen, mit denen du mich ständig gelöchert hast, weißt du das?"

Allie hatte die Arme um ihre angezogenen Knie gelegt. Sie hob das Kinn. „Ich habe dich zum Wahnsinn getrieben, nicht wahr?"

„Was meinst du mit *Du hast mich getrieben*? Das machst du immer noch."

„Halt die Klappe, Ken."

„‚Wie finden Lachse ihren eigenen Bach, wenn sie laichen?', hast du mich gefragt. ‚Warum fordert mich nie ein

Junge zum Tanzen auf?' ,Wenn Gott die Welt geschaffen hat, wer hat dann Gott geschaffen?'"

Ihr Kinn legte sich wieder auf ihre Knie. „Wenn Mama da gewesen wäre ..."

„Ich weiß. Wenn du sie nur gekannt hättest, Allie! Ich erinnere mich nicht an viel, aber alles, an was ich mich erinnere, war gut."

„Das habe ich mir gedacht."

Eine lange Weile sprach keiner von ihnen ein Wort, man hörte nur das Rauschen der Wellen, die an den Strand rollten. „Irgendwann wird Papa es schon kapieren, Allie. Er wird sehen, was er macht, und dann wird er aufhören zu denken, ich wäre das einzige Kind, das er hat."

„Meinst du?"

„Ja."

„Sag mir, dass das nicht der Grund ist, warum du weggehst. Sag mir, dass du das nicht machst, damit ich eine Chance bei ihm bekomme."

„Ich mache es nicht deshalb, Kleine. Ich habe ganz andere Gründe."

„Du willst das wirklich machen, nicht wahr?"

„Ich weiß, dass du diese Boote fahren kannst. Du kannst mit den Touristen hinausfahren und alles machen, was ich bis jetzt gemacht habe. Dann wird er schon sehen."

Es war das erste Mal, dass Sam Allie weinen sah. Sie wischte sich mit dem Handrücken die Nase ab. „Ich will nicht, dass du gehst."

„Pass ja mit Jungs auf. Ich werde eine Weile nicht da sein, um dich zu beschützen."

„Das werde ich."

„In dieser Stadt ist kein Einziger, der gut genug für dich wäre."

Ein trauriges, leises Lachen war zu hören. „Dann bin ich ja froh, dass du fort bist."

„Halt den Mund, Allie. Du weißt, was ich meine."

„Ja, ich weiß, was du meinst."

„Du bist meine Schwester."

„Ja."

„Ich gehe zwar jetzt weg, aber ich komme wieder. Falls dir dann irgendjemand etwas getan hat, das mir nicht gefällt, kriegt er es mit mir zu tun. Das kannst du jedem sagen."

„Okay."

Sam beobachtete, wie Ken sein Schweizer Armeemesser aus seiner Hemdtasche zog und die rote Oberfläche mit dem Daumen auf Hochglanz polierte. „Hier. Nimm das."

„Warum? Damit ich mich vor den ganzen Jungen schützen kann, derentwegen du dir Sorgen machst?"

„Jedes Mädchen braucht ein Taschenmesser. Ich will, dass du meines nimmst."

„Das ist das Messer, das Großvater dir zu Weihnachten geschenkt hat."

„Ja."

Als er ihr das kleine, rote Messer in die Hand legte, starrte sie es verwundert an. „Du musst es mir nicht geben."

„Ich muss nicht." Er stand auf und streckte sich. „Aber ich will."

Ihre Finger schlossen sich darum. Sam hatte noch nie gesehen, dass Allie etwas so festgehalten hätte.

„Jetzt muss ich zum Haus zurück und meine Tasche fertig packen."

„Ich hab dich lieb, Ken."

„Wir treffen uns dann an der Bushaltestelle, okay?"

Sam kam es vor, als wäre nur eine Minute vergangen, als die Menschenansammlung an der Bushaltestelle riesengroß wurde. Fast die gesamte Stadt war da, um sich von Ken zu verabschieden. „Du gehst, Junge“, sagte Carl, als der rotsilberne Bus kurz nach Sonnenaufgang erschien und seine Bremsen zischten und seine Ziehharmonikatür aufging. „Du gehst und zeigst der ganzen Welt, aus welchem Holz ein Junge aus Piddock Beach geschnitzt ist.“

„Behalte während der Grundausbildung deine Kappe auf“, schrie jemand anders. „Du wirst am Kopf frieren, wenn deine ganzen Haare weg sind.“ Ein Stimmengewirr erhob sich; jeder rief ihm zu, er solle auf sich aufpassen und schreiben und den Leuten sagen, dass sie hierherkommen und ihr Glück beim Fischen versuchen sollten. Sam fragte sich, ob er der Einzige war, der es sah: wie Ken den Fuß auf die unterste Stufe des Busses stellte und sich, ohne darauf zu achten, was alle sagten, umschaute, ob er seinen Vater sah.

Doch Walter McCart war nicht da.

„Hey, Mädchen.“ Kens Stimme wurde rau, als er schließlich seine Schwester entdeckte. Allie stürzte sich auf ihn, und er warf die Arme um sie. Er vergrub sein Gesicht in ihren Haaren und drückte sie so fest, dass ihre Füße vom Boden hochgehoben wurden. „Du merkst dir, was ich dir gesagt habe.“

Sie nickte.

„Du passt auf alles hier auf, okay?“

„Das werde ich.“

„Noch vor Weihnachten bin ich wieder da.“

„Ich werde dafür sorgen, dass er ...“ Einen Augenblick dachte Sam, sie würde sagen: *dass er deine Entscheidung akzeptiert.* Stattdessen sagte sie: „Ich werde dafür sorgen, dass er uns eine Ente für Weihnachten schießt."

„Vielleicht bin ich derjenige, der schießt."

„Daran will ich gar nicht denken."

„Hey, Junge", knurrte der Fahrer. „Steigst du heute noch irgendwann in diesen Bus? Ich habe über 20 Leute hier drinnen sitzen, die alle nur auf dich warten."

Ken schwang sich hinauf, und die Tür schloss sich hinter ihm. Während das Licht des frühen Morgens von dem Stahl und Glas des Busses reflektiert wurde, konnten Sam und Allie nichts anderes sehen als das Spiegelbild von ihnen selbst auf den Fensterscheiben des Busses. Dann hustete der Bus, erwachte dröhnend zum Leben, begann zu rollen und verschwand auf der Landstraße.

Kapitel 5

Februar 1968

Lieber Sam,

Du müsstest die Geschichten lesen, die mein Bruder uns schreibt. Ich vermisse ihn! Er schläft in Vietnam, sagt er, manchmal besser, als er hier geschlafen hat, was mich sehr überrascht. Er hat gesagt, sie haben in einem Dorf Schweine getötet und ein Haus mit Frauen und kleinen Kindern entdeckt, aber sonst niemanden gefunden. Dann, nachts, sind überall Schatten und Schüsse. Er hat Marc getroffen, und sie haben sich über die Zeit auf der Schule hier unterhalten. Ist das nicht komisch, wo sie doch auf der anderen Seite der Welt sind? Dann, am nächsten Tag, ist Marc auf eine Landmine getreten und hat jetzt Schrapnellsplitter in beiden Beinen. „Hiermit teilen wir Ihnen mit, dass Ihr Sohn in das Lazarett in Danang eingeliefert wurde", stand in dem Telegramm, das seine Eltern bekamen. „Wir wissen um Ihre Sorge und versichern Ihnen, dass er die beste Pflege erhält." Es heißt, dass Marc bald heimkommt. Seine Mutter ist froh, dass er verletzt wurde, damit ihm nichts mehr passieren kann. Ist das nicht sehr seltsam, wenn man sich das genau überlegt? Dass man will, dass jemand verletzt wird, damit er am Ende zu einem zurückgebracht wird?

Liebe Grüße
Deine Freundin Allie

*

Mai 1968

Lieber Sam,

ich kann verstehen, dass dort, wo Du bist, alle von Vietnam reden. Haben das wirklich welche gesagt, dass unsere Soldaten Dörfer überfallen, in denen unschuldige Menschen leben? Ich denke an die Frauen und Kinder, die sich als Einzige nicht versteckt haben, an die Dinge, die Ken mir schreibt, dass sie nicht wissen, ob das Lächeln auf den Gesichtern der Frauen dies oder jenes bedeutet. Wie nachts alles gespenstisch wird, wenn die Schatten herauskommen und das Gras um sie herum raschelt und man nicht sagen kann, wer Freund ist und wer Feind. Du weißt, wie Ken ist. Er würde nie aus Ärger oder Frust einen Menschen töten. Aber ihm könnte ein Fehler passieren. Alle reden nur über die Leute, die durchdrehen. Die Starken sind unverändert da, und über sie erzählt niemand Geschichten.

Deine Freundin für immer
Allie

*

Oktober 1968

Lieber Sam,

es war so schön, Dich zu sehen. Ich vermisse Dich so sehr! Du hast Dich beschwert, dass ich nur von Ken schreibe und dass ich nie etwas von mir erzähle. Also ändere ich das jetzt. Du hast gefragt, was ich davon halte, so wie Du zum College zu gehen. Die Antwort auf diese Frage solltest Du eigentlich kennen! Mein Vater wäre zwar bereit gewesen, ein Boot zu verkaufen, damit Ken nicht nach Vietnam geht, aber für mich würde er das nicht tun! Ich habe in diesem Sommer eine Teilzeitstelle als Bedienung im Sea Basket und konnte mir dadurch ein bisschen Geld sparen. Vielleicht gehe ich in einem Jahr oder so nach Portland. Später würde ich gern Lehrerin werden, habe ich Dir das schon mal erzählt? Erste Klasse oder Kindergarten, glaube ich, denn ich möchte Kindern gern Lesen beibringen. Als ich mein MIA-Armband bekam – du wirst es nicht glauben –, war es von einem Mann, der aus deiner Gegend kommt! Was glaubst du, was das bedeutet? Er heißt Gefreiter Louis R. Markell aus Des Moines. Er ist verschollen, seit sein Helikopter über Quang Tri abstürzte.*

In Liebe
Allie

*

---

* MIA: Missing in Action. Im Krieg vermisst. Während des Vietnamkriegs wurden in den USA Armreifen mit dem Namen eines vermissten oder in Kriegsgefangenschaft geratenen Soldaten verkauft, um an die Not dieser Soldaten zu erinnern.

April 1969

Lieber Sam,

Ken sagt, dass Du mit den Moskitos hundertprozentig recht hast. Er sagt, er kann nur zählen, wie viele Wochen vergehen, weil sonntags immer alle Malariatabletten bekommen. Übrigens, danke, dass Du geschrieben hast, dass Du für ihn betest. Ich habe das Papa auch gesagt. Papa hat nur die Arme verschränkt und „Hmmpf" gesagt und ist hinausgegangen. Ken schreibt, dass sein Hauptmann ihn angebrüllt hat, weil er von einer gesprengten Brücke irgendwo in einen Fluss gesprungen ist. Die Stahlträger waren auseinandergerissen und hatten sich unter Wasser verdreht, und er hätte sich aufspießen können. Aber es hat sich gelohnt, schrieb er, denn unter Wasser fand er Spuren von einem Muschelbett. Später hat er sich dann zum Fluss geschlichen und Süßwasser-Venusmuscheln für seine Kameraden ausgegraben. Die Muscheln waren anders als unsere hier, nicht größer als eine Zweidollarmünze, aber er hat Wasser in einem Blechbecher gekocht und sie darin gekocht, und sie gingen auf wie die Muscheln bei uns hier. Das sieht Ken ähnlich, findest Du nicht? Er hätte sich aufspießen können. Er hätte sterben können. Aber er hat es geschafft, etwas zu finden, das ihn an zu Hause erinnert.

In Liebe
Allie

*

Oktober 1969

Lieber Sam,

das, was wir über den Krieg wissen, puzzeln wir uns aus Kens Briefen zusammen und aus dem, was wir im Fernsehen sehen. Manchmal schreibt er lange Geschichten. Dann schreibt er wieder nur wenige Sätze, und das ist alles. Diese Briefe machen mir die meiste Angst, die Briefe, in denen es so klingt, als habe er Angst, uns zu sagen, was wirklich los ist. In den Nachrichten gibt es mehr Geschichten über die Demonstranten, die hier protestieren, als über die Soldaten, die im Krieg kämpfen. Ich schaue mir die Kriegsberichte im Fernsehen an und denke, vielleicht sehe ich irgendwann Ken, aber du kennst meinen Vater. Sobald die Nachrichten kommen, verlässt er das Zimmer.

Ich denke an die Zeiten, als wir so viel Spaß miteinander hatten. Erinnerst Du Dich an den Abend, an dem wir uns kennenlernten und ich diese ganzen Venusmuscheln ausgrub und sie Brenda gab? Du hast nie jemandem erzählt, dass ich das war, nicht wahr?

Carl wurde von irgendeiner Hester mit zum Jahrmarkt geschleppt. Sie wollte, dass er mit ihr Achterbahn fährt, und er musste sich übergeben. Er erzählt von all den Jahren, die er aufs Meer hinausfuhr, aber die Achterbahn hat er nicht gepackt. Er sagt, er sei trotzdem froh. Er will sich nicht den Kopf über Frauen zerbrechen. Er glaubt nicht, dass Hester ihn wieder anrufen wird.

oxoxoxoxoxox
Allie

*

Mai 1970

Lieber Sam,

ich muss immer wieder an das denken, was Du gesagt hast, dass Du Dir wünschst, unser Land könnte wieder so sein, wie es vor dem Krieg war. Du hast recht: Jeder Tag, an dem Krieg ist, passiert etwas, das es noch schwerer macht, die Zeit zurückzudrehen. Ich denke viel darüber nach. Das Leben verändert sich. Aber das macht es so wertvoll.

Es ist doch etwas Ehrbares, anderen Ländern zu helfen, frei zu sein. Jeder will das Gleiche. Es ist nur so, dass niemand mit Sicherheit sagen kann, wie wir dieses Ziel erreichen sollen. Glaubst du wirklich, es war falsch, dass Nixon nach Kambodscha einmarschiert ist? Ich weiß, dass er sagte, wenn er gewählt würde, würde er den Krieg zu einem ehrbaren Ende bringen. Ich weiß, dass wir alle darauf warten. Wenn man da drüben jemanden hat, den man liebt, ist jede Stunde, die der Krieg länger dauert, eine Stunde zu viel. Jede Stunde könnte etwas passieren.

Noch etwas zum Thema Zeit: Ich kann kaum glauben, dass es schon fast wieder Sommer ist. Ich sehe Dich hoffentlich BALD!!!!

Allie

*

Bei all den Briefen, die Sam mehr oder weniger auswendig kannte, erinnerte er sich nicht an die genauen Worte, mit denen sie ihm erzählt hatte, dass ihr Bruder gefallen war. Er wusste nur, welche Wirkung Allies Worte auf ihn gehabt hatten, die schockierende Nachricht, die sie auf ihr dünnes, blaues Briefpapier geschrieben hatte. Er erinnerte sich daran, dass seine Kehle wie zugeschnürt war, dass seine Augen ein zweites Mal über die Worte eilten und er nicht glauben konnte, dass sie sich entschieden hatte, ihm die Einzelheiten über Kens Tod auf diese knappe, nüchterne Weise mitzuteilen.

Ihr Vater hatte kein Telegramm bekommen wie die Familie Brewer. Stattdessen war um zehn Uhr morgens, am Tag nach Neujahr, ein Offizier, der von Kopf bis Fuß in grüner Armeekleidung steckte, zu ihrer Haustür gekommen. Walter McCart wollte nicht zur Tür gehen. Er zwang seine Tochter, dem Mann zu öffnen und zu fragen, was er von ihnen wolle.

Der Offizier wollte nicht mit mir reden, schrieb Allie. *Mein Vater war immer geflüchtet, um die Nachrichten nicht sehen zu müssen, weil er sie nicht sehen wollte. Dieses Mal konnte er aber nicht davonlaufen.*

„Im Namen des Verteidigungsministers bedaure ich, Ihnen mitteilen zu müssen, dass Ihr Sohn, Gefreiter Kenneth Jay McCart, durch feindlichen Beschuss in Kambodscha getötet wurde“, hatte der Mann gesagt und sein Barett abgenommen. „Wir möchten der Familie McCart unser zutiefst empfundenes Beileid ausdrücken.“

Sam fühlte sich betrogen, weil der Brief so spät kam, dass er nicht zur Beerdigung fahren konnte. *Warum hast du mich nicht angerufen?*, wollte er sie fragen. *Warum hast du mir nicht sofort von Kens Tod erzählt?* Er wäre wie ein

Irrer quer durch fünf Bundesstaaten gerast, um bei ihr zu sein. Es machte ihn traurig, dass er nicht da gewesen war, um sie zu stützen, ihr Kraft zu geben, während die Trauergäste an ihr vorbeigingen, murmelnd ihr Beileid bekundeten und ihrem gefallenen Bruder die letzte Ehre erwiesen.

Allie hatte ihm keine Chance dazu gegeben.

*

Während Mrs Branton ihre Gießkanne auf die Stufe stellt, erinnert sich Sam an die letzten Meilen, die er von Portland zur Küste hierhergefahren ist. Irgendwo auf dem Weg hierher begannen die Douglasien und die hoch aufragenden Hemlocktannen ihre Zweige wie ineinander verschränkte Finger über seinem Kopf zu verflechten.

Eine Weile konnte er immer noch blaue Flecken sehen. Dann waren auch diese verschwunden, obwohl es noch nicht einmal Mittag war.

Als er noch klein gewesen war, war seine Mutter ihm auf dem Parkplatz immer zur Toilette gefolgt, wenn sie anhielten. Sie sagte, sie habe Angst, sie könnte ihn hier verlieren, weil das Blattwerk so dicht war. Er war natürlich enttäuscht gewesen. Als Zehnjähriger hatte er nicht die Absicht gehabt, tatsächlich auf die Männertoilette zu gehen. Er hatte auf den zerklüfteten moosbewachsenen Stamm eines riesigen Baumes klettern und den Efeu und die Brombeeren betrachten wollen, da er bis dahin solche Pflanzen nur im botanischen Garten gesehen hatte. Er hatte so tun wollen, als wäre er ein Forscher wie Lewis und Clark, die sich durch einen Urwald kämpfen, den bis dahin noch kein Mensch betreten hatte.

Die grüne Dunkelheit, das Gefühl, eingeschlossen zu sein, die verzerrte Perspektive hatten ihm an diesem Morgen perfekt gepasst. Sam war immer stärker davon überzeugt, dass der Tacho seines Mustangs nicht funktionierte. Jedes Mal, wenn er eine Meile gefahren war, war er sicher, dass er in Wirklichkeit drei zurückgelegt hatte. Die dünnen Zeiger auf seiner verchromten Armaturenuhr schienen in einer unmöglichen Geschwindigkeit vorwärtszurasen.

Er hatte angefangen, sich die Worte vorzusagen, während er die rollenden Hügel und Maisfelder seines Heimatbundesstaates durchquerte. Seine Sicherheit war gewachsen, während er über das Grasmeer von Nebraska, durch den Dschungel aus Salbeisträuchern in den westlichen Rocky Mountains fuhr. „Wir sind jung, Allie", plante er mit voller Inbrunst zu sagen. „Hat dir Kens Tod nicht gezeigt, dass du Recht hattest? Als du mir schriebst, wie sehr sich das Leben ändert? Ich bin nicht bereit, das, was wir miteinander haben, aufs Spiel zu setzen, indem ich dich weiterhin nur einmal im Jahr im Urlaub sehe und am Ende immer wieder Lebewohl zu dir sagen muss." Dann würde Sam sagen: „Ich bitte dich, mich zu heiraten, Allie. Deshalb bin ich gekommen."

Er hatte sich ausgemalt, dass sie ihn ungläubig anstarrte, zu argumentieren begann. Aber Sam würde nicht zuhören, weil er ein Held war. Er war jung, und wie die meisten jungen Leute wusste er genau, dass sein *Weg der einzig richtige Weg war. Obwohl er wusste, dass es für sie sehr schwer werden würde, das Meer zu verlassen.*

Der konkrete Plan entfaltete sich vor ihm im gleichen Tempo, in dem die weißen Linien in der Mitte der Küstenstraße auf ihn zugeschossen kamen. „Du könntest mit mir nach Iowa kommen", würde er sagen. „Wir könnten bei meinen Eltern wohnen, solange ich studiere; ich weiß, dass das möglich wäre."

Dann ließ sein Auto die Nadelwälder hinter sich und steuerte auf das offene Land zu. Der freie Himmel lag plötzlich über ihm. Er sah Hecken und duftende, wilde Rosen und Dünengras, wo die Erde dem Strand wich. Die hellen Gischtwellen auf dem Wasser blendeten ihn. Er musste die Augen zusammenkneifen und nach seiner Sonnenbrille tasten.

Dann fuhr er direkt zum Haus der McCarts und blieb neben dem verbeulten Briefkasten am Straßenrand quietschend stehen. Als er, immer zwei Stufen auf einmal nehmend, die Treppe hinaufstürmte und so laut an die Tür hämmerte, dass die Nachbarin erschien, wusste er, dass sich sein Leben an diesem Tag verändern würde. Bis Mrs Branton zu ihm herauskam, hätte Sam jedoch nicht gedacht, dass es sich auf diese Weise verändern würde.

*

Mrs Branton zwickt mit den Fingernägeln tote Fuchsienblüten ab, die wie hängende Laternen aussehen. „Du warst nicht mehr hier in der Stadt, seit Ken McCart gestorben ist, nicht wahr?" Eine tote Blüte fällt auf die Erde, dann eine zweite. Sie sagt: „Das muss für dich auch schwer sein."

Ihr zuzuschauen vertreibt nicht die Bilder, die immer noch in seinem Kopf auftauchen. Die offizielle, militärische Beerdigung, 21 Salutschüsse, eine Ehrenwache, die Flagge, die zu einem sauberen Dreieck gefaltet und dann in besiegte Hände gelegt wird. Er überlegt, ob der Sarg von dem

Beerdigungsinstitut hier im Ort kam, ob es vielleicht einer von denen war, die Allie damals ausprobiert hatte.

„Du weißt ja, was die Leute sagen, nicht wahr?", fragte Mrs Branton. „Man sagt, dass alle froh sein können, dass sie diese Familie los sind."

„Wovon reden Sie da?"

„Einen Jungen auf diese Weise zu verlieren, wenn der Vater ihn von vornherein nicht gehen lassen wollte! Es heißt, sie haben Kens Tod nicht verkraftet. Es heißt, Walter McCart war seitdem nicht mehr derselbe, es heißt, dass das Mädchen verzweifelt versucht hat, ihm die Augen dafür zu öffnen, dass er noch ein Kind hat. Es heißt, sie sei zu dem Schluss gekommen, dass sie nie gut genug für ihren Vater sein könne, deshalb hat sie die andere Richtung eingeschlagen."

„Ich verstehe nicht, was Sie meinen."

„Vielleicht sieht das Haus deshalb so aus, als würde jeden Augenblick jemand zurückkommen. Als Allie wegging, hat sie vielleicht nicht gewusst, dass sie nicht zurückkommen würde. Es heißt, McCart habe schnell etwas unternehmen müssen, weil das Mädchen sich in Schwierigkeiten gebracht hatte."

„In Schwierigkeiten?"

„Ja. Du weißt schon. Schwierigkeiten. Schwanger."

„Nicht Allie. Das glaube ich nicht." Aber vielleicht weiß er es nicht wirklich.

Oh, Herr im Himmel. Was soll ich jetzt tun?

Sam sieht die Fischnetze und die Krebsfallen im verlassenen Laden an der Decke baumeln. Er hört Walter McCarts Stimme, die seinen Sohn fragt: „Willst du das wirklich, Ken? Ist das die Selbstachtung, die du wolltest? Jetzt hast du sie. Siehst du?"

Sam fühlt sich, als hätte er versucht, etwas zu fassen zu bekommen, das an ihm vorbeihuschte, und es knapp verfehlt.

*

Der einzige Mensch, der ihm einfällt, den er anrufen könnte, ist Brenda. Sie ist inzwischen eine junge Frau und oft sehr weise. Als er seiner Schwester erzählt, was passiert ist, sagt sie ihm, was er hören muss, aber nicht hören will.

„Diese Stadt am Meer war nie dein wirkliches Leben, Sam", sagt sie zu ihm. „Diese Stadt hat nichts mit der Realität zu tun; sie ist nicht das, was du wirklich suchst. Komm nach Hause, Sam. Du bist verrückt, wenn du diese Sache nicht aufgibst."

„Was ist mit Allie?"

„Was soll mit ihr sein?"

„Ich bin in sie verliebt."

„Trau dir doch mehr zu, Sam. Du bist in eine Zeit und in einen Ort verliebt. Du bist in den Traum von Allie verliebt. Sie war nie ein Teil von dem Menschen, der du hier bist."

„Aber zu wissen, dass Allie hier ist, macht mich zu der Person, die ich dort bin."

„Mama und Papa werden das Gleiche sagen. Es tut mir leid, dass du verletzt wurdest, aber du hast dein ganzes Leben vor dir."

„Ich weiß."

„Du weißt, dass Gott mit dir etwas ganz Besonderes vorhat."

„Ja", sagt er leise. „Aber ich dachte, Allie wäre ein Teil davon."

„Ich finde, du solltest nach Hause kommen."

Später an diesem Abend, bevor er die Stadt verlässt, geht Sam allein am wogenden Dünengras entlang. Er klettert über Treibholz. Muscheln zerbrechen unter seinen Füßen. Er steckt die Hände in seine Hosentaschen, spielt mit seinen Münzen und den Autoschlüsseln. Er steht still da und schaut in die Ferne, und sein Herz wird von Traurigkeit überflutet, während er den dunklen Horizont über dem Meer betrachtet.

Teil 2

Heute

Kapitel 6

Der alte VW-Bus fuhr an den Straßenrand, der Motor wurde abgestellt, und er stand im Dunkeln vor dem Haus in der Burn Hill Lane. Nach ungefähr 20 Minuten öffnete er die rostige Bustür und verzog bei ihrem Quietschen das Gesicht. Die Scharniere könnten eine Portion Öl gut vertragen, fand Kevin.

„Hier drüben." Er deutete zu den dunklen Umrissen eines Hauses links neben ihnen. „In der Garage."

Sein Partner stieß einen leisen Pfiff aus.

Kevin kramte in seiner Jeanstasche. Ja, die Schlüssel waren immer noch da. Leichte Schuldgefühle regten sich in ihm.

Aber nur ganz leichte.

Sein Vater hatte Kevin jahrelang versprochen, dass er seinen Onkel überreden würde, ihn einmal mit seinem Auto fahren zu lassen. *Wenn du alt genug bist,* hatte sein Vater gesagt, *dann frage ich ihn. Wenn du genug Fahrpraxis und deinen Führerschein und genug Erfahrung hast, um zu wissen, was ein richtiger Motor ist.*

Es war ja eigentlich kein Diebstahl, argumentierte Kevin, wenn man nur vorhatte, sich etwas für eine Weile zu borgen.

Ian, Kevins bester Freund, ging über den dunklen Rasen voran. „Ich kann mir nicht vorstellen, dass ein Pastor irgendwo ein Superauto versteckt." Er stellte sich auf die Zehenspitzen und spähte durch die schmutzige Scheibe.

Als Kevin das Garagentor vom Boden hochschob, trat er zurück.

„Es ist unter dieser Decke. Er deckt es immer zu."

Ian pfiff wieder.

„Psssst."

Kevins Atem kam flach und abgehackt, sein Puls hämmerte laut in seinen Ohren. Dieser kleine Nervenkitzel gefiel ihm. Zum ersten Mal seit Monaten hatte Kevin wieder das Gefühl zu leben.

Er fühlte sich so lebendig, wie er sich seit dem Tag nicht mehr gefühlt hatte, an dem sein Vater ins Krankenhaus eingewiesen wurde und Kevin nicht gewusst hatte, was er sagen sollte. Es war ihm schon immer schwergefallen, seine Gefühle in Worte zu fassen. Stattdessen hatte er sich in die Position eines Boxers begeben und seinem Vater einen leichten Hieb auf den Ellbogen verpasst. „Getroffen."

„Hey, Mann." Sein Vater hatte ihn ebenfalls leicht geboxt.

Ein Boxkampf war so viel leichter als Reden. So viel leichter, als zuzusehen, wie sein Vater schwach und müde in seinem Krankenbett lag und seine Mutter anstarrte, als müsse er ihr Gesicht in sein Gedächtnis einprägen, weil er sie vielleicht nie wiedersehen würde.

Als Kevin das Garagentor öffnete, lag ein dunkler Raum vor ihnen, in dem es nach Staub, Rasendünger und Benzin roch. Er hob die Hand und zog an der alten Lampenkette, woraufhin eine nackte Glühbirne zum Leben erwachte. Die Decke zog er mit der gleichen eleganten Bewegung weg, mit der ein Zauberkünstler die Abdeckung von seinem tollsten Trick entfernte. Die Decke bauschte sich einen Moment in der Luft auf und fiel dann vor seinen Füßen zusammen.

„Wow."

„Ja, nicht wahr?"

Ian fuhr mit den Fingern über die rote Oberfläche. „Wahnsinn!"

„Ein 65er Mustang Coupé. Alles Originalteile. Sogar die Sitze."

„Er hat nichts daran erneuert?"

„Er hat ihn gebraucht gekauft, als er an der Highschool war. Seitdem hat er daran nichts verändert."

Ian fuhr mit einer Hand über die schwarze Lederkopfstütze. „Ich möchte wetten, dass der voll abgeht."

„289-V8."

„Kein Sechszylinder?"

„Nein. Es ist wirklich ein heißes Auto, Mann." Kevin warf Ian die Schlüssel zu. „Er wird nicht merken, dass überhaupt etwas angerührt wurde. Er kontrolliert regelmäßig die Reifen und sorgt dafür, dass die Batterie aufgeladen ist. Aber abgesehen davon hat er das Auto seit Jahren nicht mehr rausgeholt." Kevins Worte waren mehr an sich selbst als an seinen Freund gerichtet.

Ian lenkte und Kevin schob. Als der Mustang in die Nachtluft hinausrollte, knirschten seine Reifen über die Kieselsteine. Das war das einzige Geräusch. Als sie am Ende der Auffahrt ankamen, schwitzten sie vor Anstrengung.

Zwei Häuser weiter bedeutete Kevin Ian, auf dem Beifahrersitz Platz zu nehmen. Er stieg selbst ein und ließ den Motor an. Bis zum Ende der Straße donnerte es im Dunkeln. Der Motor unter ihren Sitzen vibrierte wie etwas Lebendiges, als sie losfuhren.

Kevin drehte an einem Knopf am Armaturenbrett, als sie eine T-Kreuzung erreichten. Die Scheinwerfer erwachten zum Leben. Kevin musste sich entscheiden, ob sie nach links oder rechts fahren wollten. Er entschied sich für links. „Bist du bereit? Willst du sehen, was er alles kann?“

Ian nickte, und Kevin trat auf das Gaspedal.

Die Bremsen quietschten, und sie begannen zu schaukeln. Sie fuhren schlingernd um die Kurve und bogen auf die Hauptstraße ab.

Kevin riss das Lenkrad nach links herum, als vor ihnen ein Laster auftauchte. Sie schlingerten auf die Gegenfahrbahn. „Dieses Baby hat wirklich Feuer unter der Haube.“

„Wollen wir durch die Innenstadt fahren?“

Als Antwort schaltete Kevin in einen niedrigeren Gang. Trotz der erstickenden Hitze lagen die Schweißtropfen aus seinen Haaren kalt in seinem Nacken.

Er konnte später niemandem erklären, wie er auf die Idee kam, das zu tun. Vielleicht wegen des Nervenkitzels. Oder vielleicht war er kurz wahnsinnig geworden. Er liebte das Gefühl, dieses Auto zu beherrschen, *etwas* zu beherrschen. An der gelben Ampel in der Hauptstraße griff Kevin nach dem Knopf, schaltete die Scheinwerfer aus und flog wie ein Bumerang in die Kreuzung, als die Ampel auf Rot umschaltete. Ians Kopf knallte gegen die Scheibe.

„Hey, willst du uns umbringen?“

Kevin schaltete wieder in einen niedrigeren Gang und beschleunigte. Ian tastete hinter seiner Schulter nach dem Sicherheitsgurt und fand keinen.

„Er ist auf dem Sitz, Mann. Damals gab es noch keine Schultergurte.“

Ian suchte tastend hinter seiner Hüfte und fand den Gurt. Mit einer gewissen Erleichterung schob er ihn in die

Metallschnalle. „Hör auf, Kevin. Du brauchst mir nichts zu beweisen."

Kevins Wahnsinnsanfall hielt an. Gefahr, wen interessierte das schon? Er *fühlte* etwas. Die Angst in ihm bewies, dass er nicht auch gestorben war. Er raste in der Dunkelheit über die Vorfahrtstraße, beugte sich vor und umklammerte das Lenkrad, als könnte er sich dadurch an alles klammern, was *ihm* gestohlen worden war. Vor ihnen bog ein Auto aus der nächsten Straße. Kevin riss das Lenkrad nach rechts, und sie fuhren donnernd um das Auto herum.

Sie überquerten eine verlassene Brücke. Die Geländerpfosten flackerten wie die einzelnen Bilder einer Filmrolle an ihnen vorbei. Ein gelbes Schild, „Bundesstraße", tauchte auf und verschwand wieder; sie hatten die Lichter der Stadt weit hinter sich gelassen. Sie fuhren über Hügel, bogen um Kurven, erreichten die freien Felder. Alles im Blindflug.

Plötzlich tauchte der Mittsommermond über dem Horizont auf, während Kevin jede Kurve instinktiv nahm. Einen Augenblick kniff er, irritiert von der hellen Sichel am Himmel, die Augen zusammen. Seine Augen passten sich dem silbernen Schein an, und er drückte das Pedal wieder nach unten und raste über die Kreuzung an der Brodick Lane.

Wenn er mit eingeschalteten Scheinwerfern gefahren wäre, hätte er den Laster am Straßenrand gesehen – die zusätzlichen Rückstrahler am oberen Rand gesehen, die breite, hintere Klappe des Lastwagens, auf der stand: „Mit Mais gefütterte Rinder aus dem Herzen der USA. Das Beste vom Besten!" Wenn er mit eingeschalteten Scheinwerfern gefahren wäre, wäre er sichtbar gewesen, als er über den Hügel raste, und der Fahrer hätte ihn mit dem Blinker gewarnt.

Drei Angusrinder, mit Mais gefüttert und sehr kräftig, trotteten über die Straße. Der Fahrer, der stehen geblieben war, um einen platten Reifen zu wechseln, hatte die Klappe geöffnet, um nach dem Vieh zu sehen, ohne auf die Idee zu kommen, dass das Dröhnen des Motors und das Schlingern beim Transport den Fluchtinstinkt der Tiere geweckt hatten. Er wäre um ein Haar niedergetrampelt worden, als die Kühe auf die Straße polterten.

Als der Mustang mit lautem Donnern heranschoss, winkte der Fahrer mit den Armen, um sie zu warnen, aber es war zu dunkel.

Kevin verlangsamte das Tempo ein wenig, als er an dem Lastwagen vorbeifuhr. Zu spät sah er das kräftige Tier vor sich auftauchen.

Ian fluchte. Kevin trat auf die Bremse. Die Reifen quietschten. Ein Licht erhellte die Nacht. Das Weiß in den Augen der Kuh leuchtete auf.

Mit einem Schlag wurde alles dunkel.

Kapitel 7

Die Hochzeitsfeier fand auf dem Rasen eines Hauses aus der Jahrhundertwende statt, drei Straßen von der Kirche entfernt. Pastor Samuel James Tibbits, der zuvor das Paar in der Kirche getraut hatte, balancierte seinen Teller mit schwedischen Hackbällchen, während er mit einem Zahnstocher eine kleine Ecke Käse aufspießte. Neben der Hochzeitstorte gab es roten Punsch.

Ach ja, die Liebe, dachte Sam, während er neben den Kerzen in ihren eisernen Haltern stand, die wie Speere in den Rasen gesteckt worden waren. *Jetzt ist alles strahlend weiß, aber wer weiß, was auf diese jungen Leute noch alles zukommt?*

„Hallo, Sam. Großartige Trauung für die Kinder. Danke." Grant Ransom reichte ihm über das üppige Essen hinweg die Hand.

Sam schüttelte kräftig die Hand des Mannes. Grant war ein Mann, dem er vertraute, einer der Diakone und seit vielen Jahren Mitglied der Covenant-Heights-Gemeinde. Im Laufe der Zeit hatten die beiden Männer viel miteinander gebetet und sich manchmal auch gegenseitig in die graue Tiefe der Seele schauen lassen.

Grant klopfte ihm auf den Rücken. „Es wäre nicht so schön gewesen, wenn du nicht den Gottesdienst geleitet hättest. Du weißt, wie viel du uns allen bedeutest, Sam."

„Mir war es auch sehr wichtig, Grant. Außerdem gehören Hochzeiten zu meinen Lieblingsaufgaben."

Der Diakon warf seinem Pastor einen verständnisvollen Blick zu. „Besser als die Beerdigung, die du letzte Woche halten musstest." Die Stimme des Diakons war plötzlich ernst geworden. „Der arme Joe. Was für eine Tragödie!"

„Ja. Das war es."

Eine gedrückte Stimmung breitete sich aus. Im Garten zirpten die Grillen, die sogar die fröhlichen Gespräche der Hochzeitsgäste im Garten übertönten. Sam konnte immer noch nicht recht glauben, dass er seinen guten Freund und Schwager verloren hatte. Einen oder zwei Takte lang konnte er in der schwülen Hitze nicht richtig atmen.

Grant holte ihn gedanklich zur Hochzeit zurück. „Simon ist ein guter Mann für Laura, denke ich. *Hoffe ich.* Es ist nie leicht, eine Tochter herzugeben."

Sam spießte ein Fleischbällchen auf. „Ja, das kann ich mir vorstellen."

„Diese ganzen Jahre mit Ballettaufführungen und Postern aus Zeitschriften und diesen Gummis von ihrer Zahnspange überall."

„Aus deinem Mund hat es immer geklungen, als wäre es ganz lustig."

„Es *war* lustig. Bis auf die Bongostunden. Das Einzige, was nicht lustig war, waren die Bongostunden."

„Vielleicht fängt sie wieder mit Bongospielen an. In ihrer eigenen Wohnung."

„Ich wusste, dass du mir helfen würdest, das Positive zu sehen, Sam", grinste Grant.

Sam erwiderte das Schulterklopfen seines Freundes. „Laura ist eine wunderschöne Braut. Du hast als Vater gute Arbeit geleistet."

Als Grant sich wieder seinen anderen Gästen zuwandte, lud Sam seinen Teller bei einem Mann ab, der mit einem

Tablett vorbeikam. Er entschied sich, noch etwas länger zu bleiben, und betrachtete die Märchenatmosphäre von seinem Platz neben einem Ficus benjamini aus. Er wusste nicht, warum die Freude und die Hoffnung, die sein Dienst vermitteln sollte, ihn selbst nicht mehr berührten.

Ausgerechnet bei einer Hochzeit sollte ein Pastor doch fröhlich gestimmt sein.

An diesem Morgen hatte er eine Stunde über Zahlen und Tabellen gebrütet, weil das Wohnungsprojekt in Covenant Heights mehr kostete, als ursprünglich geschätzt worden war. Er hatte eine Stunde in einer lebhaften Diskussion mit Harry Kraft über Kosmologie und das Alter der Erde verbracht. Während der ganzen Zeit hatte er immer wieder gedacht: *Wenn ich mir diese ganzen wissenschaftlichen Argumente besser einprägen könnte, könnte ich intelligenter diskutieren. Aber ich habe nicht die Zeit, das alles zu lernen!* Er hatte eine Stunde bei Dottie Graham verbracht, die ein Telegramm bekommen hatte, dass ihr Sohn bei einem Armeemanöver verletzt worden war.

„Wir vertrauen darauf, dass das Geld für das Projekt von irgendwoher kommt", hatte er dem Vorsitzenden seines Finanzausschusses am Telefon gesagt.

„Gib mir eine Woche Zeit, um mich genauer über die Kohlenstoffdatierung des Gesteins in Tansania kundig zu machen", hatte er zu Harry gesagt, „aber bis dahin bleibe ich bei meinem theologischen Standpunkt."

„Gott hat diesen Unfall vielleicht nicht herbeigeführt", sagte er zu Dottie, während sie sich die Nase schnäuzte. „Aber Sie dürfen nie vergessen, dass denen, die Gott lieben, letztlich alle Dinge zum Besten dienen. Der Vater im Himmel ist bei Ihrem Sohn, auch wenn Sie das im Moment nicht können. Er wird ihn für Sie gesund pflegen!"

Er wusste, dass er mit diesem Gedanken zu weit ging, aber er konnte ihn nicht verhindern. *Vater, ich weiß, dass es falsch von mir ist, aber seit Joe gestorben ist, habe ich das Gefühl, ich müsste dich decken!*

Die Trauung war schön gewesen, aber Sam fühlte sich müde bis auf die Knochen. Seine Augen wanderten zu den Sternen, während er aus seiner Jacke schlüpfte, sie über den Beifahrersitz seines Autos warf und seine Krawatte lockerte. Sein Magen knurrte, als er davonfuhr, aber das interessierte ihn nicht besonders.

Es brachte gewisse Vorteile mit sich, ein unverheirateter Pastor zu sein. Wenn man seine Kindheitsromanze mit Allie McCart mitrechnete, konnte man sagen, dass er es zweimal fast zum Altar geschafft hätte. Während seines Theologiestudiums war er mit einigen Mädchen ausgegangen, da er es für wichtig gehalten hatte, eine Frau zu finden, die an seiner Seite einer Gemeinde dienen würde. Aber die Frauen, die er kennengelernt hatte, hatten alle ihre eigene Berufung für ihr Leben gehabt. Zu einer Studentin hatte er eine engere Beziehung gehabt, aber sie war dann als Missionarin nach Indonesien gegangen.

Am nächsten hatte er vielleicht davorgestanden, einer Frau einen Heiratsantrag zu machen, als er Elaine Ferguson kennenlernte, eine junge, geschiedene Frau, die zu ihm in die Seelsorge gekommen war. Elaine hatte Zwillingssöhne, acht Jahre alt, denen sie vorsichtshalber verheimlichte, dass sie mit dem Pastor zum Essen ausging und Spaziergänge im Park unternahm. Je länger Sam beobachtete, wie Elaines Herz sich für Gott öffnete, umso mehr hatte er das Gefühl, dass sie die Partnerin sein könnte, auf die er wartete. Aber je weitgehender sie Gottes Heilung in ihrem Leben annahm, umso deutlicher begann sie zu begreifen, dass sie den Vater ihrer Söhne immer noch liebte. Als Elaine Ferguson ihren Exmann zum zweiten Mal heiratete, war das auch eine schöne Trauung gewesen ... unter Sams Leitung.

Vor langer Zeit war Sam zu dem Schluss gekommen, dass der himmlische Vater vielleicht im Sinn hatte, dass Sam ihm ohne eine Frau an seiner Seite dienen sollte.

Gemeindemitglieder, die es gut mit ihm meinten, riefen immer wieder an, um ihm von „der perfekten Frau“ zu erzählen, die sie in einem Flugzeug oder in der Schlange an der Kasse oder im Friseursalon kennengelernt hatten. Einmal hatte er Mary Pokorny zu einem gemütlichen Meeresfrüchte-Essen eingeladen, doch noch bevor sie ihre Krebsscheren und Shrimps serviert bekommen hatten, hatten schon zwei verschiedene Gemeindemitglieder aus Covenant Heights auf seinem Handy angerufen, um sich zu erkundigen, wie ernst ihre Beziehung sei.

„Entschuldigung“, hatte er gesagt. „Ich habe im Moment keine Zeit. Kann ich Sie später zurückrufen?“

Jedes Mal, wenn Sam sein Handy in seine Jackentasche zurückgesteckt hatte, hatte er Mary über den Tisch betrachtet und war zwischen Dankbarkeit und Ironie hin- und hergerissen gewesen. Seit der Kirchenvorstand sie vor drei Jahren als seine Sekretärin eingestellt hatte, war Mary die Frau, der er seine Ideen erzählen konnte und bei der er genau wusste, dass sie mit Diskretion, Scharfsinn und Logik reagieren würde.

Vor einiger Zeit hatte sie versprochen, regelmäßig für eine Sache zu beten, die Sam für sehr wichtig hielt: ein wöchentliches Essen für die Obdachlosen, die in Zelten oder unter Brücken oder in den Bushäuschen in der Innenstadt schliefen. Falls sie ein solches neues Projekt in

Covenant Heights anfingen, könnte das bedeuten, dass sie ein altes Projekt, das ihnen ans Herz gewachsen war, einstellen müssten. So viele in der Gemeinde wollten Gott dienen, fürchteten sich aber davor, am Status quo zu rütteln. Sam schätzte es sehr, dass Mary Gott nach seinem Willen fragte und ihn um Weisheit bat.

Die Ironie bei Mary Pokorny war Folgendes: Sam stellte fest, dass sie nicht nur kompetent und zuverlässig war; er fand auch, dass sie sehr hübsch war. Aber Mary war kein Mensch, den er in Ruhe kennenlernen konnte. Ein einziges Abendessen mit ihr, und seine Gemeindemitglieder waren schon alle aus dem Häuschen. So unsicher wie er in Bezug auf den Willen Gottes in diesem Bereich war, entschied Sam, dass es sicherer wäre, Mary als Angestellte zu betrachten, die ihn freundlich unterstützte, und nichts weiter zu verfolgen. In Covenant Heights wurde man von zu vielen Menschen beobachtet.

Die Fleischbällchen beim Hochzeitsempfang hatten Sams Appetit nur angeregt. Er plante, etwas aus seinem umfangreichen Sortiment an Aufläufen auszuwählen. Er hatte eine Gefriertruhe voll mit Aufläufen. Sie tauchten zu den seltsamsten Zeiten an den ungewöhnlichsten Orten auf, und er konnte nie genau sagen, ob sie ihm aus Mitleid oder mit „weiblichen" Hintergedanken gebracht wurden.

Etwas mit Makkaroni, Peperoni und Parmesankäse in einer Tupperware-Dose baumelte in einer Plastiktüte am Griff seiner Haustür. Eine andere Dose, gefüllt mit Kartoffelkroketten, Pilzsuppe und Rindfleisch, dazu Anweisungen auf einem Haftzettel, wie er sie aufwärmen müsse, stand eines Morgens auf dem Geländer seiner Veranda. Eine Enchilada-und-schwarze-Bohnen-Überraschung war strategisch neben Sams Computer im Pfarrbüro positioniert gewesen. Ein Käsekuchen mit Kirschbelag tauchte mit seinem Namen darauf im Sonntagsschulraum auf. Einmal, als er es eilig gehabt hatte, zu einer Mitarbeitersitzung zu kommen, hätte er sich beinahe auf eine Spinatquiche gesetzt, die auf seinem Stuhl wartete.

Als er an diesem Abend um die Ecke bog und das Auto vor seinem Haus parken sah, fürchtete er fast, es könnte wieder jemand sein, der ihm heimlich Essen brachte. Doch als seine Scheinwerfer auf das Nummernschild fielen, erkannte er, dass es seine Schwester war.

„Brenda?" Das Licht im Auto ging an, und sie stieg aus. „Was ist passiert? Ist alles in Ordnung? Wie lange wartest du denn schon hier?"

„Es tut mir leid, Sam. Oh, Sam, es tut mir so schrecklich leid!"

Er sah ihr an, dass sie geweint hatte. Instinktiv begann er, sie genauso zu behandeln, wie er jeden anderen behandeln würde, der weinend zu ihm kam. „Komm rein, Brenda. Erzähl mir, was los ist."

Sie konnte vor Schluchzen nur abgehackt sprechen. „Ich ... ich weiß, dass du einen langen Tag hattest. Du hattest doch diese ... diese Hochzeit."

„Ist schon okay."

„Ich warte seit einer Stunde auf dich."

Er drückte einen Schalter, und das Wohnzimmer erstrahlte in hellem Licht. Auf dem Tisch im Flur lag ein Stoß Briefe, die er dort abgelegt hatte, ohne die Zeit zu haben, sie zu lesen. Teile der Tageszeitung waren neben seinem Lieblingsledersessel verstreut. Sein Golden Retriever, Ginny, füllte den Sessel völlig aus und schaute ihn schuldbewusst an. „Herunter da, Ginny. Aus dem Sessel, Mädchen. Das ist mein Platz."

Widerwillig entwirrte Ginny ihre Beine und stieg herunter. Sam warf seine Jacke auf den Tisch, der von Kaffeebechern der letzten drei Tage, seiner Lesebrille und einem Buch von C. S. Lewis belegt war.

„Hattest du heute einen schlimmen Tag?“ Er bot Brenda eine Umarmung an, aber sie kam nicht in seine ausgebreiteten Arme. Also hielt er ihr stattdessen eine Schachtel mit Papiertaschentüchern hin.

„Es geht nicht um Joe. Du wirst mich nicht ... mich nicht umarmen wollen, wenn du hörst, was passiert ist.“

„Was ist denn? Hier. Putz dir die Nase.“

Sie nahm ein Papiertaschentuch und blies so kräftig hinein, dass es klang wie ein kleines Horn. Als sie den Blick wieder zu ihm hob, sah sie genauso schuldbewusst aus wie Ginny.

„Komm schon, Brenda. Was ist?“

Brenda fischte etwas aus ihrer Tasche. Sie ließ es einen Moment in der Luft baumeln, bevor sie es auf den Tisch neben den C. S. Lewis fallen ließ. Er starrte es an. Es war so lange her, seit er das Ding das letzte Mal tatsächlich angeschaut hatte, dass er mehrere Sekunden brauchte, bis er es erkannte.

Die Schlüsselkette aus Zinn in der Form eines Wals, die eingravierten Buchstaben, auf denen stand: KOMM UND MACH URLAUB IN PIDDOCK BEACH.

„Woher hast du die?“

„Das willst du nicht wissen.“

„Das heißt?“

„Das heißt, dass ich sie von Kevin habe. Ich habe sie von Kevin bekommen.“

Zum ersten Mal dämmerte Sam, dass Brendas Probleme etwas mit ihm zu tun haben könnten.

„Wie ... was ...?“

„Er muss völlig verrückt geworden sein.“ Sie begann wieder zu weinen. Sam wusste, dass es falsch von ihm war, aber er konnte sich eines Anflugs von Ungeduld nicht erwehren. Sie brauchte so *lange*. „Joe ... Joe muss wohl mal gesagt haben, dass du Kevin irgendwann mal dein Auto fahren lassen würdest. Kannst du dich erinnern, dass Joe jemals ... jemals so etwas gesagt hat? Kevin hat versucht, das Versprechen seines Vaters selbst einzulösen ... wenigstens sagt er das. Aber den Rest begreift kein Mensch.“

Sam ergriff ihre Schultern mit beiden Händen. Unter seinem Griff fühlte sie sich so klein und zerbrechlich wie ein Vogel an. Wie konnte jemand, der so klein war, das alles tragen, was sie im Augenblick mit sich herumschleppte?

Sie sprach immer noch abgehackt und schluchzend. „Kevin hat ... Kevin hat deinen Mustang zu Schrott gefahren.“

Einen Moment lang wusste Sam nicht, was er sagen sollte. Um Zeit zu gewinnen, murmelte er zuerst etwas Undefinierbares. Dann: „Brenda, ist er verletzt?“

„Nein. Er ist nicht im Krankenhaus, aber Ian. Kevin ist ohne einen einzigen Kratzer davongekommen.“

„Jemand anders wurde verletzt?“

„Ja, ja. Ein Junge, der mit ihm fuhr.“ Dann: „Jemand, der dachte, Kevin sei sein *Freund*. Da-da stand diese K-Kuh, die es nicht bis zum Schlachthof geschafft hat.“

Endlich begriff Sam das ganze Ausmaß von dem, was sie da sagte. „Mein Mustang?“

„Totalschaden.“

Sam zwang sich, sich nach dem anderen Jungen zu erkundigen, hörte verschwommen, dass er verletzt sei, aber nur eine Nacht im Krankenhaus bleiben müsse. Doch seine Gedanken drehten sich nur um das Auto. Lächerlich, dass er wegen des Mustangs tatsächlich am Boden zerstört war. Wie konnte er das, wenn doch Menschenleben in Gefahr gestanden hatten? Aber Sam fühlte sich schmerzlich betrogen!

Er hatte diesen Mustang gehegt und gepflegt, seit er 18 gewesen war und jeden Cent zusammengekratzt hatte, indem er Zeitungen austrug, Rasen mähte und im Supermarkt Lebensmittel in Tüten packte. Er hatte ihn, seit er in seiner eigenen Garage gestanden hatte, geputzt, gesaugt und poliert und war manchmal auf dem Ledersitz zusammengerollt eingeschlafen.

Sam rief sich ins Gedächtnis, dass seine Hauptsorge seinem Neffen gelten sollte. Kevin, der Sam immer ein Lächeln darüber entlockt hatte, wie viel Lärm und Chaos ein einziger kleiner Junge an einem einzigen Tag veranstalten kann.

Er hatte zugesehen, wie Brenda mit einer so zärtlichen Liebe Kevins Gesicht in den Händen hielt, dass Sam manchmal schwer ums Herz wurde.

„Ein Kind zu haben, das ist, als sähst du dich selbst, bevor du deine ganzen Fehler gemacht hast“, hatte Joe einmal zu ihm gesagt, als er und Sam den schlafenden Kevin betrachtet hatten. „Es gibt dir das Gefühl, als hättest du die Chance, noch einmal dieselbe Person und gleichzeitig ein ganz anderer Mensch zu sein.“

Sam zwang sich, die Schultern seiner Schwester loszulassen, da er ganz genau wusste, dass er ihr mit seinem festen Griff wahrscheinlich wehtat. Er hatte so viele Fragen und keine Ahnung, wo er beginnen sollte.

„Waren sie angeschnallt?“

Sie nickte.

„Deshalb wurden sie also nicht schlimmer verletzt?"

„Kevin hat irgendein blödes Spiel gespielt." Brenda wischte sich mit dem Taschentuch, von dem nur ein kleiner, zerknüllter Klumpen in ihrer Faust übrig geblieben war, die Tränen weg. „Er fuhr ohne Licht über rote Ampeln. Vielleicht dachte er, das wäre die sicherste Art, dein Auto zu stehlen, weil ihn so niemand sehen könnte. Vielleicht wollte er das Schicksal herausfordern. Ich weiß es nicht. Wer weiß schon, was in seinem Kopf vorgeht?"

„Er ist im Gefängnis, oder?"

„Über Nacht. Im Moment nur, weil er die Geldstrafe nicht bezahlen konnte. Es könnte jedoch eine Anzeige wegen fahrlässiger Körperverletzung kommen, falls Ian ihn anzeigt. Und eine Anzeige wegen Autodiebstahls ..."

„Brenda ..."

„... die von dir kommen muss, wenn du willst, dass deine Versicherung irgendetwas zahlt. Es tut mir so leid."

„Hör auf zu sagen, dass es dir leid tut, Brenda. Du musst dich nicht für ihn entschuldigen."

Unmöglich, dachte Sam die ganze Zeit, während sie redete, dass so etwas passieren konnte, dass Sekunden verstrichen, Einzelheiten sich zutrugen, während er ganz woanders gewesen war und an nichts anderes gedacht hatte als an die Braut und den Bräutigam vor sich. Er hatte nicht gespürt, oder auch nur im Leisesten *geahnt*, dass in diesem Augenblick einige Kilometer weiter so etwas passierte.

In diesem Moment schaute Sam seine Schwester an, schaute sie wirklich an, und schämte sich wegen seiner egoistischen Gedanken. Er rang mit seinen eigenen Gefühlen, obwohl er genau sah, dass sie fast zerbrach.

„Hört es denn nie, nie auf, Sam?“, fragte sie ihn. „Dieser furchtbare *Schmerz*, der uns so quält?“

„Ich weiß es nicht.“

„Ich versuche, mich auf die guten Dinge zu konzentrieren, Sam. Das tue ich wirklich. Es gab auch ein paar Sachen. Dass wir so viel Zeit hatten, um uns von ihm zu verabschieden. Die Lebensversicherung ... dass er sich darum gekümmert hat, dass wir gut versorgt sind.“

Sie legte sich eine Hand aufs Herz, als tue sie Buße für die Dinge, die sie nicht loslassen konnte. Mit der Hand auf ihrem Rücken führte er sie zum nächsten Sessel.

Brenda wandte ihr Gesicht zu ihm, als sie sich setzte. „Willst ... willst du wissen, was noch gut ist? Ich habe seine Werkzeugkiste ausgeräumt und alle Schraubenzieher zum Secondhandladen gebracht. Ich habe ihm immer gesagt, dass er viel zu viele Schraubenzieher hat.“

Sam entfernte das zerknüllte Papiertaschentuch aus ihrer verkrampften Hand. Sie ließ es geschehen.

„Ich schlafe auf der einen Seite des Bettes, bis es schmutzig ist, dann schlafe ich auf der anderen Seite, wusstest du das? Wer hätte früher an so etwas gedacht? Dass ich ohne Joe die Laken nicht so oft waschen muss?“

Sam ließ sie einfach weiterreden. Er wusste, dass sie das brauchte. In solchen Situationen gab es nichts, was er sagen konnte.

„Wusstest du, dass ich jetzt auch die Milch trinken kann, die mir schmeckt? Nicht diese blöde fettarme Milch, die ich immer für Joe gekauft habe. Es ist, als würde ich Sahne trinken. Sollte es nicht eine gute Sache sein, dass ich jetzt tun kann, was ich will?“

Er nahm wieder ihre Hand.

„Oh, Sam.“ Sie begann erneut, unkontrolliert zu

schluchzen. „Ein Junge braucht ... einen Vater, wenn er in diesem Alter ist, und ich brauche meinen Mann. Warum hat Gott ihn mir weggenommen, Sam? *Wusste* Gott das denn nicht? Warum hat er uns Joe weggenommen, obwohl wir ihn so sehr brauchen?"

„Ich weiß es nicht, Brenda. Ich weiß es wirklich nicht."

„Ich habe keine Ahnung, was ich mit Kevin machen soll. Er weiß genauso wenig wie ich, wie er das alles überleben soll."

Ginny, die Hündin, hatte sich an Brendas Seite gedrückt, da sie spürte, dass sie traurig war. Sie legte den Kopf auf Brendas Schoß und winselte.

„Ich hatte nie geplant, das alles allein zu machen, Sam."

Sam zog eine ganze Handvoll Tücher für sie aus der Schachtel und reichte sie ihr, da er hoffte, sie mit diesem kleinen Scherz aufheitern zu können. Es tat ihm körperlich weh, seine Schwester so leiden zu sehen.

„Ich muss immer wieder denken, dass Kevin auch hätte ... hätte sterben können."

„Ja. Ja, das hätte er." Trotz allem machte der Gedanke, dass Kevin so über die Stränge geschlagen war, Sam wütend. *Er hätte es selbst verschuldet,* wollte er seine Schwester erinnern. *Du hättest wieder schwer gelitten, und es wäre die Schuld deines Sohnes gewesen.*

Kapitel 8

Sam hatte einen unechten Philodendron in seinem Büro, weil er dachte, er bräuchte etwas Grünes. Echte Seide, kein Plastik, erinnerte Mary ihn immer. Damit entlockte sie ihm immer wieder ein Lächeln.

„Okay, okay", sagte er dann zu ihr. „Seide. Seide ist besser als Plastik. Alles, was versuchen würde, hier drinnen zu wachsen, hätte leider keine Überlebenschance."

Ein- oder zweimal im Jahr schenkte jemand Sam etwas, das tatsächlich in echte Erde gepflanzt war. Zuerst goss er sie auch brav. Aber die Zeit verging, und es kam unweigerlich der Tag, an dem ihm auffiel, dass es keine gelben Blätter mehr gab, die er abpflücken musste. Es war nichts übrig geblieben als ein dürrer Stiel. Er trug dann den Topf zum Komposter und entsorgte das arme Geschöpf.

Er war viel besser darin, sich um Menschen zu kümmern und Sitzungen zu leiten. Auch wenn die Sitzung, die vor fünf Minuten zu Ende gegangen war, keine leichte Sache gewesen war. Der Haushalt des nächsten Jahres war nicht das, was Sam sich gewünscht hatte. Der Kirchenvorstand hatte den Nothilfefonds zwar nicht gekürzt, er hatte aber auch nicht dafür gestimmt, in diesem Bereich mehr Geld freizugeben. Stattdessen hatten die Vorstandsmitglieder etwas lockergemacht, um den Parkplatz besser zu beleuchten, obwohl Sam ihnen seine Idee mit dem Abendessen für die Obdachlosen sehr angepriesen hatte.

Die Obdachlosen konnten sich jeden Abend in der Suppenküche in der Innenstadt eine warme Mahlzeit abholen, hatten die Diakone ihn erinnert. Aber Sam schwebte etwas anderes vor; aus diesem Grund hatte er ja auch Mary gebeten, dafür zu beten und ihm ihre Meinung dazu zu sagen. Sam hatte das Gefühl, dass seine Gemeinde berufen war, den Menschen nicht nur Essen, sondern auch eine Anlaufstelle und eine Beziehung anzubieten. Sam wusste, wie Gott wirkte; er hatte gesehen, wozu seine Gemeinde fähig war. Er sehnte sich danach, denen, die am einsamsten waren, eine Familie zu bieten; er wünschte sich, dass sie zuhören und mitfühlen und beten könnten, dass sie Segen ernten könnten, weil sie selbst ein Segen waren.

Es erfüllte Sam mit Begeisterung zu sehen, wenn seine Gemeinde sich auf ein neues Abenteuer einließ.

Auf dem Fensterbrett neben seinem Schreibtisch hatte Sam immer sein Lexikon und seine Bibelkonkordanz stehen, seine abgegriffene Ausgabe des *Seelsorgehandbuchs für Pastoren* und einen Mini-Eiffelturm, den David und Sue Hawthorne ihm aus dem Urlaub in Frankreich mitgebracht hatten. Neben dem Turm war auf einem kleinen Schild zu lesen: EIN FREUND IST WIE EIN SELTENES BUCH, VON DEM ES NUR EIN EXEMPLAR GIBT.

Sams Epiphone-Gitarre stand in der Ecke. Der Mustang, den er in seiner Garage sorgsam zugedeckt gehabt hatte, und seine Gitarre waren sein kostbarster Besitz. Wenn er glaubte, unter der Aufgabe, eine Gemeinde zu leiten, fast zusammenzubrechen, spielte er ein paar Takte, zupfte ein paar Saiten, summte ein paar Worte davon, dass die Liebe Gottes ihn trug, und etwas von der Last fiel von ihm ab.

Genau das hatte er auch an *jenem* Tag gemacht. An

jenem furchtbaren Tag, an dem ihrer aller Leben eine so schreckliche Wende genommen hatte. Er erinnerte sich ganz genau daran. Er hatte die dicht bedruckten Seiten des Haushaltsentwurfs weggeschoben und nach der Gitarre gegriffen, als Mary an seine Tür klopfte.

Er machte trotzdem weiter und zupfte die C-Saite. „Brauchen Sie mich?"

Sie war nicht in sein Büro geflattert und hatte auch nicht das Handgelenk auf den Türknauf gelegt, wie sie es normalerweise tat. Sie hatte ihn nicht angelächelt oder den Kopf schief gelegt oder ihm gesagt, er hätte in der Predigt, die er gestern gehalten hatte, einige inspirierende Gedanken gesagt. Vielmehr hatte Mary die Hände gefaltet und gewartet und ihn mit ihren Augen durchbohrt.

„Was ist passiert?"

„Ich fürchte, ich habe schlechte Nachrichten."

„Meine Mutter?" Sams Adrenalin floss bereits. Er und Brenda hatten in letzter Zeit so viele schlechte Nachrichten über ihre Mutter bekommen. Sie war im Pflegeheim gestürzt. Sie hatte eine Grippe bekommen.

Mary trat einen Schritt vor und sah aus, als wollte sie seinen Arm berühren. Aber sie tat es nicht. „Nein, es ist nicht Ihre Mutter. Es ist Ihr Schwager."

„Joe? Was ist mit Joe?"

„Er ist in der Klinik. Ich hätte ihn zu Ihnen durchgestellt, aber Sie hatten gerade das Gespräch mit Dottie Graham, und ich wusste, dass Sie nicht gestört werden wollten."

„Was hat er gesagt?"

„Er braucht Sie. Sie sollen mit seinem Arzt sprechen, damit Sie dann mit Brenda sprechen können. Sie sollen so schnell wie möglich zu ihm kommen."

Die Gitarre war vergessen. „Rufen Sie ihn bitte zurück. Sagen Sie ihm, dass ich schon unterwegs bin."

„Ja, wird gemacht."

Als Sam an ihr vorbei aus dem Zimmer lief, sah er, dass Mary bereits das Telefon in der Hand hatte.

*

Das Besprechungszimmer des Krankenhauses im zweiten Stockwerk war alles andere als gemütlich und einladend. Das Sofa mit dem braunen Tweedbezug war windschief. Ein Mitteilungsbrett war noch mit Besprechungsnotizen bedeckt, deren Termine schon lange zurücklagen.

Ein Telefon stand mitten auf dem Boden, das nackte Kabel schlängelte sich zur Wand. Sam starrte Joes Arzt ungläubig an. Das Summen der Klimaanlage gab Sam das Gefühl, er tauche durch einen verschwommenen Kanal.

Babesiose hatte der Arzt es genannt. Joe hatte den Zeckenbiss viel zu lange nicht bemerkt.

„Sie können das doch behandeln, nicht wahr? Ich dachte, heutzutage könnte man Zeckenbisse mit Antibiotika behandeln."

„Ja", nickte der Arzt. „Das können wir versuchen. Aber Antibiotika helfen vielleicht nicht mehr, da wir es nicht erwischt haben, als es anfing."

Ab diesem Moment regte sich Sams Wunsch, für Joes Genesung zu beten, spürbar in seinem ganzen Körper. Ein Zittern auf der Haut. Ein Stromstoß, der durch seine Knochen zog, in seinen Ohren summte und seine Finger erwärmte. *Ich werde beten, Vater,* versprach Sam. *Ich werde fasten. Ich werde alles tun, was du von mir verlangst. Ich werde alles genau richtig machen, wenn du Joe nur nicht sterben lässt.*

Und das tat er auch. Sam betete, fastete, las einen Bibelvers aus 2. Samuel mindestens 50-mal laut – der Vers, in dem es darum geht, dass Gott Stärke, Schild und Festung ist, den David betete, als er dem Tod ins Auge schaute. Er las ihn jedes Mal, wenn Brenda ihn mit immer neuen entmutigenden Nachrichten anrief. Schließlich, als die Ärzte anordneten, dass Joe auf die Intensivstation verlegt werden sollte, und Sam zu frustriert war, um etwas anderes zu tun, hatte er seine Laufschuhe angezogen und angefangen zu laufen.

Der Weg folgte meilenweit dem Fluss zum Saylorville-See. Er rannte, als wollten seine Füße die Erde unter ihm bestrafen. Während andere ihre Hunde ausführten oder die Narzissen bewunderten, donnerte Sam dahin, trieb seine Lunge bis an ihre Grenze, jeder Schritt ein Widerhall des Aufschreis in seinem Herzen:

Bitte, Herr, nicht Joe.

Oh bitte, Herr. Nicht Joe.

Wie konnte er sich so zum Beten gedrängt fühlen, fragte er sich, wenn der himmlische Vater nicht vorhatte, aus seinen Gebeten etwas zu machen?

Sam verbrachte die Zeit an Joes Krankenbett mit dem Gedanken *Nein, Gott. Nicht das. Nicht das,* während er versuchte, nicht zu sehen, dass Joes Haut blass und durchsichtig geworden war, so zerbrechlich wie Pergament.

„Du musst mir versprechen ...“ Joe bemühte sich schwach, sich auf einen Ellbogen zu stützen. „... dass du niemandem erzählst, was nach der Junggesellenparty passiert ist.“

„Streng dich nicht so an, Mann. Du sollst wieder gesund werden. Spar dir deine Kräfte.“

„Ich weiß, dass du bei meinem Beerdigungsgottesdienst Geschichten erzählen wirst, aber ich will nicht, dass du erzählst, dass du mich in der Nacht nicht allein lassen wolltest und dass ich nicht das Geld für das Taxi hatte und dem Fahrer deshalb meinen Gürtel gab.“

„Es wird keinen Beerdigungsgottesdienst geben, Joe. Du wirst wieder gesund. Da bin ich ganz sicher.“

„Brenda darf das mit dem Gürtel nie erfahren. Dieser Gürtel war aus echtem kanadischem Büffelleder. Brenda hat ihn mir geschenkt. Wenn sie die Story hört, bringt sie mich um.“

Sie dachten beide über seine Worte nach und lachten.

„Erinnerst du dich ...“ Es war das letzte Mal, dass sie miteinander lachten, auch wenn es in diesem Augenblick keiner von ihnen wusste. „... wie dieser Fahrer mich zwang, den Gürtel abzunehmen, damit er probieren konnte, ob er ihm überhaupt passte, bevor er uns fuhr?“

„Nein.“

„Ich hätte mich nie wie ein solcher Idiot benommen, wenn nicht mein bester Freund dabei gewesen wäre.“

*

Wenn der Himmel am Morgen einer Beerdigung wolkenlos und strahlend blau ist, kann ein Mensch das Gefühl haben, der Himmel spotte über alles, was er durchmacht. Die Hitze war so stark, dass die Luft richtig knisterte. Als Sam auf der Kanzel stand (seine Schwester hatte ihn gebeten, den Gottesdienst zu leiten) und dieser sinnlose

Sonnenschein über den Menschen lag, sah er, wie Brenda geistesabwesend auf die Schultern ihres Sohnes starrte.

Sam umklammerte die Seiten der Kanzel wie die Reling eines schlingernden Schiffes. Er kontrollierte seinen eigenen Atem, füllte seine Lunge mit Luft und ließ sie langsam wieder hinaus, weil das Atmen das Einzige war, das sich real anfühlte.

Nur ganz wenige Plätze waren in der Kirche noch frei, alle in den vordersten drei Reihen. Die Trauergäste drängten sich sogar im Foyer hinter der Kirche. Es gab nur noch Stehplätze. Das hätte Joe bestimmt gefallen.

Nachdem Sam eine kurze Trauerrede gehalten hatte, reichte er das Mikrofon herum. Viele hoben die Hand, um etwas zu sagen. So viele, die versuchten, einen Sinn darin zu sehen.

Er fühlte sich wie taub, als er vor dieser Schar Gläubiger stand. Gott sei Dank weinte er nicht. Aber das Gefühl, *nicht* zu trauern, nichts zu *fühlen*, war auch schrecklich. Er fühlte sich so trocken und spröde und ausgebleicht wie ein Stück Treibholz, das von der Flut an den Strand geworfen worden war.

Diese Leere konnte ihn jedoch nicht täuschen. Er hatte in den vier Tagen nach Joes Tod bei Brenda und Kevin gewohnt. Er wusste, dass die Gefühle in heimtückischen Wellen und Strudeln zurückkehren und sie alle überfluten würden.

Am Morgen der Beerdigung hatte er Brenda angetroffen, wie sie die Nase in Joes Toilettentasche steckte, als wollte sie darin verschwinden und sich an die Dinge klammern, die ihr Mann täglich berührt hatte; seinen kleinen, schwarzen Kamm, seine Nagelschere, seinen Lippenbalsam, der immer noch von seinen Lippen geformt war.

„Weißt du, was mich fertig macht?", hatte Brenda ihn gefragt, als er sie fand. „Es sind nicht Joes To-do-Listen oder seine Notizzettel, die überall herumliegen. Es ist, dass ich denke, ich könnte ihm mal schnell etwas sagen."

Sie umarmten sich. Es hatte inzwischen so viele Umarmungen gegeben, dass Sam sie nicht mehr zählen konnte.

„Ich vergesse, dass er nicht da ist. Ich bin gerade mitten in irgendetwas und denke: *Oh! Warte, bis Joe das hört.* Und dann fällt mir wieder ein, dass er nicht mehr da ist."

Sie hatte wieder angefangen zu weinen, eine Trauer, die so persönlich und so tief war – ein leises, hilfloses Stöhnen, das in Sams Augen zu intim war, als dass er es sehen sollte. Er wünschte, er könnte weggehen. Er wünschte, er könnte auch so um Joe trauern.

Dias erschienen jetzt bei der Beerdigungsfeier auf den Leinwänden, an denselben Leinwänden, an denen sonntags die Texte von Lobliedern zu lesen waren. Sam beobachtete die Gesichter seiner Gemeinde und wusste, was sie so aufmerksam anschauten. Er hatte gelernt, ihre Reaktionen zu beobachten. Er hatte gelernt, in ihren Augen zu lesen und in ihre Herzen zu schauen.

Joe, noch als Kleinkind, neben dem Baum am Weihnachtsmorgen.

Joe, grinsend neben Brenda in ihrem Brautkleid.

Joe, wie er sein neugeborenes Baby anschaut, völlig begeistert und belustigt.

Kevin, der vor Freude jauchzt, als er auf den Schultern seines Vaters reitet.

Kevin, wie er strahlt und ein Ende der Schnur mit fünf

kleinen Forellen hält, während Joe das andere in der Hand hat.

Warum hast du nicht eingegriffen, Herr? Warum hast du diese Sache nicht anders ausgehen lassen?

Als der Gottesdienst zu Ende war, traten die Trauernden auf den Parkplatz hinaus und ließen silberne Luftballons zum schmerzlich blauen Himmel aufsteigen. Sam schaute den Ballons länger nach als andere und sehnte sich danach, sie höher hinaufsteigen zu sehen. Gedämpfte, ernste Gespräche begannen um ihn herum, aber er schaute immer noch nicht weg.

Er schaute ihnen nach, bis sie aussahen wie Luftblasen am Himmelsmeer. Bis sie von einer Windströmung erfasst wurden und alle zusammen in Richtung Nordwesten davonschwebten. Bis die Ballons aussahen wie Nadelköpfe. Bis es nichts mehr zu sehen gab.

Sam stellte seine Frage an einen leeren Himmel: *Warum konnte ich dich nicht zum Eingreifen bewegen, Herr, als meine eigene Familie es am meisten brauchte?*

„Kommen Sie herein, Pastor Tibbits." Dottie Graham hielt ihm die Tür auf. „Der Frauenkreis serviert Erfrischungen."

Ich weiß, dass du treu bist, Vater. Was habe ich *also falsch gemacht?*

„Wir haben Mary gefragt, ob wir etwas vorbereiten sollen, und sie sagte, das wäre nett."

Im Inneren erwarteten die Gemeindemitglieder Limonade und Türme von Plastikbechern. Es gab Plätzchen mit Puderzucker, Rosinenkekse, Früchtebrotscheiben, ein Tablett mit Käse. Kaffee gurgelte aus einer glänzenden, rostfreien Kanne. Ein Jesusbild, im Laufe der Jahre verblasst, schaute von der Wand auf sie hinab.

Die Leute dämpften ihre Stimmen, während sie den Angehörigen murmelnd ihr Beileid aussprachen und sich darum bemühten, das Richtige zu sagen.

„Guter Gottesdienst, Pastor Tibbits. Sie haben für Joe gute Arbeit geleistet."

„Dein Vater war ein guter Mann, Kevin. Und wie stolz er auf dich war."

Der Junge mit den breiten Schultern schüttelte mehr Hände, als er je zuvor in seinem Leben geschüttelt hatte. „Er war wirklich sehr stolz auf dich, das darfst du nie vergessen."

„Wir beten für euch alle."

„Brenda, es tut mir so leid."

„Lass es uns wissen, wenn wir irgendetwas tun können."

„Wenn du Hilfe brauchst, dann ruf an."

„Wir werden Joe vermissen."

Irgendwann hatte Sam aufgehört zuzuhören. Nach einer Weile liefen alle Worte irgendwie zusammen. Er hatte sich abgewandt und war woanders hingegangen. Er ging in dem Stimmengewirr, dem vertrauten Geräuschpegel unter. Die Frage seines Herzens würde er immer und immer wieder stellen, wenn er in den kommenden Nächten wach läge.

Warum muss die Liebe immer zu Ende gehen?

Kapitel 9

„Wäre es nicht möglich, dass du etwas Zeit mit ihm verbringst, Sam?", fragte Brenda, als sie einander an ihrem Küchentisch gegenübersaßen und ihre Knie sich fast berührten. Das helle Morgenlicht schimmerte durch die Vorhänge in die Küche. „Vielleicht kannst du mit ihm irgendwohin fahren?"

Sie verspeisten Schokoladencroissants und Gemüsesuppe zum Frühstück – ausgewogene Ernährung für Sportler, gespendet von den Damen aus dem Frauenkreis. Sam hatte gerade Ginny gefüttert, als ihm plötzlich die Frage in den Sinn kam, ob Brenda wohl schon an ihrem Bankschließfach gewesen war. Das Schließfach führte ihn zu der Frage, ob sie die Bank schon benachrichtigt hatte, bei der sie ihre Hypothek laufen hatte, was ihn wiederum zu der Frage führte, ob sie daran gedacht hatte, Joes Unterlagen zu ihrem Steuerberater zu bringen. Wegen dieser Fragen war er gekommen.

Sie gestikulierte mit ihrem Löffel. „Nach allem, was passiert ist, würde Kevin ein Tapetenwechsel guttun."

„Das würde *dir* auch guttun. Warum unternehmt ihr beide nicht etwas miteinander?" Sam nahm einen Schluck Kaffee.

Brenda biss in ihr Croissant, schloss die Augen, kaute langsam. Als er zuschaute, wie bedächtig sie ihr Gebäck aß, wurde in Sam der Wunsch geweckt, seines in drei brutalen Bissen zu vernichten.

Schließlich sagte sie: „Ich mache mir Sorgen, welche Auswirkungen das Ganze auf ihn hat. Er frisst alles in sich hinein, und irgendwann tut er dann etwas Unüberlegtes."

„Richtig." Ein weiterer Schluck Kaffee. „Das haben wir gesehen."

„Richtig."

Sam war nicht zur Polizei gefahren, um seinen ruinierten Mustang anzuschauen. Er war zu dem Schluss gekommen, dass er sich das nicht antun wollte. Sam mochte seinen Neffen und würde ihn unterstützen, wenn er mit den Konsequenzen für die Vorkommnisse jener Nacht konfrontiert wurde. Er kannte sich selbst aber auch gut genug, um eines zu wissen: Seine wütenden Gefühle waren da, lauerten im Hinterhalt. Er bemühte sich, nicht hinzuhören, und er wollte nicht jedes Mal, wenn er die Augen schloss, zerbeultes, rotes Blech vor sich sehen.

Herr, ich will nicht so fühlen, aber ich tue es. Ich kann nichts tun, damit diese Gefühle weggehen. Du musst sie wegnehmen.

Während Sam seiner Schwester gegenübersaß, zog sich das Schweigen zwischen ihnen in eine unangenehme Länge. Er bemerkte, dass er mit dem Knie wackelte. Als er den Kaffeebecher an die Lippen führte, stellte er fest, dass er leer war.

„Wo ist Kevin eigentlich?"

„Oben. Er schläft. Wenn ich ihn ließe, würde er bis zum Nachmittag schlafen."

„Aber du lässt ihn nicht, oder?"

„Manchmal." Brenda plauderte ziellos weiter. „Ich sehe keine Möglichkeit wegzufahren. Wir liegen mit den Vorbestellungen weit zurück." Sie arbeitete für eine Firma, die Souvenirs herstellte – *Goldene Erinnerungen*, wie sie genannt wurden –, kleine Kofferaufkleber, auf denen *Gute Reise* stand, gelbe 3-D-Entchen mit Regenschirmen, weiße Luftblasen wie in Comics, in die man hineinschreiben konnte, was jemand auf einem Foto gerade dachte. „Ich habe wegen Joes Krankheit so viel Arbeit liegen lassen. Sie waren sehr entgegenkommend, aber ich kann jetzt nicht noch mehr freinehmen."

„Du könntest fahren, wenn die Aufträge erledigt sind, oder?"

„Dann kann Kevin aber nicht mehr weg wegen der Schule."

„Oh." Er kippelte mit dem Küchenstuhl. Als Brenda die Augenbrauen hochzog, dachte er, sie würde ihn jetzt gleich zurechtweisen.

„Das ist nicht nur Smalltalk, weißt du? Ich meine es *ernst*." Dann: „Du bist derjenige, der so viel über Menschen weiß, Sam. Du bist der Pastor, derjenige, der alle Antworten hat. Du bist derjenige, der gelernt hat, was man sagen muss."

Das Einzige, was Sam in dieser Minute zu Kevin sagen wollte, war, dass er stinkwütend auf ihn war, weil er den Mustang gestohlen hatte und wie ein Verrückter gefahren war. Brendas Bitte traf ihn wie ein Stein.

Sie hat recht. Du hast mich zum Pastor berufen. Ich sollte besser *darin sein.*

„Er ist zu verletzt, um auf irgendjemand anderen zu hören, aber *Gott* würde vielleicht durch dich zu ihm sprechen. Dir würde er zuhören, ich weiß, dass er das würde."

„Brenda ..."

„Hast du seit neulich Abend mit Kevin *gesprochen*?"

„Nein." Er stellte seine Tasse hart auf die Tischplatte. „Hast du das von mir erwartet? Nach dem, was passiert ist, dachte ich, Kevin würde mit *mir* sprechen. Ich dachte, es käme eine Entschuldigung."

„*Ich* habe mich entschuldigt", sagte sie ausdruckslos.

„Nein", entgegnete er. „Ich habe eine Entschuldigung von *ihm* erwartet. Das ist er mir *schuldig*."

Der Ärger in ihrem Gesicht war unfair, aber er überraschte ihn nicht. Er wusste, dass ihre Gefühle überreizt waren und dass jede Kleinigkeit sie aus dem Gleichgewicht bringen konnte. Aber hier ging es auch um *sein* Leben, nicht um irgendeinen Termin, von dem er am Ende des Tages nach Hause gehen konnte. Brendas Reaktion war ansteckend. Oder sie hatte vielleicht in Wirklichkeit den Ärger von ihm übernommen. Denn der Ärger war unübersehbar da, er saß wie ein Knoten in seinem Bauch und raubte ihm den Atem.

„Um Himmels willen, Sam! Wir haben so viel durchgemacht. Findest du nicht, dass dir nicht so wichtig sein sollte, was er dir schuldig ist?" Sie legte beide Hände auf den Tisch, biss sich auf die Unterlippe und beugte sich vor, als wollte sie ihn angreifen. Dann sackte sie seufzend in sich zusammen.

Der Teller mit den Croissants stand wie eine Barriere zwischen ihnen. Auf der Arbeitsplatte links neben Sam gab die Kaffeemaschine ein letztes Spucken von sich. Der Uhrzeiger über ihrem Kopf tickte mit scharfen, steifen Bewegungen die Sekunden weg.

„Ich verlange von dir ja nicht, dass du Joes Platz einnimmst, weißt du. Das kann niemand."

„So habe ich das auch nicht gesehen."

Plötzlich sah Sam sein Leben mit Brenda vor sich: die kleine Schwester, die immer wie eine lästige Klette an ihm hing, die immer zu allem, was er machte, ihren Kommentar abgeben musste, ständig Dinge organisierte, Bitten anbrachte, ihn ausbremste.

Sie hatte ihn nie losgelassen. So viele Jahre, in denen er wollte, dass Brenda ihre eigenen Wege ging, und jetzt war sie wieder da und wollte immer noch alles Mögliche von ihm.

„Du weißt, wie es bei Jungen in diesem Alter sein kann. Sie machen alles, um ihre Freunde zu beeindrucken. Sie verstecken das, was sie fühlen, hinter Angeberei und aggressivem Verhalten."

„Ja."

„Du weißt, wie leicht es vorkommen kann, dass sie einen richtigen Fehler machen und dass eine falsche Entscheidung lebenslange Folgen für sie haben kann."

Sam stand auf, um sich neuen Kaffee einzuschenken. Er hielt ihr mit fragendem Blick die Kaffeekanne hin. Als sie nicht reagierte, goss er den restlichen Kaffee in seine eigene Tasse.

„Vielleicht hat er das Gefühl, dass Gott ihm seinen Vater weggenommen hat, weil Gott wegen irgendetwas auf ihn sauer ist."

Sam stellte die Tasse geräuschvoll auf den Tisch.

„Du weißt, wie dünn diese Grenze ist", redete Brenda weiter. „Kinder können auf beiden Seiten von diesem dünnen Grat hinunterfallen, und womöglich rappeln sie sich nie wieder auf. Es hängt davon ab, wie sie sich selbst sehen, welche Fähigkeiten sie sich zutrauen. Davor habe ich Angst."

Sam musste zugeben, dass sie ins Schwarze getroffen hatte. Nur in einem hatte sie nicht Recht: *Er ist zu sehr verletzt, um auf irgendjemand anderen zu hören, aber Gott würde vielleicht durch dich zu ihm sprechen,* hatte sie gesagt. *Gott scheint mich in letzter Zeit nicht allzu gern zu benutzen. Ist dir das denn nicht aufgefallen?*

„Ich fürchte, dass er auch weiterhin falsche Entscheidungen treffen wird. Du weißt doch, wie das läuft, Sam. Wenn es mit einem Jugendlichen erst einmal bergab geht, rutscht er ganz schnell ab, wenn ihn nichts auffängt."

Sam wurde plötzlich schwindelig, aber er wusste nicht, ob das von den Croissants kam oder davon, dass ihn die Last ihrer Forderung erdrückte. „Brenda, du hast mich gebeten, Joes Beerdigungsgottesdienst zu halten, obwohl ich lieber neben dir in der Kirchenbank gesessen hätte, und ich *habe* den Gottesdienst gehalten. Du wolltest, dass ich deinen Kater zum Tierarzt bringe, obwohl es an der Zeit gewesen wäre, ihn einzuschläfern, und ich habe es gemacht. Du hast mich gebeten, bei Joe zu sein, als Kevin geboren wurde, und auch das habe ich gemacht." Sam kam allmählich auf Touren. „Du rufst mich jedes Mal an, wenn du Hilfe brauchst, um Mamas Klavier zu verschieben, und ich mache auch *das*. Du wolltest, dass ich Joe überrede, ein Haus zu kaufen, und ich habe es gemacht. Du hast mich gebeten, mich darum zu kümmern, das richtige Heim für Mama zu finden, und *das* habe ich auch gemacht."

„Ich weiß."

„Du bist so sehr damit beschäftigt, dir Dinge auszudenken, die ich für dich tun soll, dass du gar nicht merkst, dass ich auch einen Freund verloren habe."

„Ich weiß, dass ich dich um all das gebeten habe." Ihm gefiel ihre Stimme nicht, die klang, als fühlte sie sich verraten. Ihre Worte waren ruhig und nüchtern. „Ich wusste nicht, dass du darüber Buch führst."

„Das tue ich auch nicht."

Mit Kevin Zeit zu verbringen wäre zu jedem anderen

Zeitpunkt wahrscheinlich für ihn in Ordnung gewesen. Aber sich ausgerechnet jetzt um seinen Neffen zu kümmern, empfand er wie den berühmten Tropfen, der das Fass zum Überlaufen brachte. Er hatte das Gefühl, dass es einfach zu viel war. Gleichzeitig rang Sam mit sich, ob er es trotzdem tun sollte. So ganz abstrakt wusste er, dass Gott ihm die Kraft dazu geben und etwas Gutes daraus machen konnte. Aber praktisch gedacht ...

„Er leidet wegen Joe, vielleicht sogar noch schlimmer als wir. Als Kevin mit dieser Kuh zusammenprallte und sie tötete – ich glaube nicht, dass du das weißt –, das war das erste Mal, dass er weinen konnte."

Sam stand auf, spülte seinen Kaffeebecher mit Wasser aus. „Es tut mir leid." Er stellte den Becher auf die Arbeitsplatte. „Ich muss jetzt los."

Die ganzen Jahre hatte er immer versucht, seine Schwester nicht zu enttäuschen. Und jetzt konnte er einfach nicht anders.

„Sam? Was sagst du da?"

Die Enttäuschung hing wie aufgewirbelter Staub zwischen ihnen in der Luft.

Es ist nicht so, dass ich Gott nicht mehr vertrauen würde. Es ist so, dass ich mir *selbst nicht mehr vertraue.*

„Du bist diejenige, die für Kevin da sein muss, Brenda. Ich habe nichts, das ich ihm geben könnte."

Kapitel 10

Als Sam am Dienstagabend zur monatlichen Sitzung des Kirchenvorstands kam, schleppte er ein schweres Bündel an Schuldgefühlen mit sich herum. Den ganzen Tag hatte er sich vor Augen geführt, was für einen hohen Preis er dafür zahlte, dass er seine Schwester sitzen ließ. Den ganzen Tag hatte er sich Vorwürfe gemacht, weil er sich leer und ausgetrocknet fühlte und sich nicht imstande sah, sich um seinen Neffen zu kümmern – ausgerechnet um den Menschen, der ihn wahrscheinlich am meisten brauchte.

Sam wünschte sich nichts anderes, als dass diese Sitzung glattlief, damit er nach Hause fahren, sich mit Ginny in seinem Ledersessel verschanzen und seine Schuldgefühle pflegen könnte.

Alles begann ganz gut. Der Kirchenvorstand arbeitete sich durch die Tagesordnung und den Bericht des Schatzmeisters und den Sonntagsschullehrplan für das nächste Jahr. Sie diskutierten über die Absicht des Bauausschusses, Angebote für die Parkplatzbeleuchtung einzuholen, sprachen über die Vorzüge der Concerto-II-Orchesterorgel und beauftragten den Jugendpastor, für den nächsten Sommer einen Jugendmissionseinsatz nach Mexiko vorzubereiten. Sie beschlossen, den Lobpreisgottesdienst einschließlich Ben Barkers Schnarchkonzert am frühen Morgen aufgrund der eindrucksvollen Teilnehmerzahlen weiterzuführen. Sie legten den endgültigen Termin für die Weihnachtskantate fest. Dann beschlossen sie sogar, Mary eine bescheidene und sehr verdiente Gehaltserhöhung zu bewilligen.

Erst als die erschöpfte Gruppe anfing, sich vom Tisch zu erheben und ihre Papiere zusammenzuräumen, sagte Grant Ransom mit ruhiger Stimme: „Sam, die Sitzung ist noch nicht beendet. Es gibt noch einen Punkt, den wir behandeln müssen."

„Dann soll doch jemand die Sitzung beenden", sagte David Hawthorne mit einem Blick auf seine Armbanduhr. „Ich wollte das letzte Spiel noch sehen."

Aber niemand beendete die Sitzung. Stühle wurden quietschend wieder an den Tisch geschoben. Mary beugte sich vor. Ihre roten Haare leuchteten im Lampenlicht. Sie schlug ihre Schreibmappe wieder auf und nahm mit einem schweren Seufzer ihren Stift in die Hand, um weitere Notizen zu machen. „Wissen Sie, worum es geht, Pastor Tibbits?", flüsterte sie. „Zu mir hat Grant kein Wort gesagt."

Sam schüttelte den Kopf. „Zu mir auch nicht." Er zuckte die Achseln. In diesem kurzen Augenblick war er zu seinem Glück noch völlig ahnungslos von den Ereignissen, die ihn bald überrollen sollten.

Mary roch nach Orangen. Vielleicht war es auch Grapefruit. Eine Zitrusfrucht, die zu ihren Haaren zu passen schien. Sie verstand mehr als alle anderen seine Ziele mit der Gemeinde. In diesem kurzen Augenblick gestand sich Sam ein, dass er ihre Anwesenheit gleichzeitig als angenehm und beruhigend empfand.

Grant, der drei Stühle weiter saß, zog einen gelben Aktenordner hervor. Während die Sekunden verstrichen und Grant zögerte, begann Sam sich zu fragen, ob vielleicht etwas im Argen lag.

Er warf wieder einen Blick auf Mary. Dieses Mal war sie diejenige, die nur die Achseln zucken konnte.

Sam war sicher, dass niemand diese kleine Gemeinde mehr liebte als die Familie Ransom. Als Grants Schwiegervater gestorben war, hatte Grant einen großen Teil des Erbes in einer Stiftung angelegt, damit die Ferienbibelschule auch in Zukunft finanziert werden konnte. Jeden Mittwochmittag verließ Grant sein Büro und fuhr zur Kirche. Egal, wie schlecht das Wetter auch sein mochte, bestand er jedes Mal in den 45 Minuten, die er Zeit hatte, darauf, dass Sam sich für einen Predigttitel entschied, wühlte in den großen Plastikbuchstaben im Lagerraum und hängte den Predigttitel des nächsten Sonntags – so etwas wie: WENN EIN ENGEL ZU BESUCH KOMMT oder DREI SCHRITTE, UM UNSERE BESTIMMUNG ZU FINDEN – an das Anschlagbrett neben der Straße.

Vor allem aber war Grant derjenige, der manchmal mitten am Tag in Sams Büro kam und sagte: „Junge, was hältst du davon, zum See zu fahren und ein paar Runden spazieren zu gehen? Ich weiß, dass du eine Pause vertragen könntest, und ich auch."

Grant schlug mit der flachen Hand auf den Tisch und begann zu sprechen. Einen Augenblick lang war Sam von dem offenen Fenster hinter sich abgelenkt. Der Sommerabendwind wehte herein, sanft und süß duftend. Sam nahm sich vor, auf dem Heimweg die Fenster in seinem Auto aufzumachen und Musik zu hören. Grants Worte schwebten in der warmen Luft auf ihn zu.

„... jeder weiß ... Sorge um diese Gemeinde ... tiefe Liebe zu ihrem Pastor ..."

Sam zwang sich, sich zu konzentrieren. *Okay. Okay. Worauf willst du hinaus, Freund?*

„... auch so sehen“, sagte Grant gerade. „Ich würde nie die Zukunft von dem, was wir hier haben, gefährden.“

Ach so, jetzt wusste Sam Bescheid. Der Kirchenvorstand wollte noch einmal klarstellen, wo er in Bezug auf sein „Essen für die Obdachlosen“ stand. Grants nächste Worte bestätigten Sams Vermutung: „Wir sehen alle, dass du das vorantreiben willst, Sam. Du sollst aber wissen, dass mehrere Mitglieder deines Kirchenvorstands nicht glauben, dass dies die Richtung ist, die diese Gemeinde einschlagen sollte.“

„Unser himmlischer Vater fordert uns auf, den Menschen, die keine Freunde haben, ein Freund zu sein, Grant. Ich verstehe nicht, wie jemand das anders sehen kann.“

„Keiner von uns ist grundsätzlich gegen diesen Gedanken, das weißt du. Aber als Gemeinde können wir nicht allen Menschen alles sein. Es gibt andere Menschen, die bereits zu uns kommen und die uns auch brauchen.“

„Das weiß ich.“ *Und ich sehe noch mehr*, dachte Sam.

Vielleicht lag er dieses Mal falsch. Vielleicht drängte ihn etwas in seinem eigenen Leben, ein innerer Zwang, der ihm nicht bewusst war, hin zu den Obdachlosen. Vielleicht war ein Mensch von der Straße nett zu ihm gewesen, als Sam noch klein gewesen war und zu jung, um sich daran erinnern zu können. Aber er wollte keinen Rückzieher machen. Dieses Drängen in ihm war zu stark und spiegelte andere Impulse in seinem Leben wider, hinter denen er Gottes Reden gehört hatte.

Als Sam einen Obdachlosen, den er an einer Bushaltestelle getroffen hatte, am letzten Sonntag zum Gottesdienst eingeladen hatte, hatte er das in der Hoffnung getan, dass andere den Mann auch kennenlernten und sich von der Vision ihres Pastors anstecken ließen. Dieser Plan war jedoch nicht ganz aufgegangen. Ja, der Mann hatte an diesem Sonntag einen Platz in der dritten Reihe gefunden – in der Bank, in der normalerweise die Hawthornes saßen. Harry Kraft (der wunderbare, wunderbare Harry) hatte Kurt zur Begrüßung freundlich umarmt. Aber Kurt hatte nicht gut gerochen. Er hatte immer wieder geschnieft und laute Bemerkungen fallen lassen, während Sam die Predigt hielt. Er war in der Kirchenbank vor und zurück geschaukelt. Während die Lieder gesungen wurden, hatte er das, was von seinen Schuhen übrig war, ausgezogen und mit seinen schmutzigen Zehen gewackelt.

„Ja", platzte Sam heraus. „Ich habe ihn eingeladen. Wenn ihr seine Geschichte gehört hättet ..."

Sam hatte Kurt einige Fragen gestellt, während sie nebeneinander auf den Bus gewartet hatten. Kurt war aus Chicago gekommen, wo er seinen ganzen irdischen Besitz in einem Einkaufswagen deponiert hatte. Eines Nachts hatte ein Jugendlicher seinen Einkaufswagen in Brand gesteckt, und als Kurts Straßenfamilie die Flammen gelöscht hatte, war alles, was er besessen hatte, fort gewesen. Sein einziger Freund war mehrere Monate lang ein Hund namens „Stoff" gewesen. Kurt hatte den Hund hinten an einem Lastwagen angebunden gesehen und ihn losgemacht. Nachdem Stoff ihm zwei Wochen lang glücklich und gefräßig durch die Straßen gefolgt war, stellte Kurt fest, dass der Name des Hundes, der an seinem Halsband eingraviert war, die Kurzform war von „Such den Stoff". Kurt hatte einen Drogenspürhund losgebunden, der mehrere tausend Dollar wert war.

„... wenn ihr seine Geschichte hören würdet, würdet ihr die Sache vielleicht anders sehen."

„Ich habe genug Geschichten von Obdachlosen in Des Moines gehört. Ich habe selbst schon Geld für ihre Notunterkünfte gegeben."

Die Bibelstellen, die Bilder, die Argumente hatten sich alle tief in Sam eingeprägt. *Worauf willst du hinaus, Grant?*, hätte er vielleicht fragen können. *Hast du einfach Angst, dass unästhetisch aussehende Obdachlose hier ein und aus gehen? Oder geht es tiefer? Willst du hier niemanden aus den ärmeren Vierteln haben?*

Sam hätte etwas aus der Bibel zitieren können. Psalm 113 kam ihm in den Sinn. *„Er holt die Armen aus dem Staub heraus und die Hilflosen aus dem Schmutz."* Oder er hätte fragen können: *Seit wann bist du bereit, die Dinge so zu belassen, wie sie sind, Grant? Seit wann gibst du dich mit dem Status quo zufrieden?*

Aber Sam hielt den Mund, litt innerlich, und all diese Kommentare blieben ungesagt.

„Ihr wisst, dass meine Familie die Gemeinde finanziell unterstützt. Aber es könnte sein, dass wir uns das noch einmal überlegen müssen. Vielleicht wollen wir einer Kirche, die sich mehr dafür interessiert, Vagabunden zu bewirten, als sich um ihre eigenen Leute zu kümmern, nicht mehr so viel Geld geben."

Dieser starke Ruf, auf Menschen wie Kurt zuzugehen, hallte schon lange in Sams Kopf und Herz wider. Er hatte ihn, schon lange bevor Joe krank geworden war, beschäftigt. Er hatte Sam während Joes emotional aufwühlender und kräftezehrender Beerdigung keine Ruhe gelassen, er hatte ihm keine Ruhe gelassen, während er Brenda half und als Kevin den Mustang zu Schrott fuhr. Seine Vision, auf die Obdachlosen zuzugehen, hatte ihn als feste Gewissheit begleitet, während Sam für Joes Heilung gebetet hatte. Jetzt war dieser Wunsch das Einzige, was ihm noch geblieben war.

„Es gibt staatliche Stellen, die sich um Obdachlose kümmern, Sam. Diese Menschen sind nicht in erster Linie das Problem der Kirche."

„Es geht mir dabei um etwas Tieferes als eine Suppenküche, Grant. Ich wünsche mir, dass wir auf die Menschen in Des Moines zugehen, auf die am wenigsten zugegangen wird, die am wenigsten gerettet sind. Du würdest wegen dieser Sache deine finanzielle Unterstützung einstellen? Die Ransom-Stiftung?" Sam wusste, dass es falsch war, diese Frage so zu stellen, aber plötzlich war er zu erschöpft, um seine Worte abzuwägen.

„Zieh das jetzt nicht auf die persönliche Ebene, Sam. Hier geht es um die *Gemeinde*."

Einen sonderbaren Moment lang, den Sam nicht erklären konnte, untersuchte sein Diakon und Freund seinen Daumennagel. „Es geht um deine Kraft, Sam. Wir sehen, dass du erschöpft bist. Seit Joe gestorben ist, bist du nicht mehr so effektiv, wie du es sein könntest."

„Verstehe."

„Als ich neulich in dein Büro kam, hast du dagesessen und hattest den Kopf auf dem Schreibtisch liegen."

„Ja."

„Du hast keinen Blick mehr für Details. Die Parkplatzbeleuchtung zum Beispiel. Und jetzt sprichst du davon, dass du eine neue Arbeit anfangen willst, etwas, das dich noch mehr auslaugen wird." Aus weiter, hohler Ferne hörte Sam Grant weiterreden. „Es ist so, Sam", sagte er sehr leise, sehr betont, „dass wir finden, dass du eine Sabbatzeit brauchst."

Sam hob das Kinn und starrte Grant an. Zum ersten Mal

fiel ihm die Stille um den Tisch herum auf. „Was *meinst* du damit?"

„Wir meinen, dass du eine Pause von der Gemeinde brauchst. Du weißt schon. So etwas wie einen längeren Urlaub."

Etwas flüsterte ihm zu: *Das bedeutet, dass sie dich loswerden wollen.*

Niemand bewegte sich. David Hawthorne, der anscheinend vorher nichts davon gewusst hatte, sah schockiert aus. Sam hörte Mary keuchen. Harvey Mittler, ein anderer Diakon, starrte auf die Kappe seines Kugelschreibers, als könnte sie jeden Augenblick davonschießen.

„Habe ich etwas falsch gemacht? Habe ich jemanden beleidigt? Grant, habe ich *dich* beleidigt?"

Schweigen.

„Erzähle ich auf der Kanzel zu oft dieselben Witze oder was?"

„Im Moment", sagte Grant, „denken wir, dass wir als Gemeinde ohne dich besser dran sind."

„Was? Wie? Wir?", stammelte Sam. „Wer ist *wir*?"

„Der Vorstand. Wir haben darüber abgestimmt."

Was Sam ein ganz sonderbares Gefühl gab – was im Grunde am schmerzlichsten von allem war –, war die Erkenntnis, dass all dies offensichtlich unter seinen Mitarbeitern und Kollegen diskutiert, in Fluren geflüstert, beim Mittagessen zerpflückt, am Handy seziert worden war – und dass er selbst nicht die geringste Ahnung davon gehabt hatte.

„Verstehe", sagte Sam und kam sich wie ein Papagei vor. Er hasste es, dass seine Stimme wie ein Automat klang. Seine Kehle war wie zugeschnürt, und er hatte das Gefühl, keine Luft mehr zu kriegen. „Wie lange?", brachte er schließlich über die Lippen. „Wie lange soll ich wegbleiben?"

„Wir dachten an zwei, drei Monate. Lang genug, damit du herausfinden kannst, wie deine Prioritäten aussehen."

„Ihr erwartet, dass ich meine Meinung ändere?"

„Wir hoffen, dass du dich entscheidest, dich auf einen anderen Bereich zu konzentrieren."

Aber wer wird sonntags predigen, wenn ich nicht hier bin? Wer wird mit Harry über Kohlenstoffdatierung sprechen und mit Dottie über die Krankheit ihres Sohnes und mit dem einsamen Mann im Park über seinen Drogenspürhund? Warum soll ich eine Sabbatzeit nehmen? Wohin soll ich überhaupt fahren?

„Wer würde meinen Platz einnehmen? Ein Hilfspastor?"

„Der Kirchenvorstand hat bereits Kontakt zu mehreren infrage kommenden Leuten aufgenommen. Wir haben jemanden gefunden, der als Interimspastor deinen Platz übernehmen wird. Wir holen jemanden von außen. Jemanden, der ..."

„... mein Büro benutzen wird. Meine Arbeit machen wird."

Wer wird diese ganzen Aufläufe essen, wenn ich nicht da bin?

Angst begann ihn zu quälen. Plötzlich fragte sich Sam, ob er noch eine Stelle haben würde, wenn er zurückkehrte.

Wenn ich kein Pastor mehr bin, was soll dann aus mir werden?

„Du wirst verstehen, dass es eine Raumfrage ist. Wenn wir Platz hätten, um ihn in einem anderen Büro unterzubringen, würden wir das tun."

*

Lange nachdem die anderen an diesem Abend nach Hause gegangen waren, saß Sam immer noch am Besprechungstisch und starrte schockiert seine Hände an.

Schockiert, dass Grant gedroht hatte, seine finanzielle Unterstützung einzustellen, was ihm fast wie ein Verrat vorkam.

Schockiert, dass morgen früh nichts mehr so sein würde, wie es heute gewesen war.

Eine große Unsicherheit startete ihren ersten, nagenden Angriff auf ihn. Vielleicht hatten die anderen Recht und er war im Unrecht, vielleicht hatte er seine Berufung irgendwie falsch gedeutet, seine Prioritäten falsch gesetzt. Vielleicht sahen sie alles klar und Sams Wahrnehmung von Gottes Willen, auf die er so angewiesen war, wenn er als Pastor überleben wollte, war trüb geworden.

Aber das ist alles, was ich kann, Herr. Ich wüsste nicht, wie ich es anders machen sollte.

Eine große Bibliothek von Nachschlagewerken und zerfledderten Notenblättern und Lehrmaterial aus 20 Jahren säumte die hohen, dunklen Regale um ihn herum. Das Zimmer war für ihn noch nie so leer gewesen, so schwer und bedeutungslos, so ohne jeden Ton.

Aber er war nicht ganz allein. Mary war die Einzige, die nicht eilig davongelaufen war, sobald die Sitzung beendet war. Nachdem die anderen schleunigst das Weite gesucht hatten, war sie auf ihrem Stuhl sitzen geblieben.

Sam hatte sich darauf eingestellt, dass sie ihn sofort mit Mitgefühl überschütten würde. Aber das tat sie nicht. Die Frau, die ihn wegen seiner unechten Pflanzen im Büro aufzog, stand ihm jetzt durch ihre einfache, schweigende

Anwesenheit bei. Sie redete ihm weder gut zu noch versuchte sie ihn mit billigen Phrasen zu trösten.

Auch in seinem Schmerz war er unbeschreiblich dankbar, dass Mary ihn verstand. Doch seine plötzlichen Zweifel trafen ihn so sehr, dass er seine Gefühle nicht in Worte fassen konnte.

Kapitel 11

Sam und sein Vater gingen wie jeden Dienstagmorgen nebeneinander her. Diesen Spaziergang planten Vater und Sohn einmal in der Woche fest ein. Sie stapften Seite an Seite durch die ausgefahrenen Furchen des Feldweges, der sich um die Maisfelder zog. Die Sonne warf schon jetzt, um sieben Uhr morgens, einen goldenen Schein auf die hohen, grünen Pflanzen. Lange Zeit sprachen sie kein Wort. Ihre Schritte waren lang und kraftvoll, ihre Arme schwangen im gleichen Rhythmus vor und zurück. Wenn sie zum alten Haus seiner Eltern zurückkamen, würden ihre Schuhe nass sein vom Tau.

Ginny lief vor ihnen her. Während Sam neben Edward Tibbits dahinmarschierte, prasselten die Fragen und Zweifel wie körperliche Schläge auf ihn ein.

Ja, gab er schließlich zu. *Ich bin erschöpft. Ich bin ausgebrannt.*

Wenn das alles nicht gewesen wäre, hätten seine Zweifel ihn vielleicht nicht so leicht untergekriegt. Er glaubte einfach nicht, dass er noch länger kämpfen konnte.

Wenn Grant recht hat und ich unrecht, wenn ich die Stimme des Herrn jetzt nicht höre, habe ich dann überhaupt jemals wirklich Gott sprechen hören?

Als sie beim Haus ankamen, trank Ginny Wasser aus einer Schüssel, die Edward für sie hingestellt hatte. Sam konnte nie in diese Küche gehen, ohne seine Mutter zu vermissen. Er schluckte schwer. „Wie geht es ihr, Papa?“

„Leider nicht sehr gut, mein Sohn." Sams Vater wischte sich die Hände an einem Küchentuch ab. „Sie hat kein einziges Wort gesagt, als ich ihr die hier zeigte." Er deutete auf die Fotos, die er auf der Arbeitsplatte liegen gelassen hatte.

„Was für Bilder sind das?"

„Alte Urlaubsfotos. Von Piddock Beach."

„Kann ich sie sehen?"

„Natürlich."

Edward schob Sam den Bilderstapel zu. Sam begann, eines nach dem anderen anzuschauen.

„Diese Urlaube waren immer so schön. Ich dachte, wenn ich sie mit ins Pflegeheim nehme und ihr davon erzähle, würde deine Mutter sich erinnern."

„Und sie hat sich nicht erinnert?"

Edward schüttelte den Kopf und nahm die Orangensaftpackung. „Nein."

„Ach, Papa. Das tut mir leid."

Während er zuschaute, wie sein Vater Orangensaft ins Glas goss, sah er, wie seine Hand zitterte. Sam stand auf und betrachtete diese Hand, die früher ruhig und stark gewesen war. Sam ertappte sich dabei, dass er den Arm seines Vaters berühren wollte, damit das Zittern aufhörte. Schnell schaute er wieder die Bilder an und tat so, als hätte er nichts gesehen.

„Papa, schau dir das an. Erinnerst du dich an diese Bademütze von Mama? Brenda und ich haben sie immer angefleht, sie aufzusetzen, weil ständig diese Gummiblumen abfielen und wir dann nach ihnen tauchen konnten."

„Welche Bademütze? Ach, *die.*"

Sie schmunzelten, während sie Edwards pluderige Bermudashorts und sein kurzärmeliges Hawaiihemd anschauten, das wie ein Werbeplakat für Ananas aussah. Sie lachten über Sams zerzauste Haare. Über Terries Taille, die mit ihrem breiten Ledergürtel über dem Rock wie eine Sanduhr aussah. Über Brendas Katzenaugen-Sonnenbrille mit Glitzersteinen, deren Seitenteile wie Pfeile von ihren Schläfen abstanden.

Da war ein Foto, wie Mama Brendas Haare aufdrehte. Sie erinnerten sich an Brendas Geschrei, während ihre Mutter ihren Kopf malträtierte. „Warum in aller Welt haben sie sich überhaupt die Haare gemacht, Papa? Wir waren am *Strand*."

„Ach, weißt du." Edward stellte den Orangensaft in den Kühlschrank. *„Frauen."*

Edwards Bemerkung brachte sie wieder dorthin zurück, wo dieses Gespräch begonnen hatte. Ihr Lachen erstarb. Vater und Sohn schauten einander ernst an. „Es ist einfach so schade", seufzte Edward, „dass Terrie jetzt nicht für Brenda da sein kann. In dieser schweren Zeit könnte sie ihre Mutter so gut brauchen. Jetzt, wo sie Joe verloren hat und das alles ..."

„Ich weiß."

„Es ist bestimmt nicht leicht, einen Sohn allein aufziehen zu müssen."

„Ja."

Sam legte die Fotos wieder auf die Arbeitsplatte, und Edward nahm sie in die Hand. „Das ist das Bild, bei dem ich sicher war, dass sie darauf reagieren würde", sagte er und zog einen Schnappschuss heraus. Sam warf einen Blick darauf und sah Terrie auf der Brücke der *Westerly* mit angewidert verzogenem Gesicht, während sie einen toten Fisch hochhielt. „Das war das einzige Mal, dass es mir gelungen war, sie zu überreden, mit uns rauszufahren und Fische zu fangen. Sie hat sich sonst immer geweigert, erinnerst du dich?“

Sam nickte.

„Fragst du dich manchmal, was aus diesen McCarts geworden ist?“, sinnierte Edward. „Wir hatten auf den Booten so viel Spaß.“

„Nein“, log Sam.

„Was für ein Leben! Den ganzen Tag auf dem Meer zu verbringen und Fische zu fangen. Wenn ich noch einmal von vorne anfangen könnte, würde ich ...“

Sam wartete, da er dachte, sein Vater wollte den Satz beenden. Als er das nicht tat, brach Sam das Schweigen. „Was? Was würdest du anders machen, wenn du noch einmal von vorne anfangen könntest?“

„Ach, ich weiß nicht, Sam. Ich habe einfach so vor mich hin geredet.“

„Wünschst du dir manchmal, du könntest die Zeit zurückdrehen, Papa? Nachdem du jetzt weißt, wie alles geworden ist? Fragst du dich manchmal, ob du die Chance hättest, diese Jahre mit Mama bewusster zu leben, wenn du es anders machen würdest?“

Edward stützte sich mit der Hüfte an der Arbeitsplatte ab. „Warum fragst du so etwas?“

„Wenn so etwas möglich wäre, würdest du dann die Zeit zurückdrehen und etwas Bestimmtes anders machen wollen?“

Edward klang fast verärgert. „Soll ich mich etwa mit solchen Gedanken verrückt machen? Und versuchen herauszufinden, welcher Augenblick es gewesen sein könnte, der alles verändert hat? Soll das ein Scherz sein?“

Sam ließ sich auf den Küchenstuhl plumpsen, auf dem er schon zehntausendmal gesessen hatte, und schob sich mit der Zehe des einen Fußes den anderen Schuh vom Fuß. Sinnlos, sich wegen der Schnürsenkel zu bücken. Ein Haufen winziger Steine rieselte auf den Holzboden.

„Bist du zu dem Schluss gekommen, dass es im Leben so läuft, Sam? Dass ein Mensch zur richtigen Zeit das Richtige tun muss, sonst geht alles schief?"

Sam schob die Steinchen mit den Händen zu einem Haufen zusammen und suchte im Besenschrank nach einer Kehrschaufel.

„Du glaubst, darauf kommt alles an?", fragte sein Vater.

Sam fegte den Schmutz auf die Kehrschaufel und kippte ihn in den Mülleimer. Dann drehte er jeden seiner schmutzigen Schuhe um und klopfte ihn an den Rand des Abfalleimers.

„Ich hätte gedacht, gerade du, Sam, würdest nicht so viel Gewicht auf deine eigene Kraft legen."

Edward legte ein Foto so bedeutungsvoll auf den Tisch, wie er ein Ass ausspielen würde. Sam warf einen Blick darauf. Vor ihm lag ein Bild von Allie McCart.

„Sagst du mir, was mit dir los ist, Sam? Warum du heute Morgen den ganzen Weg marschiert bist, ohne mir auch nur eine einzige Geschichte von den Leuten drüben in der Gemeinde zu erzählen, die dir so am Herzen liegen?"

Als Sam seine Schuhe in den Abfalleimer geleert hatte, war ihm aufgefallen, dass der Eimer voll war. Jetzt holte er den Beutel heraus, zog ihn oben zusammen und band ihn zu.

„Ich würde sagen, das bedeutet, dass etwas passiert ist."

Sam sah zur Zimmerdecke hinauf. „Was würdest du davon halten, wenn ich eine Weile in Urlaub fahre, Papa? Kämen du und Brenda mit Mama allein klar, wenn ich für ein paar Wochen weg bin?"

Schließlich begegneten sich ihre Blicke. Edward wartete, und Sam wusste, dass sein Vater ahnte, dass mehr dahintersteckte.

„Sie verlangen von mir, dass ich eine Sabbatzeit nehme. Mir bleibt keine andere Wahl."

„Sam!"

„Ich komme mir vor, als liefe ich davon." Die Scharniere quietschten, als Sam die Fliegengittertür aufstieß und den Beutel hinausbrachte. Als er zurückkam, hielt ihm sein Vater die Tür auf. „Ich habe das Gefühl, dass ich jetzt erst recht hierbleiben sollte, dass ich um meine Position kämpfen sollte, dass ich Grant sagen sollte, dass er einen Fehler macht."

„Vielleicht will Gott nicht, dass du kämpfst."

„Vielleicht ist das der einzige Weg, den ich kenne. Ich habe immer geglaubt, dass man um das kämpfen muss, woran man glaubt."

„Vielleicht will Gott aber jetzt, dass du das Kämpfen ihm überlässt."

Ginny versuchte, einen Ball aus ihrer großen Sammlung unter dem Sessel zu erwischen. Sam grub ihn für sie aus und warf ihn durch das Zimmer. Ginny sprang hinterher und fing ihn in der Luft auf. Edward legte seinem Sohn tröstend eine Hand auf die Schulter.

„Ich werde damit schon irgendwie klarkommen, Papa. Im Moment mache ich mir mehr Sorgen um dich und Mama."

„Seit wann fängst du an, dir um uns Sorgen zu machen? Wir sind diejenigen, die sich um *dich* sorgen sollten."

„Seit ..." Aber Sam beendete den Satz nicht. Denn sie wussten beide, was er sagen würde. *Seit Mama aufgehört hat, sich zu erinnern.*

„Du kümmerst dich schon lange um jeden anderen, nur nicht um dich selbst, mein Junge. Wir kommen schon klar. Du brauchst dir um uns keine Sorgen machen.“

„Wenn sie einen guten Tag hat und mich sehen will, wäre ich aber nicht da.“

„Wenn sie nach dir fragt, sage ich ihr, wo du bist. Ich erzähle ihr, was du machst. Ich erzähle ihr, dass du lange ein guter Kämpfer gewesen bist.“

Das alte Foto von Piddock Beach lag immer noch auf dem Tisch. Schließlich nahm Sam es in die Hand und schaute es an.

Edward sagte: „Dieses Mädchen. Was ist wohl aus ihr geworden?“

Sam starrte nur, ohne ein Wort zu sagen.

„Wie hieß sie doch gleich? Ich kann mich nicht erinnern. Ihr zwei wart damals so gute Freunde. Andrea? Alice?“

„Nein, Papa. Allie. Sie hieß Allie.“

„Ein kluges, kleines Ding. Hing immer um diese Boote herum und wollte ihrem Vater helfen. Ihr zwei habt den Kontakt zueinander verloren, nicht wahr? Sie ist aus der Stadt weggezogen oder so etwas. Jetzt erinnere ich mich.“

Nach all diesen Jahren war es ein eigenartiges Gefühl, Allies Namen auszusprechen. Sam stellte überrascht fest, dass es ihm Freude bereitete, dass sein Vater sie erwähnte. Schlagartig wurde er zurückkatapultiert zu den Sommern an der Küste, zum Knarren und Ächzen der Seile auf den Fischerbooten an windigen Tagen, zum Rascheln des Dünengrases, zum Donnern des Ozeans, wenn die Wellen ans Ufer rollten.

„Hast du schon entschieden, wohin du in dieser Sabbatzeit fahren willst?“, fragte sein Vater.

„Ich schätze, ich könnte überall hinfahren, wohin ich will."

Edward begann, sich aus seinem T-Shirt zu schälen. „Ich sollte jetzt langsam aufbrechen und dich in dein Büro fahren lassen."

„Dort müsste ich mich wirklich bald mal blicken lassen."

Sam zog sich die Schuhe wieder an. „Ich komme noch einmal und besuche Mama, bevor ich wegfahre."

„Das wäre gut."

Sam musste die Schnürsenkel noch binden. Doch seine Finger regten sich lange Zeit nicht. „Ich zweifle nicht an Gott, Papa. Ich zweifle an *mir*", sagte er. „Ich weiß nicht mehr, ob ich bis jetzt überhaupt irgendetwas richtig gemacht habe."

Edward nahm seine Schlüssel vom Schlüsselbrett neben der Tür. Sam band seine Schuhe fertig zu, nahm seine Jacke und pfiff nach Ginny.

„Erinnerst du dich daran, wie das war, als wir versuchten, für deine Mutter die beste Wahl zu treffen, Sam? Erinnerst du dich, dass du gesagt hast: ‚Wenn du im ehrlichen Glauben eine Entscheidung triffst, Papa, kann Gott alles wieder in die richtigen Bahnen lenken, selbst wenn es die falsche Entscheidung gewesen sein sollte'?"

„Ich kann mich nicht erinnern, dass ich das gesagt habe."

„Doch, das hast du gesagt."

Beim Hinausgehen blieb Sam noch einmal stehen und betrachtete den Schnappschuss von Allie. Er musste aufgenommen worden sein, als Allie 13 gewesen war. Mit 13 hatte sie so ein ganz bestimmtes Aussehen gehabt. Er würde nie ihren irgendwie geheimnisvollen Blick vergessen, so als wäre sie um Jahre weiser gewesen als eine Zwölfjährige; als hätte sie eine Schwelle überschritten, als wäre sie bereits an einem Ort angelangt, von dem sie nicht zurückkehren konnte. Auf diesem Bild war sie noch nicht 14; das wusste Sam mit Bestimmtheit. Andere Veränderungen waren gekommen, als sie 14 war – *Frauen*veränderungen, die ihn ein kleines bisschen unsicher gemacht hatten, Veränderungen, die er nie vergessen würde.

Vor wie vielen Jahren war das gewesen?

„Es ist wohl meistens so, dass ein Mann die größten Zweifel an sich selbst hat", sagte sein Vater. „In Bezug auf deine Mutter ging es mir genauso. Es macht einem Angst … dieses Wissen, dass man etwas nicht kann, es aber trotzdem tun muss."

Sam biss sich auf die Unterlippe und nickte leicht. „Nichts ist so gekommen, wie ich es mir vorgestellt hatte."

„Zweifel geben einem ein ganz ähnliches Gefühl wie Angst. Ich will nicht, dass du Angst vor dir hast, Sam. Gott würde das auch nicht wollen."

„Das ist ein guter Rat", sagte Sam und lachte endlich. „Ich wusste, dass du mir einen guten Rat geben würdest."

Er verabschiedete sich mit einem Winken von seinem Vater und zog die Autotür hinter sich zu. Während Sam nach Hause fuhr, um mit dem Packen zu beginnen, sah er immer noch das 13-jährige Mädchen auf dem Bild vor sich, deren braune Haare um ihre Schultern wehten, der Pier im Hintergrund. Wenn sie reden könnte, würde sie sagen: „Wusstest du, dass eine Katze zweiunddreißig Muskeln in jedem Ohr hat?" Oder: „Wusstest du, dass Menschen ohne Kniescheiben zur Welt kommen?"

Es war fast unheimlich, wie weit es ihn zurückzog, als er sich ihre Stimme vorstellte, wie tief Allies grüne Augen immer noch in seine Seele zu schauen schienen.

*

Mary Pokorny war die letzte Person, mit der Sam sprach, bevor er die Stadt verließ. Er wollte gerade zur Tür hinaus und wäre nicht mehr ans Telefon gegangen, wenn nicht ihre Nummer auf seinem Display angezeigt worden wäre.

„Hallo? Mary? Was gibt´s? Habe ich etwas vergessen?"

Er hatte nur sehr wenig Zeit gebraucht, um in seinem Büro alles in Ordnung zu bringen. Er hatte die halb leere Flasche Multivitaminsaft weggeworfen, die er unter seinem Schreibtischstuhl stehen gehabt hatte. Er hatte seinen Talar auf einen Bügel gehängt und an der Garderobe gelassen, damit der Interimspastor ihn finden konnte. Er hatte seine Gitarre in ihrem Koffer verstaut und zum Auto hinausgetragen. Das war sein ganzes Packen gewesen.

„Sie haben nichts vergessen", sagte Mary. „Ich wollte nur ..."

„Was?"

„Ich musste nur noch mit Ihnen sprechen, bevor Sie wegfahren."

Sam kam in den Sinn, dass es auch Dinge gab, die er Mary sagen sollte. Er musste ihr danken, dass sie seine Vertraute war. Er musste ihr für ihr Lachen danken, das ihm oft Kraft gab. Er musste ihr danken, dass sie über das Oberflächliche hinaussah und ihn beriet, wenn er vielleicht etwas Subtiles übersehen hatte. Er hatte so sehr auf seine eigenen Verletzungen geschaut, dass er überhaupt nicht überlegt hatte, wie sich das alles auf sie auswirken würde.

„Danke für alles, Mary. Sie waren mir eine sehr große Hilfe."

„Sie klingen, als kämen Sie nicht zurück."

Der leise, beherrschte Ton in ihrer Stimme verwirrte ihn. Sam war nicht sicher gewesen, wie sie auf seine Abreise reagieren würde, ob sie Argumente anführen würde, die dagegen sprächen, ob sie ihm ihr Mitleid ausdrücken würde oder ob sie ihm sagen würde, dass er Recht damit tat zu fahren.

Doch nun sagte sie in dieser leisen Stimme: „Ich will, dass Sie auf sich aufpassen. Hören Sie?"

Er war nicht sicher, was er sagen sollte. „Rufen Sie deshalb an, um mir das zu sagen?"

„Ja."

„Sie hätten mich beinahe nicht mehr erwischt. Ich wollte gerade zur Tür hinaus."

„Nehmen Sie Ihr Handy mit", sagte sie. „Nur für den Fall, dass sich irgendetwas ergibt. Rufen Sie vielleicht ..."

„Das werde ich." Er merkte, dass er das Handy viel zu fest an seine Schläfe drückte.

„Sam?"

Er wechselte ans andere Ohr. „Ja?"

„Ihnen ist hoffentlich klar, dass Sie nicht einfach eine Stadt oder ein Problem hier zurücklassen, Sam. Es gibt hier Menschen, denen Sie wichtig sind."

Kapitel 12

Kevin lümmelte sich auf dem Beifahrersitz des Autos, hatte die Arme hinter der Kopflehne verschränkt und seine Schuhe auf das Armaturenbrett gestemmt. Auf dem Schild seiner Baseballkappe, die er schief trug, stand das Graffiti-Logo irgendeines Rap-Sängers. Kevin war missmutig und schweigsam. Er hatte die Augen fest zusammengekniffen und geradeaus gerichtet, seit er seinen Seesack in den Kofferraum geworfen hatte und sie losgefahren waren.

Nicht einmal Ginny, die auf dem Sitz hinter ihnen herumschnüffelte und hin und wieder den Kopf auf Kevins Schulter legte, hatte ihn auftauen können.

Sie waren unterwegs in Richtung Westen und fuhren in die Glut des Sommertages hinein, während die Klimaanlage schwer schnaufte, um der Hitze Herr zu werden. Jetzt, wo das Licht hinter den breiten Grasflächen von Nebraska verschwunden war, brauchte Sam nicht mehr die Augen zusammenzukneifen, um besser sehen zu können. Er verlangsamte das Tempo ein wenig, bevor sie die Bundesstraße erreichten, und ließ die Fenster ein Stück hinunter, damit Ginny den Kopf hinausstrecken konnte. Eine kräftige Brise Landluft wehte herein. „Ah, diese Luft“, bemerkte Sam. „Ginny, jetzt kannst du ...“

Aber er brach ab. Jede Erwähnung von Rindern konnte sie auf gefährliches Terrain bringen. *Hey, Kevin, erinnert dich dieser Geruch nicht an Steaks? Glaubst du, dazu haben sie die arme Kuh verarbeitet, in die du mit meinem Mustang gerast bist?*

Sam klappte den Mund wieder zu und fuhr weitere 15 Meilen, ohne ein Wort zu sagen.

Zum x-ten Mal, seit sie in Iowa aufgebrochen waren, ertappte sich Sam dabei, dass er an die Gemeinde dachte. Sosehr er sich auch bemühte, es nicht zu tun – er konnte nicht anders. Es war Dienstag. Was machten sie am Dienstag? Zum einen fand heute das Mitarbeitertreffen statt.

Hör auf, Sam. Es hat keinen Sinn, dich damit zu quälen. Er schickte ein Gebet für die anderen zum Himmel und ließ es dabei bewenden. Wahrscheinlich sollte er sich lieber auf Kevin konzentrieren.

„Wir könnten uns deine Musik anhören. Ich hätte nichts dagegen."

Aber Kevin antwortete nicht. Kein Grunzen, gar nichts. Es war Sams fünfter Versuch in genauso vielen Stunden, ein Gespräch mit dem Jungen zu beginnen. Kevin starrte geradeaus, kaute an seiner Unterlippe und klatschte einen sporadischen, ärgerlichen Rhythmus auf sein Knie.

Also legte Sam eine von seinen CDs ein und drehte die Lautstärke auf. „Mockingbird", das Duett von James Taylor und Carole King. Sam begann zu singen. „Mock-*yeah!* ing-*yeah!* bird-*yeah!* Yeah-*yeah!*"

„Okay", stöhnte Kevin verzweifelt. „Hören wir *meine* Musik an."

„Das habe ich mir gedacht", grinste Sam. „Gib mir eine CD."

Es schien Kevin jedes Gramm Energie zu kosten, sich von seinem Sitz hochzustemmen, Ginny aus dem Weg zu schieben und nach seinem CD-Ordner zu suchen. Er schwang sich mit einem schwarzen Nylon-Ordner auf den

Vordersitz zurück, der dreimal so dick war wie Sams Bibel, und blätterte in den Plastikseiten, bis er etwas Annehmbares fand.

„Anschnallen wäre auch ganz gut", bemerkte Sam, bevor ihm klarwurde, dass dieser Satz sie auch auf gefährliches Terrain bringen könnte. *Gut, dass du in der Nacht, in der du meinen Mustang zu Schrott gefahren hast, den Sicherheitsgurt angelegt hattest.*

Kevin nahm etwas mit roten Buchstaben drauf, schob es in den CD-Spieler, und auf der Stelle wurde es laut im Auto – der gleiche wütende Rhythmus wie der der Spannung, die zwischen ihnen im Auto lag. Die CD spielte drei verschiedene sogenannte „Melodien" durch, bevor Kevin sich gegen die Kopfstütze fallen ließ und ein so lautes Seufzen ausstieß, dass es 30 Meilen weiter noch zu hören war. „Ich sehe keinen Sinn in dem ganzen Trip hier. Wirklich nicht."

Sams Pilotensonnenbrille blieb weiterhin auf die Bundesstraße gerichtet, sein Rücken war steif und sein Mund bewusst emotionslos.

„Das ist doch alles Dreck." Kevin warf den Kopf wieder gegen die Kopfstütze. „Da draußen ist ja gar nichts."

Sam drückte seine Schultern tiefer in die Rückenlehne und hielt das Lenkrad mit ausgestreckten Armen fest. „Ach, wir kommen schon irgendwann dort an, wohin wir wollen. Du wirst schon sehen."

Kevin drehte die Lautstärke noch weiter auf, verschränkte die Arme vor der Brust und starrte hinaus auf das vorbeisausende Meer an Feldern und Wiesen.

Schottland, dachte Sam. Wenn er das Geld gehabt hätte, um wirklich zu verreisen, hätte er nach Schottland fahren können. Er hatte immer gedacht, falls er mal aus irgendwelchen Gründen auf der Straße stünde und sich vor niemand anderem verantworten müsste als vor sich selbst und vor Gott, würde er in ein Land fahren, in dem er noch nie gewesen war. Er malte sich aus, dass er seine Wurzeln suchen würde, Menschen mit neuen Ideen zuhörte, über Dinge nachdachte, an die er noch nie zuvor gedacht hatte. Er würde versuchen, sich und die Welt mit neuen Augen zu sehen, und vielleicht den Daheimgebliebenen einen Wollpullover kaufen.

„Schau“, versuchte Sam es noch einmal. „Ich hatte gehofft, wir könnten aus dieser gemeinsamen Zeit etwas Gutes machen.“

Kevin verlagerte sein Gewicht von einer Seite auf die andere. „Nein, das hast du nicht.“

„Kevin …“

„Du lügst.“

Diese Anschuldigung sorgte für weitere zehn Meilen Schweigen zwischen ihnen. Sam wartete eine ganze Weile besorgt, bevor er das Thema weiter verfolgte. „Ich weiß nicht, wie du darauf kommst, so etwas zu sagen.“

„Ich habe dich gehört, als du zu Mama gesagt hast, dass du mit mir nirgends hinfahren willst. Weißt du das nicht?“

Sam schaute in den Rückspiegel, setzte den Blinker und überholte einen Trecker, der am Straßenrand langsam dahinzuckelte.

„Ich war wach“, sagte der Junge. „Ich habe euch zugehört. Wir brauchen uns also nichts vorzuspielen, okay?“

Bei mir hat sich seitdem einiges geändert, wollte Sam dem Jungen sagen. Aber er hatte es satt, sich dauernd zu entschuldigen. „Okay“, sagte Sam stattdessen.

Kevins CD war zu Ende. Er nahm sie heraus und

steckte sie wieder in die Plastikhülle. „Willst du eigentlich die ganze Nacht durchfahren?"

„Wir suchen uns irgendwann ein Motel."

„Wenn wir schon an einen Strand fahren müssen, sollten wir an einen *richtigen* Strand fahren. Irgendwohin mit einem Freizeitpark und Leuten in meinem Alter und Sachen, die man tun kann."

„Welcher Teil der Küste von Oregon, Kevin, ist deiner Meinung nach denn kein richtiger Strand?" Aber dann begriff Sam. Fast ohne Pause sagte er: „Ach so! Du redest von Mädchen in Bikinis, nicht wahr? Eher etwas wie ..."

„Cancun."

„Ah ja. Verstehe."

„Oder Florida."

„Tja."

„Wenn man in Oregon schwimmen will, erfriert man ja. Wahrscheinlich ist es tödlich. Man muss einen Neoprenanzug anziehen, oder man ist einfach nur dumm."

„Na ja." Sam merkte, dass die Dämmerung weit genug fortgeschritten war, um die Sonnenbrille abzunehmen. Er ließ sie auf die Konsole neben Kevins Bein fallen und rieb sich den Nasenrücken. „Dann nenn mich einfach nur dumm."

„*Du* warst in Oregon schwimmen?"

„Jedes Mal. Dazu war natürlich ein gewisser Mut nötig. Aber ich war halt mutig."

Oder dumm, hätte sein Neffe wahrscheinlich am liebsten gesagt. *Wirklich, wirklich dumm.* Aber Kevin schob seine riesigen Nike-Schuhe unter das Gebläse und sagte nur: „Meinetwegen."

Sie hielten an einer Tankstelle. Während Kevin das Auto auftankte, nahm Sam Ginny an die Leine und ging mit ihr einen mit Gras bewachsenen Hügel hinauf. Dahinter lag ein Campingplatz. Mindestens 40 Wohnmobile und Zelte standen aneinandergereiht unter ihm. Ein paar Lagerfeuer auf dem Gras versprühten goldene Funken. Campingstühle standen auf dem gepflegten Rasen. Überall saßen Leute beieinander, lachten, unterhielten sich, und es roch nach gegrilltem Fleisch.

Er konnte nicht sagen, was es war, das den Schmerz in ihm auslöste. Ginny musste es gefühlt haben; Hunde können das. Sie drückte sich eng an sein Knie. Aber die Schranke, die das Gefühl der Einsamkeit von Sam ferngehalten hatte, war verschwunden. Das Gefühl, sich in der Dämmerung zu verstecken und andere zu beobachten, wie sie zusammen um ein warmes Feuer saßen, überwältigte ihn. *Vater. Gott, bist du hier? Der, der mich liebt? Bist du hier?* Plötzlich fühlte er sich so verwundet und verletzt wie noch nie.

Im grell beleuchteten Tankstellenladen standen an der Kasse Plastik-Hamster in Karateanzügen. Sam hatte solche Dinger schon gesehen; man drückte auf eine Pfote, und der Hamster wirbelte ewig lange mit seinen Stöcken herum und sang dazu: „Kung-Fu Fighting“. Er könnte sie alle gleichzeitig einschalten und würde Kevin womöglich sogar ein Lächeln entlocken. Sein gesunder Menschenverstand behielt jedoch die Oberhand. Das würde den Jungen so sehr in Verlegenheit bringen, dass er wahrscheinlich am liebsten im Erdboden versinken würde.

„Hast du Hunger? Willst du was zu essen?“ Er konnte sehen, wie Kevins Blick sich am Imbissfach entlang bewegte.

Sam nahm ein in Zellophan eingewickeltes Sandwich mit einer Scheibe Gummikäse und Truthahn, der sich schon grau verfärbt hatte. Kevin kam mit etwas, das genauso gesund aussah – eine Tüte Chips, ein Burrito und eine Limonade. Sam reichte dem Mann an der Kasse seine Kreditkarte. „Gibt es hier in der Nähe etwas, wo man übernachten kann, wenn man *keinen* Wohnwagen hat?“, fragte er den Verkäufer, während er die Quittung unterschrieb und seine Brieftasche wieder einsteckte.

„Auf dem Highway kommen noch jede Menge Motels. Gleich nach Cheyenne gibt es eins. Das sind noch ungefähr 40 Meilen, würde ich sagen. Sie können es nicht übersehen. Es ist beleuchtet wie ein Weihnachtsbaum.“

„Danke.“

Sam hatte die Hand auf dem Türgriff liegen und zögerte, als sie wieder beim Auto zurück waren. Er schaute Kevin an, der seine Chipstüte bereits mit den Zähnen aufriss. Jetzt wäre der ideale Zeitpunkt, seinem Neffen vorzuschlagen, dass er ein wenig fahren könnte, der ideale Zeitpunkt, um ihm die Schlüssel über die Motorhaube zuzuwerfen und zu sagen: „So, du bist dran.“

Aufgrund seines Unfalls war Kevin für mindestens drei Monate seinen Führerschein los. Aber selbst wenn der Junge hätte fahren *dürfen*, hätte es Sam zu viel Vertrauen abverlangt, ihn jetzt ans Steuer zu lassen. Dazu wäre ein kameradschaftliches Verhältnis nötig gewesen, das die beiden schlichtweg nicht hatten. Sam schloss die Faust um den Schlüssel und rutschte wieder hinter das Lenkrad.

Kapitel 13

Wenn jemand von außen durch ein Fenster in ihr Leben hineinschauen würde, käme dieser Zuschauer nie auf die Idee, dass ihr Leben etwas anderes als befriedigend sein könnte, überlegte Allie McCart. Der Zuschauer sähe nur ein makellos sauberes, schönes Haus, den Wohnzimmerteppich, der so flauschig und weich war wie der Golfplatz, der an ihrem Garten vorbeilief. Er sähe die sauber geordneten *Lifestyle*-Zeitschriften auf dem Wohnzimmertisch liegen und hörte die Stimmen der Kinder, die darum stritten, wer als Nächster auf der Schaukel sitzen dürfte, die Gary draußen gebaut hatte.

Am Montag und Donnerstag jeder Woche kam die Haushaltshilfe. Giramina hatte ihren eigenen Schlüssel. Sie wischte den Staub von den Möbeln und polierte das Messingset neben dem Kamin. Nächste Woche würde sie wie immer die Legionen von Kuscheltieren ordentlich aufstellen und die Bettlaken waschen und bügeln. Sie würde in Billys Wäschekorb eindringen – ein so grauenhaftes Unterfangen, dass Allie ihr gesagt hatte, das müsse sie nicht machen –, und jedes Fußballtrikot und jede Jeans wäre bald wieder sauber gebügelt in seinem Kleiderschrank.

Alles wirkte so furchtbar normal, aber heute würde dieses Trugbild für immer zerstört werden.

Allie hörte ein schweres, gedämpftes Stapfen auf der Treppe. Es war Hannah, ihre Jüngste, die ihren Koffer nach unten brachte. Die Zipfel ihrer rosa Decke schauten aus dem Reißverschluss heraus. Allie streckte die Arme aus, um ihr zu helfen, aber die Vierjährige machte einen empörten Bogen um ihre Mutter und sagte: „Das kann ich *selbst*", während die Räder ihrer Reisetasche über das Parkett rasselten. Billy kam als Nächster nach unten und steuerte geradewegs auf die Tür zu. Sein Mund war zu einem grimmigen Strich verzogen. Er drückte sein Fußballkissen an seine Brust, als sei es ein Schutzschild.

Bei Billy musste sie sich einmischen. „Wo sind deine Sachen?", fragte sie.

„Hier drin." Er drückte sein Kissen noch fester an sich.

„Dann hast du aber nicht genug dabei, wenn alles da reinpasst."

„Ich habe alles, was ich brauche, Mama."

„Wo ist deine Zahnbürste?"

„Hier drin."

„Unterwäsche?"

Keine Antwort.

Sie schaute ihn mit gesenktem Kinn an. „Billy?"

„Ich habe genug."

„Wie viele?"

„Genug für zwei Wochen."

„In deinem Kissen?"

„Ja."

„Wie viele?" Ihre Augen ließen ihn nicht los.

„Zwei Paar", gab er zu. „Mama, Tante Emily hat eine Waschmaschine. Ich *habe* alles, was ich brauche."

Mia kam heruntergesprungen und war bereit, zum Flughafen zu fahren. In einem Rock, der noch kürzer war als die Miniröcke, die Allie selbst früher getragen hatte, einem Pulli, der die Schultern frei ließ, und in Lammfellstiefeln, die eher zu einem Skiurlaub als zu einem Flug nach Kalifornien gepasst hätten. Ihre blonden Haare fielen über eine Seite ihres Gesichts. Ihre Zahnspange war das Einzige, woran man erkennen konnte, dass sie erst 15 war und noch nicht 20. Allein der Anblick ihrer Teenagertochter, wenn sie ein Zimmer betrat, gab Allie das Gefühl, völlig hilflos zu sein.

Mia war diejenige, die Allie gern berührt hätte. Hannah war immer noch so jung, dass sie ganz ihr gehörte. Wenn Allie bei ihrem Sohn den richtigen Zeitpunkt abpasste, konnte sie es sogar schaffen, ihn lange genug einzufangen, um ihn kurz zu drücken oder ihn für eine Millisekunde auf ihrem Schoß zu halten oder diesen verschwitzten, unvergleichlichen Geruch seiner Haare einzuatmen. Mia tat gern so, als wäre sie nicht von irdischen Eltern geboren worden. Bei der geringsten Provokation zeigte sie die Krallen und suchte das Weite.

In letzter Zeit sprachen Mia und Gary davon, dass sie ein Auto für sie suchen wollten. Gary, immer der Held. Allie fand die beiden ständig mit den Köpfen zusammengesteckt vor eBay sitzend und über Autos mit vielen Kilometern oder PS-Zahlen sprechend.

„Frühstück?“, fragte sie in den Raum. „Ich habe ...“

Die Tür wurde zugeschlagen. Billy kam zurück und drückte sein Gesicht an der Fliegengittertür platt. „McDonalds, Mama.“

„Okay. McDonalds.“

Der schwierigste Teil heute war es, so zu tun, als wäre dies eine normale Fahrt, etwas, auf das sie sich freuen sollten. Sie nahm eine Schachtel Schokoladentörtchen und reichte sie Gary, der soeben die Treppe herabkam und in seine Jacke schlüpfte.

Er nahm die Schachtel in eine seiner riesigen Hände. „Wozu ist das?" Er betrachtete das Etikett. Alles, um ihr nicht in die Augen schauen zu müssen.

„Für Notfälle", sagte sie. „Für den Fall, dass einer von uns auf der Straße liegen bleibt."

Er betrachtete seine Schuhe.

„Hast du die Straßenkarte?", fragte sie. „Die Papiere?"

Er legte die Hand über die Papiere, die in seiner Brusttasche gefaltet waren. „Allie, hör zu. Ich ..."

Sie berührte seine Hand, die auf seiner Jacke lag. „Wir müssen fahren." Als er die Finger wegzog, sortierte sie die Papiere in seiner Brusttasche neu, um sicherzustellen, dass die Kinder nichts Verräterisches lesen könnten.

Die Klinik, in die Gary eingewilligt hatte zu gehen, war eine der besten privaten Entzugskliniken, wie ihnen jeder vom Gericht bestätigt hatte. Der Richter hatte sich erkundigt und diese Klinik für gut befunden, noch bevor der Staatsanwalt überhaupt zugestimmt hatte, dass Gary hingehen sollte. Allie hatte die Klinik im Internet ausfindig gemacht und telefonisch alles geregelt. Zu unmöglichen Uhrzeiten, zu denen Hannah, Billy und Mia sicher nichts mitkriegen würden. Sie hatte ihm einen Platz gesichert und mit der Krankenkasse telefoniert, um zu sehen, ob sie die Kosten übernahmen.

Obwohl die Gerichtspapiere öffentlich zugänglich waren, hatte Allie sich geschworen, die Kinder vor dieser Sache abzuschirmen. Ihre zweite Priorität war es, Garys Problem vor allen zu verbergen. Sie konnte sich kaum etwas Schlimmeres vorstellen, als dass Menschen sie anschauten und es *wussten.*

Mein Mann ist Alkoholiker.

„Bist du fertig?", fragte Gary.

Allie nickte.

„Dann sollten wir die Zelte abbrechen und weiterziehen."

„Wie im Zirkus", bemerkte sie, ohne ihn anzuschauen.

„Das passt ja zu uns", sagte er in einem schwachen Versuch, einen Witz zu machen. „Unser Leben ist ja der reine Zirkus."

Sie lächelte nicht.

„Kinder!" Gary hob die Stimme. „Alles einsteigen. Ihr wollt doch euer Flugzeug nicht verpassen."

„Hast du Hannahs Koffer? Sie hat ihn nach unten getragen."

Er nickte. „Es ist alles drin. Billy ist schon draußen."

„Bist du fertig?", fragte Allie Hannah. Als sie sich bückte, um ihre kleinste Tochter auf die Arme zu nehmen, kam Mia ihr zuvor, hob Hannah hoch und trug sie zur Tür hinaus.

Allie schaute traurig ihrem ältesten Kind hinterher, ihrem trotzig geraden Rücken, der selbstgerechten Art, mit der sie die Stufen vor dem Haus hinunterstieg. Sie sagte zu ihrem Mann: „Mia will keine drei Wochen wegfahren."

„Das müsste sie auch nicht", erinnerte Gary sie. „Wir müssen sie nicht zu meiner Schwester verfrachten. Wir müssen nicht so tun, als würden wir beide gemeinsam wegfahren."

„Natürlich müssen wir das."

„Du könntest mit ihnen hierbleiben, während ich in der Klinik bin."

„Und was genau soll ich ihnen sagen? Die Wahrheit wäre zu viel für sie. Damit würden sie nicht fertig werden, Gary."

In derselben Sackgasse waren sie schon mindestens ein Dutzend Mal gelandet. Jetzt, wo die Kinder draußen waren, legte sich das Schweigen des Hauses wie ein Korsett um sie.

Mein Mann ist Alkoholiker.

„Du schämst dich meinetwegen", sagte er.

„Das tue ich nicht", log sie.

Er legte die Hand auf ihre Schultern. „Schau mich an, Allie. Du hast mich den ganzen Morgen noch nicht angesehen."

„Wir kommen zu spät zum Flughafen. Billy will noch zu McDonalds."

„Schau mich an, Allie. Bitte."

Widerwillig hob sie den Blick und schaute ihn an. Sie sah, wie ihr Mann frustriert schluckte und sich sein Adamsapfel auf und ab bewegte.

Es ist egal, was er denkt, rief sie sich in Erinnerung. *Ich habe jedes Recht, mich vor weiteren Schmerzen zu schützen. Garys Trinkerei hat uns alle verletzt.*

Er hatte Billy so lange bei der Geburtstagsparty seines Freundes Carson gelassen, dass Carsons Mutter anrief, um Allie Bescheid zu sagen, dass etwas nicht stimmen könne – niemand sei gekommen, um Billy abzuholen, und er sei eigentlich nicht eingeladen gewesen, bei Carson zu übernachten. Zu Mias Chorkonzert war er so betrunken erschienen, dass er kaum noch stehen konnte. Allie lebte in Angst davor, dass Gary irgendwann etwas tun könnte, mit dem er ihre Kinder verletzen würde. Sie sah es als Segen an, dass die Polizei ihn aufgegabelt hatte, als er mal wieder den Weg nach Hause nicht gefunden hatte.

„Bitte hör mir zu", sagte er jetzt. Sie konnte in seinen Augen lesen, wie ernst es ihm war, als er ihre Schultern ergriff. Aber Gary hatte es früher auch schon ernst gemeint. „Weißt du denn nicht, dass ich vieles anders machen würde, wenn ich könnte?"

Allie stählte sich gegen seine Worte. Gary hätte nie zugegeben, dass er ein Problem hatte, er hätte nie in diesen Entzug eingewilligt, wenn er nicht vom Gericht dazu verurteilt worden wäre.

„Wenn ich könnte, würde ich die Zeit zurückdrehen", sagte er, „aber das kann ich nicht. Ich kann nur nach vorne gehen." Wenn es drei Monate früher gewesen wäre, wenn sie immer noch versuchen würde, seine Gefühle zu deuten, hätte sie gesagt, dass er jetzt bitter, nervös und verlegen war. Aber sie wusste es inzwischen besser. Nicht Gefühle beherrschten ihren Mann, sondern der Alkohol.

„Wir kommen zu spät zum Flughafen", sagte sie.

„Du verschließt dich vor mir, Allie", seufzte er. „Wir werden es nicht schaffen, wenn du nicht bereit bist, mir noch eine letzte Chance zu geben."

*

Am Nachmittag, an dem Kevin und Sam in Piddock Beach ankamen, hatte es begonnen zu regnen. Als sie auf die Grenze zum Bundesstaat Washington zugefahren waren, wo die Straße neben dem Columbia River herlief, war der Himmel so dunkel geworden, als hingen dicke Rauchschwaden in der Luft. Als sie dann den historischen Ort *The Dalles* erreichten, wo vor 150 Jahren die Wagentrecks nach Westen an der Furt den Fluss durchquert hatten, befanden sie sich in einer Schlucht.

Die Straße fiel gefährlich steil zum Pazifik hin ab. Die

Schatten wurden tief und moosgrün, und die Luft wurde kühler. Kevin, der nur ein T-Shirt und eine weite Shorts anhatte, wühlte in seinem Seesack, bis er ein Kapuzensweatshirt fand. Als der Fluss breiter wurde und sie an den *Multnomah*-Fällen vorbeifuhren, klimperte der Regen auf den Blättern der Bäume wie Finger auf Klaviertasten. Sie fuhren an idyllischen Aussichtspunkten vorbei und an einem künstlichen Damm, der errichtet worden war, damit die Lachse flussaufwärts laichen konnten.

Nachdem sie Portland so schnell wie möglich durchquert hatten und in Richtung Nordwesten weiterfuhren, tauchten die ersten kleinen Brombeerfarmen und Obststände wie bunte Farbkleckse aus Wasserfarben hinter den beschlagenen Scheiben auf. Hin und wieder verschwand der Wald und gab den Blick frei auf grüne Hügel und grasende Kühe. Dann stießen sie auf ein verwittertes Schild zu einem alten Laden, der Steine vom Strand, Handwerksprodukte aus der Gegend und Vogelbäder aus Stein verkaufte. Sam warf einen Blick auf seinen Neffen, der auf dem Beifahrersitz saß.

„So, Junge. Sieht so aus, als wären wir fast da."

„Das habe ich befürchtet."

Dieser Kommentar sorgte für ein völliges Schweigen im Auto bis auf Ginnys Hecheln.

Als sie nach Piddock Beach hineinfuhren, versuchte Sam, nicht über die Gefühle nachzudenken, die auf ihn einstürmten. Alles hier erschien ihm durch die angelaufenen Scheiben so klein. Lag es daran, dass er selbst klein gewesen war, als er früher hier gewesen war? Hatte er deshalb alles so groß in Erinnerung? Oder lag es daran, dass die Einzelheiten von Piddock Beach in seiner Erinnerung gewachsen waren, und jetzt, wo er dieselben Details in Wirklichkeit sah, stellte er fest, dass sie geschrumpft waren?

„Gleich hinter dieser Kurve", erzählte Sam, „ist der Süßigkeitenladen. Deine Mutter hat dort so viel Süßes verkonsumiert, dass es mich wundert, dass sie noch ihre Zähne hat."

Aber den Laden gab es nicht mehr. Sam erkannte die Reste der weißen Tankstelle an der Haupstraße. Ihre breite Glasfront war eingeschlagen und mit Klebeband verklebt, das Schild war abgeblättert. Statt des bunten Gemischs aus Geschäften und Sonnenschirmen und Holztischen, die früher den Gehweg gesäumt hatten, befand sich jetzt ein Streifen einheitlicher Schilder an der Straße. Verschwunden waren die kunstvollen Parkuhren am Straßenrand und die Stufen, die zum Delikatessenladen geführt hatten, und auch der Laden, der mundgeblasene Angelschwimmer verkauft hatte, war weg. Sie fuhren an einem Supermarkt und einer Boutique nach der anderen vorbei. Schilder wiesen ihnen den Weg zur nächsten Tiefgarage.

Nichts war so, wie er es in Erinnerung hatte. Sam wusste, ohne nachzudenken, wo das Motel lag. Aber als er um die nächste Kurve bog und damit rechnete, dass sich vor ihm gleich weite Dünen und das altbekannte Motel zeigen würden, stand er plötzlich vor mehrstöckigen Wohnblöcken, die die Sicht aufs Meer versperrten.

„Wie kommt man denn überhaupt noch hin?", überlegte Sam.

„Wohin?"

„Zum Wasser."

Kevin zuckte die Achseln. „Woher soll ich das wissen?"

Sam drückte aufs Gaspedal und steuerte in die einzige andere Richtung, die ihm logisch erschien. Als er in die Straße einbog, befand er sich mitten in einem Stau. Stoßstange an Stoßstange. Ein Dünentraktor tuckerte langsam und mit wild hämmernden Kolben vor ihnen dahin. Einem spontanen Entschluss folgend, fuhr er weiter zum Haus der McCarts, da er fand, dass er diese Enttäuschung am besten auch gleich hinter sich bringen könnte.

Vor dem Wohnviertel war ein Neubaugebiet entstanden. Hübsche Einfamilienhäuser, perfekt gemähte Vorgärten mit gepflasterten Gehwegen, die sich zu Haustüren und Geranientöpfen schlängelten. Aber über den Schindeldächern konnte Sam immer noch die hohen Nadelbäume sehen, die alles überragten. Es weckte neue Hoffnung in ihm, als er die Dächer von älteren Bungalows zwischen den Bäumen erblickte.

„Wo sind wir?“, wollte Kevin wissen. „Warum fahren wir herum und schauen Häuser an?“

Sam gab ihm nicht sofort eine Antwort. Hier war es, Nummer 503, die breite Auffahrt, die um den Myrtenbaum herum führte. Die Tür mit der Glasscheibe war noch intakt, das Holz in Grün gestrichen. Die Veranda war bis auf einen verwitterten Schaukelstuhl, dessen geflochtener Sitz aus dem Leim zu gehen begann, leer. Die Zweige der Douglasie hingen über den Gehweg und überragten das Haus. Der Regen hatte die Holzfassade in ein dunkles Grau gefärbt. Rostspuren verliefen in regelmäßigen Abständen an den Stellen, an denen ein Nagel eingeschlagen war.

Nostalgische Gefühle schnürten Sam die Kehle zu. Wie viele Jahre war es her? Und doch kam es ihm vor wie gestern.

Du bist ein erwachsener Mann, Sam, ermahnte er sich. *Du benimmst dich lächerlich mit diesem Ausflug in die Vergangenheit. Wenn jemand deine Gedanken lesen könnte, würde er dich auslachen. Du benimmst dich unreifer als dein Neffe.*

„Warum starrst du dieses alte Haus so an?“, fragte Kevin.

Sam hätte ihm einfach die Wahrheit sagen können. Er hätte so leichte, unbeschwerte Worte benutzen können, hätte so locker klingen können. *Meine damals beste Freundin hat früher hier gewohnt. Hat dir das deine Mutter mal erzählt?*

Aber als er gerade anfangen wollte, Kevin die Sache zu erklären, ging die Tür auf und eine Fremde kam heraus, eine junge, dunkelhaarige Frau mit einem Baby. Natürlich. Was hatte er sich gedacht? Allie wohnte nicht mehr hier.

Er fühlte, wie Hitze von seinem Nacken aufstieg, wie seine Ohren anfingen zu glühen. Er erzählte seinem Neffen murmelnd etwas davon, dass er sich verfahren hatte und versuchte, den Strand zu finden. „Ist das da unten nicht der Strand?“ Kevin deutete mit dem Finger, und zwischen den Scheibenwischern erhaschte Sam nach 20 Jahren seinen ersten Blick auf die vielen Schaumkronen, die sich weiß vom Meer abhoben.

Sam konnte ein Boot sehen, das hereinkam und sich mit dem Regen ein wenig schwertat. Er machte Felsen vor der Küste aus und Pelikane, Formen, die sich über die Jahre in sein Gedächtnis eingebrannt hatten. In diesem Moment begriff er, was Zeitlosigkeit wirklich bedeutet. Seine Stimmung hob sich merklich. Zum ersten Mal seit Tagen meldete sich bei ihm eine Art freudige Erwartungshaltung.

Es spielte keine Rolle, wie sehr Piddock Beach sich verändert hatte. Für Sam bliebe das Gefühl, fast in einem Wunderland angekommen zu sein, immer das gleiche.

*

„Ich will lieber mit euch fahren und Opa auf dem Hausboot besuchen", sagte Billy mit traurigem Blick, während sein Kinn über die Oberseite der Rückenlehne rutschte. „Ich versteh nicht, warum wir zu Tante Emily fahren müssen."

„Tante Emily fährt mit euch nach Disneyland", sagte Gary, während Allie Servietten und Ketchuptüten einsammelte. Sie hatten nicht lange gebraucht, um das Fast-Food-Frühstück zu vernichten. „Dort ist es für euch viel schöner."

„Aber ich mag das *Boot* ..."

„Eurem Großvater seid ihr nach ungefähr zwei Sekunden schon zu viel. Und bei Emily kannst du mit deinen Cousins spielen. Du hast wirklich keinen Grund, dich zu beklagen."

Hannah jammerte von hinten: „*Papa.* Ich habe meinen Elefant vergessen. Wir müssen *heim*fahren."

Allie und Gary schauten sich an. Jetzt gab es kein Zurück mehr. Allie erklärte: „Wir sind schon zu weit von zu Hause weg, Schatz."

„Aber wir *müssen* zurück. Elefant ist alleine zu Hause."

„Wir sind schon zu viele Meilen gefahren, Hannah. Wir können nicht umkehren."

„Elefant hat allein bestimmt Angst. *Papa!!!*"

„Nein, Hannah." So erstaunlich es war, aber von Gary genügte das. Konnte das kleine Mädchen die Verzweiflung in der Stimme seines Vaters spüren, auch wenn sie eigentlich nicht zu hören war?

Die Fenster hatten sich beschlagen. Vielleicht lag es am Regen, vielleicht kam es auch von der dicken Luft, die im Auto herrschte. Mia hielt sich so weit von allen anderen entfernt, wie sie nur konnte, und hatte sich über die ganze Breite des Sitzes gefläzt.

Allie verstand nicht, wieso den Kindern die Veränderungen an Gary entgangen waren. Glücklicherweise hatte sich niemand an der teuren Privatschule, die sie besuchten, genötigt gesehen, die Polizeiberichte zu erwähnen, die sporadisch auf der Lokalseite der Zeitung zu lesen waren. Aber das Gesicht ihres Mannes erzählte seine eigene Geschichte – die blassen, kantigen Wangen, die aussahen, als hätten sie die Konsistenz von Brotteig, die Falten, die sich um seine Augen legten, seine Haare, die aschgrau geworden waren, als hätte sich ein Schleier darübergelegt. Er war müde geworden, alt. So schnell gealtert. Fast über Nacht.

Sie sahen die ersten Schilder zum Flughafen von Portland. Gary fädelte sich in die richtige Spur ein. Die Sicherheitskontrollen machten einem das Leben zurzeit sehr schwer. Sie müssten einen Parkplatz finden, die Kinder einchecken, und nur einer von ihnen bekäme die Erlaubnis, sie durch die Sicherheitskontrolle zu begleiten. Der andere müsste sich schon viel früher von ihnen verabschieden.

Sie legte eine Hand auf Garys Knie und sagte, als tue sie ihm damit einen Gefallen: „Ich bringe sie durch die Sicherheitskontrolle."

Als sein Kinn nach oben schoss, wusste sie, dass er sie durchschaut hatte. Er warf einen Blick zu ihr auf den Beifahrersitz, und sie wusste, dass er verstand. Wenn sie ihn mit den Kindern allein ließ, hätte sie Angst, dass er etwas Falsches zu ihnen sagen könnte.

Billy begann wieder zu jammern. „Ich weiß nicht, warum du und Papa meint, es sei so wichtig, dass ihr *allein* wegfahrt." Der Tonfall in seiner Stimme verriet Allie, dass die Kinder die Schuld an diesem Fiasko allein ihr gaben.

„Manchmal müssen Eltern auch mal wegfahren ..." *Sie müssen voneinander weggehen*, hätte sie auch sagen können.

*

Sie und die Kinder brauchten geraume Zeit, bis sie durch die Sicherheitskontrolle waren: Sie mussten Schuhe und Stiefel ausziehen – Billys Schuhe verstreuten überall Erde, als er sie auszog –, ein langer Blick auf Mias Ledertasche und Hannahs Decke, die ihr aus den Händen gerissen werden musste, damit sie durch den Scanner geschoben werden konnte. Als Allie die wartenden Flugzeuge draußen sah, von denen eines ihre Kinder fortbringen würde, kam es ihr lächerlich vor, dass solche klobigen Dinger fliegen konnten.

Als sie am Gate ankamen, begannen die Leute schon einzusteigen. Allie stellte ihre drei Kinder der Stewardess vor und übergab ihr die Papiere, die nötig waren, damit die Kinder allein fliegen durften. Jetzt, wo es so weit war und alles seinen Gang ging, erfüllte Allie eine Leere, die sie kaum ertragen konnte. „Hey", rief sie den Kindern nach und streckte die Arme aus, als die drei zur Tür gehen wollten. „Bekomme ich keinen Kuss oder so etwas?"

Billy war der Einzige, der zurückkam. Mia hatte bereits ihren Walkman eingeschaltet, und Hannah schaute sie nur wehmütig an. Sie hatte sich in sich selbst zurückgezogen; den Daumen in den Mund gesteckt, während ihre große Schwester sie davonzog.

„Mach's gut, Mama." Billys Worte waren knapp, seine Lippen nass und kühl. Sie wagte es nicht, ihn länger aufzuhalten, da die Mädchen schon vorausgegangen waren.

„Mach's gut, kleiner Mann."

Während Allie zuschaute, wie seine kräftigen, kleinen Schultern sich zurückzogen, hatte sie das Gefühl, ihr ganzes Leben ginge mit ihm davon.

Kapitel 14

Sam erkannte schockiert das Gesicht, als er es an der Wand des *Sea Basket*-Restaurants erblickte. Während er und Kevin anstanden und auf einen Tisch warteten, hatte er sich im Raum umgesehen und plötzlich einen alten Freund erblickt.

Ein verblasstes Bild von einem jungen Soldaten in Uniform, den Streifen eines Gefreiten am Ärmel. Sam musste nicht zweimal hinschauen, um sicher zu sein. Seine Augen lächelten, obwohl seine Lippen zu einer drohenden Miene verzogen waren. Jemand musste ihm antrainiert haben, in der Uniform einschüchternd dreinzuschauen.

UNSER GEFALLENER SOHN, stand auf dem Schild. KEN MCCART. GEFALLEN IM DEZEMBER 1970.

Sam fühlte ein bleischweres Gewicht auf seiner Brust. Ken war so sicher gewesen, dass er seinen Weg finden würde. Dass er zurückkommen würde.

Kevin hatte die Hände in die Taschen seiner weiten Shorts gesteckt und schaute ihn neugierig an. „Bist du okay?"

Die Kellnerin hatte anscheinend einen Tisch für sie gefunden. „Hier entlang, bitte." Sie hatte zwei Speisekarten in der Hand.

„Kennen Sie diese Familie? Die McCarts?", fragte Sam die Kellnerin und deutete auf das Foto, bevor sie ihn und Kevin wegführte. „Ich kannte sie. Vor langer Zeit."

„Tut mir leid." Sie bedachte ihn mit einem entschuldigenden Lächeln. „Das muss wohl vor meiner Zeit gewesen sein."

Sam fragte sich, ob überhaupt noch jemand Kens Bild auffiel, ob überhaupt jemand stehen blieb, um den jungen Mann anzusehen mit all seinen Hoffnungen und Träumen. Wenigstens war das Bild nicht weggeworfen worden; jemand in Piddock Beach musste sich an Kens Namen erinnern. Vielleicht war es aber auch einfach eines dieser Dinge, die mit der Zeit unsichtbar geworden waren.

Zehn Minuten später saß Sam allein am Tisch und unterhielt sich am Handy mit Brenda, während er sich mit einem Finger das andere Ohr zuhielt. „Du wirst nicht glauben, wo ich bin", schrie er ins Telefon. „Ich bin im *Sea Basket*. Erinnerst du dich? ... Ich weiß. Kannst du glauben, dass es das Restaurant immer noch gibt?"

Die Stimme seiner Schwester war wie ein Faden, der ihn mit einem anderen Leben verband, so dünn, als hätte es ihn nie gegeben, durchsichtig wie ein Spinnenfaden. Mit einer Handbewegung, einem Schlag könnte ihre Verbindung unterbrochen werden. Er hatte sie angerufen, weil er so aufgeregt war. Keine Ahnung, warum ihre Stimme ihn jetzt enttäuschte.

„Es ist immer noch genau wie früher. Die Leute sitzen immer noch miteinander an den Tischen, obwohl sie sich gar nicht kennen." Er war sicher, dass Brenda darüber lachen würde. Die Neonschilder leuchteten hinter der Bar immer noch in einem kräftigen, aggressiven Grün, Gelb und Rot. Darüber baumelten Angelschwimmer in staubigen Netzen.

„Du musst Papa erzählen, dass es dieses Restaurant

noch gibt, okay? Ich wollte ihn anrufen, aber er ging nicht dran ... Im Pflegeheim, ja. Papa wird sich bestimmt freuen. Und vielleicht, wenn er es Mama erzählt ... Die Zeitung heißt auch immer noch *Leuchtturm-Reporter.*"

Brenda begann am anderen Ende der Leitung, Fragen zu stellen. Sam bemühte sich, sie befriedigend zu beantworten. „Mit Kevin läuft alles gut", log er. „Wir kommen klar ... Ja. Ja, wir *sprechen* miteinander", als könnte er die ungefähr zehn Sätze, die sie bisher miteinander gewechselt hatten, als „Miteinandersprechen" gelten lassen.

Als sie fragte, ob sie mit ihrem Sohn sprechen könne, kam er sich vor wie ein in die Enge getriebenes Tier. „Er ist draußen auf dem Pier und schaut sich um." Der Regen hatte nachgelassen. Übrig geblieben waren Wasserbäche im Rinnstein, nasse Spuren im Sand. „Du weißt ja, wie es hier ist."

„Ich dachte, wir könnten einfach zu McDonalds gehen", hatte Kevin gesagt, als er sah, dass sie mit Fremden am Tisch sitzen würden. „Ich will nicht bei Leuten sitzen, die ich nicht kenne."

„Du musst es probieren", beharrte Sam. „Es stört mich nicht, wenn du auf den Pier hinausgehst, bis das Essen kommt, aber dann wirst du diesem Restaurant eine Chance geben."

„Hey", sagte Sam jetzt und beugte sich leicht über den Tisch. „Ich muss jetzt auflegen. Das Essen kommt." Dann: „Er wird jede Minute zurück sein. Mach dir keine Sorgen, Bren. Ich sorge dafür, dass er genug isst." Und: „Ich habe noch keine Nummer. Wir rufen morgen an, wenn wir ein Zimmer haben. Einverstanden?"

Sie hatte wieder eine Grenze durchbrochen und ihm ihre allgegenwärtigen Sorgen aufgedrückt, während er einfach nur die Erinnerungen an diese Stadt mit ihr teilen wollte. Er hatte gewollt, dass sie von seinen Eindrücken von Piddock Beach genauso fasziniert wäre wie er. Seine Schwester war die Einzige, von der er gedacht hatte, dass sie ihn verstehen würde. Aber stattdessen sagte er: „Alles wird gut, Brenda. Kevin geht es gut. Wirklich, du kannst aufhören, mich das zu fragen ... Ja. Morgen. Fein. Das ist gut." Dann ein letztes Mal, um sicherzustellen, dass sie ihn verstand: *„Gu-hut."*

Mit einer schnellen Bewegung seines Fingers unterbrach er die Verbindung.

*

„Du hast neben mir gesessen", sagte Gary zu Allie, bevor sie sich trennten, „und hast getan, als müsstest du sie vor etwas Furchtbarem beschützen."

„Wen?" Sie stellte sich unschuldig.

„Die Kinder. *Unsere* Kinder."

„Ich weiß nicht, wovon du sprichst." Der Regen hatte sich verzogen, aber der Wald um sie herum tropfte immer noch.

In einem anderen Leben wäre Allie näher zu ihrem Mann hingegangen und hätte den Kragen seiner Jacke nach oben geschlagen. Sie hätte das Gesicht zu ihm gedreht und wäre so stehen geblieben, bis er die Arme um sie legte und sie an seine Brust zog. Aber jetzt tat sie nichts von alledem.

Allie sagte es ganz leise; vielleicht hoffte sie, er würde sie nicht hören. „Ich wollte sie vor der Wahrheit beschützen."

„Allie, ich bin ihr *Vater*."

„Genau das ist es ja."

Ein modernes blaues Schild mit goldenen Buchstaben, das den Namen der Klinik verkündete, hatte ihnen den Weg gewiesen. Nachdem sie an der Schranke ihren Namen genannt hatten, fuhren sie eine weitere Meile über eine schmale Straße, bevor sie das Hauptgebäude erreichten. Von außen sah das Steingebäude seriös und schön aus; es hätte auch eine Kur- oder Erholungsklinik sein können statt einer Entzugsklinik. Ein Flügel ging nach Norden, ein anderer nach Süden. Wasser plätscherte über die Stufen eines dreistöckigen Springbrunnens.

Gary holte seinen kleinen, schwarzen Koffer aus dem Wagen, und sie standen eine lange Minute neben dem Auto. Sie atmeten beide gleichzeitig tief durch. Er wischte sich die Haare aus der Stirn. Allie legte die Arme um sich, da ihr bis auf die Knochen kalt war. So kalt, dass sie sich nicht vorstellen konnte, jemals wieder warm zu werden.

„Wie lange willst du mich noch dafür büßen lassen?", fragte er.

„Bis es vorbei ist", antwortete sie.

Allie hatte sich geirrt, als sie gedacht hatte, die Fahrt mit den Kindern wäre der schlimmste Teil. Das hier war weitaus schlimmer. Sie waren miteinander allein, und die Wahrheit konnte offen angesprochen werden. Sich um der Kinder willen zu verstellen, hatte ihnen ein gewisses Maß an Sicherheit gegeben.

Jetzt war diese Sicherheit verschwunden. In einer Bewegung, wie er sie früher vielleicht von seiner Frau erwartet hatte, nahm Gary die Ecken seines Kragens zwischen die Finger und drückte so fest zu, als müsste er darauf Fingerabdrücke hinterlassen. Er beugte den

Kopf und richtete den Kragen selbst auf. „Das ist es dann wohl."

„Ja."

„Ich will nicht, dass du mit hineinkommst."

Sie schaute an ihm vorbei auf die große Eingangstür. „Bist du sicher?"

„Ja." Er nahm den Griff seiner Tasche und hob sie hoch. „Wie lange, sagtest du, willst du in Piddock Beach bleiben?"

„Mindestens zwei Wochen. So lange habe ich das Ferienhaus gemietet. Wie es danach weitergeht, weiß ich nicht." Dann: „Gary, lass dir Zeit. Du tust das für uns. Ich will, dass du so lange hierbleibst, wie es nötig ist."

„Wirklich?"

„Ja."

„Oder bist du nicht sicher, ob du überhaupt willst, dass ich wieder nach Hause komme?"

Ihre Augen schossen zu seinem Gesicht hoch. *War* das ihr Motiv? Las Gary ihre Gedanken, oder versuchte er nur, ihr Angst einzujagen? „Das ist nicht fair, Gary. Das jetzt zu sagen, wenn ich gleich wegfahren muss, ist nicht fair."

„Wir werden nicht miteinander telefonieren können. Sie haben gesagt, dass sie mir das nicht erlauben werden. Wir werden voneinander abgeschnitten sein ..."

„Trotzdem werden wir heute keine Vermutungen über die Zukunft anstellen. Dazu ist es zu früh." In diesem Moment machte ihr schon der Gedanke Angst, ihn allein durch die Tür in die Entzugsklinik gehen zu lassen.

Anscheinend hatte er das an ihrem Gesicht abgelesen. „Kommst du klar?"

„Ja." Der Rest blieb ungesagt. *Ich komme jetzt viel*

besser klar, seit ich weiß, dass man sich um dich kümmert.

Gary bewegte sich eine Minute lang nicht. Zwei Minuten. Er stand vor ihr und umklammerte den Griff seines Koffers mit beiden Händen. Der Nebel war dichter geworden und hüllte sie in einem immer enger werdenden Kreis ein. Irgendwo in der Ferne kreischte ein Fischadler. Sein Schrei schien vom Nebel gedämpft zu werden. Gary verlagerte seinen Griff um den Koffer. „Ich weiß, dass ich dich verletzt habe, Allie. Ich weiß, dass ich nicht mehr der Mann bin, den du geheiratet hast.“ Er starrte in den Nebel irgendwo hinter ihrer linken Schulter. Seine Lippen waren zu einem grimmigen Strich verzogen.

Es war der perfekte Augenblick, ihm Mut zu machen, ihm zu sagen: *Natürlich bist du das, Gary. Du musst nur wieder gesund werden, das ist alles. Und ich weiß, dass du das für uns schaffen kannst.* Aber Allie sagte nichts von alledem.

Sie hatte schon so viele Male geglaubt und gehofft, dass er diesen Kampf gewinnen würde. Sie hatte früher so viel Glauben in ihn gesetzt. Er hatte ihr geschworen, dass er sich ändern würde, und sie hatte ihm jedes Mal applaudiert, wenn er versprochen hatte, seine Flaschen wegzuwerfen und nicht mehr Stunden in der Bar im Clubhaus zu verbringen.

Jedes Mal hatte er wieder angefangen zu trinken und ihre Hoffnungen zerschlagen.

Allie hatte einfach keine großen Hoffnungen mehr. Sie fühlte sich taub und kalt und leer, besonders jetzt, wo die Kinder fort waren.

Gary ging die ersten Schritte zur Eingangstür, blieb stehen und drehte sich um, als wolle er noch einen letzten

Blick auf sie erhaschen. „Pass auf dich auf", formten seine Lippen tonlos. Er hob die Finger, beugte sie leicht, halb grüßend, halb winkend.

Das ist mein Mann. Ich sollte traurig sein, dass wir jetzt getrennt sind. Aber das bin ich nicht.

Allie stand da, hatte die Arme fest um sich gelegt und fühlte nichts. Sie winkte nicht zurück.

Kapitel 15

Allie schloss die Tür zu dem kleinen Ferienhäuschen auf, das sie gemietet hatte, und tastete sich an der Wand entlang, bis sie den Lichtschalter fand. Als das Licht anging, entdeckte sie ein schmales Bett und einen Fernseher, auf dessen Oberseite das Programmverzeichnis geklebt war. Eine Resopal-Arbeitsplatte, eine Reihe Schränke und ein Herd mit zwei Platten bildeten die Küche. Sie legte ihre Zimmerkarte auf die Kommode.

Der Raum war kalt und eng und roch muffig. Allie ließ ihre Tasche auf den Boden fallen und schaltete die Heizung an. Dann stand sie mitten im Zimmer, rieb sich die Hände über die Arme, um sich aufzuwärmen, und fragte sich, was sie mit sich anfangen sollte.

Ihr Vater schlief bestimmt schon längst auf seinem Boot. Sie zog ihn damit auf, dass er sich immer noch an den Zeitplan der Fischer hielt: „Mit der Sonne aufstehen, mit der Flut hinaus, mit den Seemöwen schlafen gehen", sagte sie und hoffte, ihm damit ein Lächeln entlocken zu können. Nach all diesen Jahren versuchte sie immer noch, den Humor zu wecken, den er so tief in sich verschlossen hatte. Ihr Vater hatte das Lachen verlernt, als Ken starb.

Allie dachte daran, Emily anzurufen, um sich zu vergewissern, dass die Kinder gut angekommen waren. Als sie auf ihre Armbanduhr schaute, überlegte sie, dass sie jetzt wahrscheinlich in Emilys Auto saßen und nach Lancaster unterwegs waren. Falls sie mit Gary sprechen wollten, wüsste sie nicht, was sie ihnen sagen sollte.

Sie würde sich schon wieder in Lügen verstricken.

Sie hatte sich noch nicht bewegt und stand immer noch mitten im Zimmer. Erneut legte sie die Arme um sich und starrte an die leere Wand. Die Einsamkeit überfiel sie mit einer solchen Wucht, dass sie das Gefühl hatte, gleich in Ohnmacht zu fallen.

Was würde sie die ganze Zeit ohne ihre Kinder machen?

Allie beklagte sich oft, dass die Kinder so viel Lärm verbreiteten. Sie hatte immer das Gefühl, ihrem Leben hinterherzuhängen, während die Tage in Überschallgeschwindigkeit dahinrasten. *Nur ein einziges Mal würde ich gern einen Gedanken zu Ende denken,* hatte sie gestöhnt. *Ich würde gern nur einen einzigen Tag verbringen, an dem das Leben nicht wie ein Wirbelwind um mich herumtobt.*

Sie hatte vergessen, dass der Sinn ihres Lebens noch aus anderen Dingen bestehen könnte, als dafür zu leben, ihre Kinder aufzuziehen und sich um sie zu kümmern.

Wenn ich mal eine Weile allein verbringen könnte, wäre ich bald wieder wie neu.

Jetzt war sie hier. Endlich allein, und sie vermisste sie mehr, als sie sagen konnte.

Ein schwerer Vorhang hing in Falten vor dem Fenster. Mit neuer Entschlossenheit trat Allie vor und zog ihn zur Seite. Er gab den Blick frei auf eine Schiebetür und dahinter eine Veranda, die an das Dünengras grenzte. Allie öffnete das Schloss und stand einen Moment mit ihren kalten Fingern auf der Glasscheibe da.

Sie strengte ihre Ohren an. Durch die geschlossene Tür konnte sie die Wellen hören. Sie brachen sich weiter draußen, schon hinter dem Anlegesteg. Es musste Ebbe sein. Die Landzunge würde heute Nacht aus dem Wasser herausschauen, und die Seehunde würden sich im Sand wälzen. Sie überlegte, wie es wohl wäre, wieder Venusmuscheln suchen zu gehen, sich von den Möwen am Morgen wecken zu lassen.

Vielleicht würde sie morgen zum Pier hinüberfahren und sich eine Schaufel kaufen.

Schließlich schob sie ihre Verandatür auf und atmete die salzige Luft tief ein. Sie stand mit geschlossenen Augen da und genoss diesen Geruch und das sanfte Rollen des Wassers. Zum ersten Mal seit Tagen spürte sie, dass sie wieder atmen konnte.

*

Die Hände tief in seine Hosentaschen gesteckt, bahnte sich Sam einen Weg durch das Dünengras zum Ufer. Die Unterkunft, die er gefunden hatte, genügte für ihre Bedürfnisse. Nichts Besonderes, aber mit zwei Betten, und der Preis war nicht schlecht. Nach den vielen Hotels mit VOLL BELEGT-Schildern war er zufrieden.

Nein, er war glücklich, weil er überhaupt etwas am Strand gefunden hatte.

Der Weg zum Wasser war von hier aus nicht leicht und bestand aus dünnen Trampelpfaden durch Hecken und duftende, wilde Rosen, eine steile Uferböschung hinab, über Steine, die von den Wellen glatt gerieben waren. In der Dunkelheit stieg er über angeschwemmtes Treibholz und Seetanggestrüpp und fand schließlich den Sand. Hier blieb er stehen, rieb sich den Nacken und schaute in einen Himmel, der fast ganz klar geworden war, ein Zeichen, dass es morgen schönes Wetter geben würde. Nur noch ein paar Wolkenfetzen waren zu sehen, die sich vor den Mond schoben.

Als die Sterne herauskamen, erinnerte er sich an ein Gespräch, das er einmal mit Kurt geführt hatte. „Erzähl mir nicht, dass du an die Ewigkeit glaubst", hatte der Obdachlose gesagt, der angefangen hatte, Sam so viel zu bedeuten. Sie hatten sich eines Nachts vor Kurts Bretterverschlag auf die schmale Bordsteinkante gesetzt.

„Doch", hatte Sam geantwortet und die Hände auf seine Knie gestützt. „Das tue ich."

„So wie ich das sehe, Prediger, bist du noch verrückter als ich."

„Willst du sie sehen?"

„Was heißt das? Hast du sie in deiner Tasche oder so etwas?"

„Schau dort hinauf", hatte Sam gesagt. Sie wandten beide die Augen zum Himmel. „Was siehst du dort?"

Kurt hatte den Rücken an die Steinmauer gelehnt und nur gebrummt.

„Wo endet das?"

„Das muss irgendwo enden, Prediger."

„Wenn es irgendwo endet, was ist dann dahinter?"

Während Sam auf dem Strand stand und sich an dieses Gespräch erinnerte, begannen Gedanken an seine Gemeinde auf ihn zuzurollen wie die Wellen am Strand. Harry Kraft und seine Vorliebe für wissenschaftliche Diskussionen. Dottie Graham und ihre Aufregung wegen der Pakete, die sie ihrem Sohn ins Armeekrankenhaus schickte. Grant Ransom und das vertrauensvolle Verhältnis, das sie zueinander gehabt hatten. Vergangenheitsform. Sam schmerzte der Verlust dieser Freundschaft. Egal, was zwischen ihm und Grant vorgefallen war, Sam vermisste es, sich mit seinem Freund zu unterhalten.

Plötzlich gingen Sam die Augen auf, und er erkannte, dass es nicht die tagtäglichen Verpflichtungen in der Gemeinde waren, die er vermisste. Es waren die Gesichter der Menschen, die er liebte. Er spielte mit dem Gedanken, sich Sorgen zu machen, ließ sich von ihnen aber nicht überrollen.

Er stellte sich viele Fragen und begriff allmählich, dass er das akzeptieren konnte und wollte, was der Vater für ihn bereithielt.

Es waren nicht die Mitarbeitertreffen oder die Diskussionen und Beschlüsse oder dass ihn einige in der Gemeinde das wertschätzten, wonach er sich sehnte. Ihm fehlte es, ein Teil des Alltags von Harry und Dottie und Grant und allen anderen zu sein. Ihm fehlte es zuzusehen, wie ihr Glaube wuchs, und die Geschichten zu hören, die sie ihm anvertrauten. Das war der kostbare Schatz.

Vater, wenn jemand anderes diese Menschen besser begleiten kann, besser mit ihnen beten kann, sie besser führen kann als ich, dann hilf mir, das zu erkennen. Hilf mir, sie so sehr zu lieben, dass ich das für sie will.

Wenn er vorher schon gedacht hatte, vor ihm sei eine unglaubliche Vielzahl an Sternen zu sehen, dann sah er jetzt, dass der Himmel unvorstellbar hell erleuchtet war. Es lag Jahre zurück, seit er das letzte Mal den Himmel fernab von den Lichtern der Stadt betrachtet hatte. Zweifellos könnte Harry sich stundenlang darüber auslassen. So viele Lichtquellen, über so viele Millionen Meilen verteilt, so weit weg, dass Jahre vergingen, bis sie sichtbar wurden. Hinter jedem Stern konnte Sam noch einen anderen sehen.

Ich tue nichts mehr, Herr. Ich übergebe meine Erschöpfung dir. Nur bitte, zeig mir, wie ich mich für das öffnen kann, was du hier von mir oder für mich willst.

Das Knirschen der Steine hinter ihm verriet ihm, dass er nicht mehr allein war. Sam drehte sich um und sah eine Silhouette, die sich über das Treibholz einen Weg zu ihm bahnte. Eine Kette von Verandalichtern von den Ferienhäuschen beleuchtete seinen Besucher von hinten. Selbst als er seine Augen abschirmte, um nicht so sehr geblendet zu werden, konnte er nichts sehen.

„Warum stehst du hier draußen?"

„Kevin?"

„Du bist schon lange fort."

„Ich versuche nur, den Ozean auf mich wirken zu lassen."

„Ach so."

Kevins Jacke flatterte im Wind. Er drehte sich um und schaute auch die Wellen an. „Dir gefällt es hier wirklich, stimmt's?"

„Ja, das stimmt."

Das Wasser lief in kleinen Wellen auf ihre Füße zu. Kevin trat näher zum Meer, als könnte dessen Nähe ihm helfen zu verstehen, warum das Meer seinen Onkel so faszinierte. Vor den weißen Bögen der brechenden Wellen konnte Sam sehen, wie der Junge missmutig die Schultern hängen ließ, wie er wütend die Fäuste geballt hatte. Sam hob eine Hand in Kevins Richtung und wollte sie ihm auf die Schulter legen. Die bittersüße Zärtlichkeit, die er für seine Gemeinde fühlte, übertrug sich auf diesen Jungen.

Aber etwas hinderte ihn daran, seinen Neffen zu berühren.

Vater, ich will Kevin nichts geben, das nicht echt ist. Er kennt mich von meiner schlimmsten Seite. Er durchschaut alles, was ich versuche, wenn es nicht echt ist.

Sams Finger krümmten sich, streckten sich, fanden nicht ihr Ziel. Seine Hand fiel nach unten.

Irgendwo in der Ferne betätigte ein Boot seine Sirene, tief und traurig. Ein Lichtspeer vom Leuchtturm schnitt sich durch das Wasser und spielte um die Felsen vor der Küste.

„Du musst wissen, dass du in Bezug auf mich Recht hattest", sagte Sam zum Rücken seines Neffen.

Der Junge bewegte sich nicht. Sam wartete, seine Augen wichen nicht von Kevins Haaren, die struppig im Wind wehten.

„Du hattest recht mit dem, was du im Auto gesagt hast. Das, was du mich zu deiner Mutter sagen hörtest. Ich habe zu ihr gesagt, dass ich nicht mit dir wegfahren will."

Die Ebbe war anscheinend fast vorbei. Die Brandung rollte auf den Sand und drohte, die Füße des Jungen zu umspülen.

„Das Wichtigste ist, dass wir beide ehrlich zueinander sind."

Kevin zog den Reißverschluss an seiner Jacke bis zum Hals zu.

„Deine Mutter glaubt, ich wäre derjenige, der alle Antworten hat. In diesem Punkt hat sie sich schon immer geirrt."

Schließlich drehte sich der Junge um. Als er sprach, gingen seine leisen Worte in dem lauten Rollen der Brandung fast unter.

„Du hast meinen Vater auch geliebt, nicht wahr?"

Sam nickte. „Ja. Das habe ich."

*

Allie beobachtete, wie der Lichtstrahl vom Leuchtturm am Tillamook Head sich in einem bedächtigen Kreis über der Bucht drehte. Sie drehte an ihren Eheringen – der Gelbgoldring mit einem halben Karat, der dazu passende schmale Goldring –, immer wieder um den Finger ihrer linken Hand. Als sie sich die Ringe mit einem leichten Ruck vom Finger zog und sie auf ihrem Schoß liegen ließ, war Allie nicht ganz sicher, warum sie das tat.

Es war nicht so, dass sie nicht mehr mit Gary verheiratet sein wollte. Eher schon, dass sie das Gefühl hatte, überhaupt verheiratet zu sein, bringe nichts als Probleme mit sich. Irgendwie fand sie es fair, eine Art Preis für die Nächte, die sie wach gelegen und sich gewünscht hatte, er würde nach Hause kommen oder die Polizei würde anrufen, weil er gewalttätig geworden war und versucht hatte, sich mit jemandem zu prügeln, oder für die tapfere Miene, die sie um der Kinder willen am Esstisch aufsetzte.

Sie nahm den Ring ab, weil sie uneingeschränkt, ohne Etikett herumlaufen wollte. Sie wollte im Moment zu nichts gedrängt werden, gegen nichts ankämpfen oder sich auch nur bewegen müssen.

Vor langer Zeit, wahrscheinlich in den ersten Monaten ihrer Ehe, hatte sie die Ringe zusammenschweißen lassen. Jetzt brachte Allie sie ins Ferienhaus, trug sie zwischen ihrem Daumen und ihrem Zeigefinger, hoch erhoben und vorsichtig, so wie sie ein brennendes Streichholz halten würde. Sie fand eine Rolle Alufolie in der kleinen Küchenzeile. Davon riss sie einen Streifen ab, machte eine kleine Schachtel daraus und legte die Ringe hinein.

Sie hatte im Internet gelesen, dass so ein Paket im unteren Fach der Gefriertruhe perfekt geschützt wäre. Dann richtete sie sich triumphierend auf, schloss die Kühlschranktür und kehrte auf die Veranda zurück.

Leute aus den anderen Ferienhäusern standen am Wasser. Sie konnte Männerstimmen hören, die sich unterhielten. Obwohl sie versuchte zu lauschen, konnte sie ihre Worte nicht verstehen, während sie dastand und ihre eigene, nackte Hand drückte, von Schuldgefühlen überrollt wurde und deutlich spürte, dass etwas fehlte.

War es falsch, dass sie ihren Mann mit dieser Sehnsucht vermisste und sich gleichzeitig wünschte, von ihm frei zu sein?

Allie machte sich erneut klar, dass Gary für seine Entscheidungen selbst verantwortlich war. Zum hundertsten Mal.

*

Kevin und Sam marschierten früh am nächsten Morgen über den Pier, und obwohl Kevin immer noch drei Schritte vor seinem Onkel ging und die geballten Fäuste in seine Jackentaschen gesteckt hatte, ging er mit einer weniger ablehnenden Haltung in diesen Morgen. Als Sam stehen blieb, um zuzuschauen, wie ein Krabbenboot seine Fallen hochzog, blieb Kevin auch stehen und schaute zu. Als Sam dorthin deutete, wo die Seemöwen den Krabbenbooten folgten, beobachtete Kevin diese Szene mit so etwas Ähnlichem wie Interesse. Als Sam stehen blieb und sich bei einem vom Wetter gegerbten Fischer auf dem Pier erkundigte: „Wie war es heute?“, und der Mann antwortete: „Das Fischen war gut, aber der Fang war schlecht“, stimmte Kevin in das gemütliche Lachen ein.

Es dauert nicht lange auf einem Pier, bis ein Mann und ein Junge beschließen, in einen Laden zu gehen und sich eine Angelerlaubnis, Eimer und Köder zu holen. „Willst du es auch probieren?“, fragte Sam und richtete sich vom Geländer auf.

Kevin wirkte einen Moment nachdenklich. Dann: „Hm, denke schon.“

Als Sam zehn Minuten später die Tür zum Geschäft für Sportausrüstung aufstieß, kündigte eine Glocke an der Tür ihr Eintreten an. Sam brauchte ein paar Minuten, um sich zu orientieren, so groß war das Wirrwarr an Angeboten. Reihenweise hingen Kajaks von der Decke. Fischernetze mit Aluminiumgriffen standen wie riesige Blumensträuße angeordnet in großen Tonnen. Eine Reihe mit gelben Regenhauben befand sich neben einer Ansammlung gummibärchenähnlicher, schwimmender Köder in leuchtendem Orange, Grün und Rosa.

Sam nahm sich eine Fluttabelle, ein Büchlein, das der Laden anbot, um Strandgänger täglich über die Gezeiten zu informieren.

Sie verbrachten mehr Zeit, als sie geplant hatten, um sich einzudecken: eine Angelrute, die sie sich teilen wollten, einen Eimer, zwei kleine Köderkörbe, um Dungeness-Krebse auf den Sand zu locken, und eine Packung gefrorener Tintenfische. Als sie an der Kasse an die Reihe kamen, schob Sam die Sachen, die sie ausgesucht hatten, auf den Tisch. „Ach, noch etwas! Das hätte ich beinahe vergessen: Wir brauchen eine Muschelschaufel. Ich habe nirgends eine gefunden.“

„Tut mir leid, aber mit der Muschelschaufel haben Sie Pech, Mister. Eine Frau hat die letzte gekauft. Erst vor einer Stunde.“

*

Allie verbrachte ihren Tag in Piddock Beach mit einem gemütlichen Strandspaziergang, bei dem sie die von der Flut hinterlassenen Wasserpfützen untersuchte, die sie als Kind so geliebt hatte. Mit ihrer neu erworbenen Muschelschaufel grub sie den Sand an Stellen um, an denen sie Muscheln vermutete. Als sie jedes Mal mit leeren Händen dastand, kam sie zu dem Schluss, dass sie ihr Gefühl dafür verloren haben musste.

Am Nachmittag unternahm sie einen kurzen Ausflug nach Süden zum Cape Kiwanda. Auf dem Heimweg hielt sie im *Sea Basket* an und bestellte sich, als sie vor dem Foto ihres Bruders stand, in einem Anflug von Nostalgie einen großen Salat und eine Schüssel Muschelsuppe zum Mitnehmen. Danach saß sie allein auf der Stufe vor ihrer offenen Schiebetür und nahm ihr Essen zu sich. Dabei war sie sich vage bewusst, dass ein paar Hütten weiter jemand auf der Veranda saß. Sie hatte die Leute bemerkt, als sie hereingekommen war – ein Mann und sein Sohn im Teenageralter. Jetzt hörte man einen lauten Fernseher und sah einen langhaarigen, großen Hund.

Als Allie hineinging, um ihre Plastikschüssel und die dünne Gabel wegzuwerfen, hörte sie, wie der Feriengast auf der anderen Veranda anfing, auf einer Gitarre zu zupfen. Eine Weile hörte sie zu. Es war nur eine Aneinanderreihung von Akkorden, eine Melodie, bei der jede Note schon auf die nächste hindeutete, bevor diese gespielt wurde.

Dann begriff sie: Er komponierte. Es entstand eine sehr schöne Melodie. Sie ging zur Tür, um besser hören zu können. Zufällig schaute sie im selben Augenblick in seine

Richtung, als er aufstand und wegen der immer dunkler werdenden Dämmerung das Verandalicht einschaltete. Er blieb stehen und schaute durch sein Fenster. Allie erstarrte. Seine Gesichtszüge, die durch das Licht von innen erhellt wurden, kamen ihr schmerzlich bekannt vor. Allie atmete langsam aus. Beim Anblick seines Gesichts begann das Blut in ihren Ohren laut zu pochen.

Das war nicht möglich. Unmöglich, dass sie zufällig aufschaute und er nach all diesen Jahren plötzlich vor ihr stand.

Aber andererseits ... Sam Tibbits war auch immer hierhergekommen. Sie hatten sich hier *kennengelernt*. Es *könnte* möglich sein.

Sie fühlte sich um Jahre zurückversetzt. *Ein junges Herz vergisst nie*. Er war der einzige Freund in ihrem Leben gewesen, dem sie so sehr vertraut hatte, dass sie mit ihm über alles gesprochen hatte.

Wenn ich etwas sage und er ist es nicht, hält er mich für verrückt.

Als Sam Tibbits sie das erste Mal am Strand geküsst hatte, hatte ihr Magen Purzelbäume geschlagen, und sie hatte wochenlang nicht aufhören können zu lächeln.

Wenn ich nichts sage und es ist *Sam, verpasse ich eine Riesenchance.*

Als sie aufstand, zitterten ihr die Knie. Sie legte sich die Hand aufs Herz, weil sie das Gefühl hatte, es könnte sonst aus ihrer Brust hüpfen. Sie zählte jeden Schritt mit, während sie langsam über das Gras ging.

Er wandte sich vom Fenster ab, nahm wieder seine Gitarre in die Hand und legte sie auf seinen Schoß. Sie hoffte, er würde weiterspielen. Gleichzeitig war sie verwirrt: Sam hatte nie Gitarre gespielt. Sie blieb so stehen, dass er sie sehen konnte, und wartete. *Wenn er mich erkennt, wird er etwas sagen.*

„Ein schöner Abend", bemerkte sie.

„Ja, das stimmt", antwortete er.

Ach, das ist lächerlich. Es ist zu viele Jahre her. Er kann es nicht sein! Außerdem würde er inzwischen bestimmt ganz anders aussehen, oder?

Das Küchenlicht strömte durch das Fenster und fiel auf die von Insekten verklebte Stoßstange an seinem Auto. In diesem gelben Lichtstrahl sah sie das Nummernschild aus Iowa. Sam hatte in Iowa gelebt. Dieses Nummernschild gab ihr den Mut, stehen zu bleiben.

„Entschuldigung", sagte sie zu ihm. „Vielleicht halten Sie mich für verrückt ... Wahrscheinlich liegt es daran, dass ich hier im Urlaub bin und alte Erinnerungen in mir wach werden, aber Sie ... Sie sehen aus wie jemand, den ich früher kannte."

Er schaute sie an, seine Augen überrascht, sein Mund zu einem fragenden Lächeln verzogen. Seine Haare waren dunkler, als Allie sie in Erinnerung hatte. Dann fiel ihr Blick auf seine Hände, die immer noch auf den Saiten lagen, diese kräftigen, breiten Finger. Seine Nägel waren total viereckig. Und sie dachte: *Diese Hände werde ich nicht vergessen, solange ich lebe.*

Sie legte den Kopf schief und versuchte, sich an etwas zu erinnern, das sie früher gesagt hatte. „Wusstest du, dass ein Krokodil seine Zunge nicht herausstrecken kann? Und dass eine Schnecke drei Jahre am Stück schlafen kann?"

Ohne den Blick von ihr abzuwenden, legte er die Gitarre zur Seite. „Allie? Das gibt's doch nicht! *Allie?* Bist du's wirklich?"

Sie nickte.

Er sprang vom Stuhl, hüpfte mit einem einzigen Satz von der Veranda und zog sie in seine Arme. Seine Gitarre fiel hin und landete mit einem hohlen Klappern auf den Holzbrettern. Sam bemerkte es nicht. Er hielt sie vor sich fest und schaute ihr ins Gesicht.

Fragen über Fragen drängten sich auf, bei beiden gleichzeitig. „Was machst du hier?“ „Wie lang ist das her?“ „Wie geht es dir?“ „Was hast du gemacht?“ „Das ist ja irre, findest du nicht?“ „Ich dachte gleich, dass du es bist.“

Sie traten etwas zurück, hielten einander an den Ellbogen fest und betrachteten sich gegenseitig. Allie schüttelte vor Freude den Kopf. „Wir reden beide gleichzeitig“, sagte sie. Sie fingen beide an zu lachen und konnten nicht aufhören.

„Du siehst *gut* aus, Allie“, sagte er zu ihr.

Sie entwand ihm einen Arm und strich sich über die Haare. Plötzlich wurde ihr beschämt bewusst, wie sie auf ihn wirken musste. Sicher, sie war nicht direkt alt, aber sie war auch nicht mehr jung. Natürlich hatte sie ein paar verräterische Pfunde zugelegt. Die Jahre, die sie in der Sonne auf den Fischerbooten ihres Vaters verbracht hatte, waren an den Pigmentflecken abzulesen, die als Sommersprossen durchgingen, aber keine waren.

Aber das alles spielte keine Rolle, stellte sie fest, während sie sich eine Haarsträhne hinter das Ohr steckte. Was machte das schon aus? Sie sah keinen Erwachsenen, wenn sie ihn anschaute. Sie sah einen Jungen namens Sam, und sein Lächeln gab ihr das Gefühl, wieder 14 zu sein.

„Du auch“, sagte sie und meinte es so. „Sam, du siehst auch gut aus.“

„Danke“, sagte er und ließ sie immer noch nicht aus den Augen. „Wow.“

„Das würde ich auch sagen. Wow!"

„Oh Mann", sagte er mit immer noch leuchtenden Augen. „Woher kommst du? Allie, *wohnst* du hier?"

„Nein. Ich wohne nicht hier. Nicht mehr."

„Aber ..."

„Ich wohne in einem Ferienhäuschen." Sie deutete zu ihrer Veranda. „Drei Türen weiter."

Sein Blick wanderte in die Richtung, in die sie zeigte. „Ich kann es kaum glauben."

„Ich auch nicht."

Sie wussten nicht mehr, was sie sagen sollten. Die Freude über das Wiedersehen legte sich allmählich. Ihr folgte ein unsicheres Schweigen, von dem keiner wusste, wie er es brechen sollte. Das Dünengras raschelte um ihre Füße.

Sie trat zurück und schob ihre Ärmel wieder zurecht.

Er lächelte sie an und hatte keine Ahnung, was er sagen sollte.

„Wenn du nicht hier wohnst", fragte er schließlich, „was machst du dann hier?"

„Ich bin einfach ..." Sie brach ab, denn jetzt war wohl kaum der richtige Zeitpunkt, um ihm die Wahrheit zu erzählen; das käme ihr wie ein Verrat an Gary vor. Sam war vor Jahren ein Freund gewesen, dem sie vertraut hatte. Jetzt war er ein Fremder.

„Ich bin einfach auf der Durchreise."

„Verstehe."

„Und wie ist es mit dir?"

Sie sah einen Schatten über sein Gesicht ziehen, aber bevor sie seine Miene deuten konnte, war er schon wieder verschwunden. „Genauso wie bei dir."

„Auf der Durchreise?"

„Ja."

„Hmhm."

„Wie lang bleibst du?", fragte er.

Sie sprach den aufwühlenden Gedanken aus – „Ich habe für zwei Wochen gebucht. Aber es könnte länger werden… " –, bevor ihr Herz sich zusammenzog. Verriet sie damit zu viel?

Er schien zu spüren, dass sie nicht weiter darüber sprechen wollte – so wie er das früher, als sie jung gewesen waren, auch oft gespürt hatte. Deshalb wechselte er das Thema.

„Hey. Musst du schnell wieder weg oder so etwas?"

„Nein. Ich habe es nicht eilig. Ich muss im Moment nirgendwohin."

„Ich glaube mich an ein Mädchen zu erinnern, das die beste Muschelgräberin in ganz Tillamook County war. Von ihr habe ich alles gelernt, was ich damals wusste."

„Jetzt nicht mehr, Sam. Du hättest sehen müssen, wie ich mich heute angestellt habe."

„Heute?"

„Ja."

„Du warst heute Muscheln ausgraben?"

„Ich habe mir eine Muschelschaufel gekauft und bin rausgegangen ..."

„Du hast heute eine Schaufel gekauft?"

„... es war so schlimm. Ich weiß nicht, was ich falsch gemacht habe. Ich habe an den richtigen Stellen gegraben ..."

„*Du* warst das also. Schande über dich."

„Was war ich?"

„Du warst die Frau, die uns die letzte Muschelschaufel vor der Nase weggeschnappt hat. *Du*." Er bohrte ihr die

Finger in die Rippen, wie er es vor ewigen Zeiten immer getan hatte.

Sie krümmte sich zusammen; sie wusste noch genau, wie sie sich schützen musste. „Hör auf."

„Ich werde deine neue Schaufel nehmen und dir die eine oder andere Lektion erteilen müssen. Ich wette, dass ich inzwischen besser Muscheln graben kann als du."

„Kannst du nicht." Sie beugte sich vor und kitzelte ihn ebenfalls. Plötzlich lachten sie wieder, das unbeschwerte Lachen ihrer Jugend, so funkelnd wie die Tropfen, die aufstoben, wenn eine Welle ans Ufer brandete.

Das Lachen dauerte länger, bevor bei beiden wieder Zurückhaltung einkehrte. Als ihnen erneut die Worte ausgingen, setzte sich Sam auf die Kante der Veranda und betrachtete Allie eingehend von Kopf bis Fuß, was ihr ein leichtes Unbehagen einflößte. „Du hast am Anfang im Schatten gestanden. Ich habe nur deine Umrisse gesehen, sonst hätte ich dich sofort erkannt. Du siehst noch ganz genau so aus wie damals. Du hast dasselbe Lächeln, dieselben Augen."

Das war nett. „Findest du?"

„Unbedingt." Dann: „Wahrscheinlich sollte ich dir das nicht erzählen, aber ich bin an eurem alten Haus vorbeigefahren. Wusstest du das?", fragte er. Ein Stromstoß durchfuhr sie. „Das war das Erste, was ich tat, als ich in die Stadt kam. Irgendwie hatte ich gehofft, du wärst da."

Sie war zu atemlos, um zu lachen.

„Das stimmt wirklich!"

„Du bist verrückt, Sam Tibbits."

„Das ist nicht das erste Mal, dass du das sagst, Allie. Aber jetzt bist du hier."

„Hast du deinen Eltern eigentlich jemals erzählt,

dass damals nicht du diese ganzen Muscheln gefunden hast?"

Mit dem alten herausfordernden Funkeln in den Augen lud er sie ein, sich neben ihn zu setzen. „Warum sollte ich meinen guten Ruf aufs Spiel setzen? Natürlich habe ich es nicht verraten."

Sie konnte sich die Frage nicht verkneifen: „Du hast nichts von damals vergessen, nicht wahr?"

„Nein, Allie. Das habe ich nicht."

Plötzlich musste es etwas Interessantes neben der Spitze seines rechten Schuhs zu sehen geben. Sie setzte sich auf die Stufe und stützte den Ellbogen auf ihr Knie und ihr Kinn auf ihre Handfläche. Er griff hinter sie, holte die Gitarre hervor und zupfte ein paar Akkorde. Sie legte den Kopf nach hinten und betrachtete die Sterne.

Er zupfte an den Saiten. „Es kommt alles wieder, als wäre es gestern gewesen, weißt du?"

Sie saß ruhig da. „Ja. Ich weiß."

„Wir sollten essen gehen und uns alles erzählen, was wir seit damals erlebt haben. Was hältst du davon?"

„Das könnten wir machen", sagte sie vorsichtig. „Wo wir schon mal beide hier sind."

Sam begann, eine Melodie aufzugreifen, den Rhythmus mit dem Fuß zu tippen. Sie hörte eine Weile zu. Gut, dass es so nahe am Wasser keine Mücken gab. Der Ozeanwind hielt sie fern.

„Ich wusste gar nicht, dass du Gitarre spielst."

„Hab ich damals auch nicht." Er drehte an einer Schraube und zupfte dann denselben Akkord noch einmal.

„Es gefällt mir. Deshalb habe ich dich überhaupt erst bemerkt."

„Das kam ..." Er zögerte und schien sich gut zu überlegen, was er sagen wollte. „... später in meinem Leben."

Später in meinem Leben. Das plötzliche Gefühl, etwas Kostbares verloren zu haben, befiel sie. Sie trauerte um die Bilder aus seinem Leben, die sie nie sehen würde, Szenen, von denen sie als junges Mädchen gedacht hatte, dass sie darin eine Rolle spielen würde.

„Und was machst du?", fragte sie. „Beruflich?"

Als er zögerte, war ihr klar, dass er es ihr nicht verraten wollte.

„Ist es so lustig? Oder so schlimm?"

„Ich bin Pastor", antwortete er.

Sie warf den Kopf zurück und begann zu lachen. Sie konnte dieses ungezähmte, unbeschwerte Lachen nicht zügeln. Ihr Herz war in den letzten Minuten in verschiedene Richtungen hin und her gerissen gewesen, und jetzt das!

„Lach nicht."

„Ein Pastor? In einer Kirche? Du?"

„Ich hatte damals schon davon gesprochen."

„Wirklich? Aber nie mit mir. Davon hast du mir gegenüber nie ein Wort erwähnt."

„Ich bin ein Pfarrer, der gern Muscheln ausgräbt. Was ist daran so lustig?"

„Du siehst nicht aus wie ein Geistlicher."

„Ach ja? Wie sollte ein Geistlicher denn aussehen?"

„Ach, du weißt schon. Dunkler Anzug, seriöse Krawatte. Die Haare mit Pomade zurückgekämmt. Wohlgenährte Wangen, die wackeln, wenn du sagst ..." Sie senkte die Stimme und hob die Hände: „... *Preiset den Herrn!*"

„An den Wangen arbeite ich noch. Das kostet viel Zeit und noch mehr Käsekuchen."

Die Bilder, die ich verpasst habe, sind nicht so, wie ich erwartet hatte.

„Und was ist aus dem alten Mox geworden?"

„Der arme, kleine Mox." Zu ihrem eigenen Entsetzen begann sie zu weinen. Vom Lachen zum Weinen in ... was, 15 Sekunden? Ihre Gefühle traten gefährlich nahe an die Oberfläche. „Er ist gestorben." Sie berührte mit den Fingern ihre Augenwinkel und versuchte, die Beherrschung zurückzugewinnen.

„Ich hätte diese Frage jetzt nicht stellen sollen. Natürlich ist Mox inzwischen tot. Wenn nicht, wäre er inzwischen ... wie alt?"

„Zähl nicht die Jahre", wehrte sie schnell ab. „Mach, was du willst, aber zähl nicht die Jahre. Und schon gar nicht *Hunde*jahre."

„Tut mir leid."

„Er wurde von einem Auto überfahren."

„Ich hätte nicht davon anfangen sollen."

Der Junge, mit dem er gekommen war, saß in der Hütte, und der Fernseher lief immer noch. „Ich finde, wir könnten wirklich miteinander essen gehen", sagte Sam mit einem Blick zur Tür. „Ich denke, meinem Neffen würde das nichts ausmachen."

Es war lächerlich, aber sie ertappte sich dabei, Erleichterung zu verspüren. *Ach, er ist sein Neffe. Nicht sein Sohn.*

Allie warf einen Blick auf Sams Hände und suchte den verräterischen Goldring. Sie wurde verlegen, als seine Augen ihrem Blick folgten. Sie konnte sich nicht erinnern, schon jemals bei einem Mann danach geschaut zu haben. Weder hatte er diesen Blick sehen sollen, noch hatte sie mitbekommen, ob er seinerseits ihre Hände untersucht hatte. Und das war gut so, denn so fühlte sie sich sicherer.

Vielleicht interessierte es ihn nicht. Vielleicht *durfte* er gar nicht heiraten. Sie wusste nicht, in was für einer Kirche er Pastor war.

Er trug keinen Ring. Und sie auch nicht.

„Nein, er ist nicht mein Sohn."

„Oh."

Dann sagte er wie in einem alten Film, als hingen diese zwei Fakten immer noch zusammen: „Ich bin nicht verheiratet."

„Oh." Sie verstand nicht, warum sie darüber so froh war. Warum war das an diesem Abend für sie wie ein Geschenk? Vielleicht lag das daran, dass sie sich so freute, weil sie ihn wiedergefunden hatte und ihn mit niemandem teilen wollte.

„Wenn du ihn nicht allein lassen willst ..."

„Es war meine Idee, oder?"

„Ja."

„Na, dann machen wir es doch."

„Es ist spät, Sam. Ich sollte jetzt gehen."

„Ich rede mit ihm. Wir könnten morgen miteinander weggehen. Einfach irgendwohin, wo wir uns unterhalten können. Vielleicht ins *Sea Basket* ..."

„Nein. Nicht das. Ich würde gern irgendwo anders hingehen."

„Also, dann bis morgen. Ich hole dich ab. Um acht?" Seine Worte versetzten sie um Jahre zurück.

„Ja. Bis morgen", sagte sie.

„Es tut unheimlich gut, dich zu sehen", sagte er.

Nachdem sie wieder zu ihrer eigenen Veranda gegangen war, blieb sie dort lange mit dem Rücken an der Holzwand stehen, bis sie hörte, wie seine Tür leise zuging.

Kapitel 16

Als Sam am nächsten Morgen erwachte, lag ein leichter Nebel vor dem Fenster, ein Grau, das so hell war wie der Flügel einer Taube. So war es jeden Morgen gewesen, wie er sich erinnerte. Immer lag der Frühnebel über der Küste; gegen elf Uhr hatte die Sonne ihn dann meistens vertrieben.

Von seinem Bett aus konnte Sam Kevins Nase unter dem Kissen hervorschauen sehen; seine Haare standen in alle Richtungen ab. Kevin schnarchte leicht. Sein Mund stand offen wie der eines Heilbutts.

Dass er Allie am Abend zuvor gesehen hatte, kam ihm fast wie ein Traum vor.

Wenn das Ferienhäuschen eine Küche gehabt hätte, hätte Sam jetzt Frühstück gemacht. Er wäre zum Supermarkt gegangen, während Kevin noch schlief, und hätte eine Pfannkuchenbackmischung, Butter und Ahornsirup gekauft. Er hätte die Pfannkuchen innen weich und außen braun und knusprig gebacken. Sein Neffe wäre von einem köstlichen Geruch geweckt worden, bei dem ihm das Wasser im Mund zusammengelaufen wäre.

Sam hatte einen Bärenhunger!

Kevin war gestern Abend lang aufgeblieben und hatte ferngesehen. Er würde bestimmt noch eine Weile schlafen. Eilig schob Sam die Decke zurück und stellte sich unter die Dusche. Nachdem er sich angezogen und Kevin eine Nachricht geschrieben hatte, schlich Sam auf Zehenspitzen zur Tür hinaus und schob sie leise hinter sich zu. Er fuhr sein Auto durch die nächste Waschanlage. Danach fand er eine Bäckerei mit einem Schild, das ein „herzhaftes Frühstück" anpries.

Genau das, was er suchte. Sam ging hinein und wurde von hellem Licht, gemütlichem Geplauder und einer lärmenden Cappuccinomaschine begrüßt. Berge von knusprigen Croissants und frisch gebackenen Teilchen erwarteten ihn in polierten Glaskästen. Er bestellte sich Eier mit Schinken und deutete dann auf die Backwaren, die er mochte. Ja, er bestellte mehr, als er essen konnte, aber wen interessierte das schon! Sie sahen so gut aus, dass er sich nicht entscheiden konnte.

Es war, als wären seine Sinne zu neuem Leben erwacht. Wann hatte er sich das letzte Mal so richtig auf etwas gefreut? Sam fand einen Tisch unter der Markise auf dem Gehweg, wo er den kräftigsten, duftendsten Kaffee seines Lebens trank. Als die Kellnerin sein Essen brachte, senkte er den Kopf und dankte seinem himmlischen Vater. Der Schinken zerging auf seiner Zunge und schmeckte nach Nüssen. Er genoss das knusprige, weiße Ei und bestrich sich ein Croissant mit Butter und Erdbeermarmelade. Langsam versenkte er seine Zähne darin und schloss genießerisch die Augen.

Gestern Abend habe ich Allie gesehen, und ich werde sie heute wiedersehen. Wir werden miteinander reden.

Dieser Gedanke war mit so vielen Möglichkeiten erfüllt und reichte ins Bodenlose. Sams Magen zog sich nervös zusammen. Seine Gabel verhielt mitten in der Luft. Er starrte auf seine halb gegessenen Eier und begriff, dass es verrückt von ihm gewesen war, so viel Essen zu bestellen.

Er hatte keinen Hunger mehr.

Als Sam in sein Ferienhäuschen zurückkam, fand er Kevins Bett leer vor und hörte, dass die Dusche lief. Sam lud die Sachen, die er gekauft hatte, wie einen ausgegrabenen Schatz auf dem Tisch ab: einen Viertelliter kalte Milch, ein Stück Himbeerkuchen, eine Brombeertasche und einen Zuckerkrapfen. Als Kevin das Wasser abdrehte, klopfte Sam an die Badezimmertür. „Hey, du Schlafmütze. Hier draußen gibt es was zu futtern."

Der Nebel hatte angefangen sich zu lichten. Sam konnte es sich nicht verkneifen, zur Schiebetür zu schauen, zur Veranda. Ob Allie dort saß? Oder lief sie im Ort herum und tat das, was er vermutete – einkaufen und altbekannte Orte besuchen, Muscheln graben und alte Bekannte treffen? Er wusste es nicht. Aber er *wollte* es gern wissen.

Was sie wohl in dieser Minute tat?

Kevin tauchte hinter ihm auf. „Woher kommt das?"

„Was, das Gebäck? Ich habe es gekauft. In einer Bäckerei nicht weit von hier."

„Nein. Nicht das." Kevin deutete zum Fenster. Erst jetzt bemerkte Sam die Muschelschaufel, die an der Tür lehnte. „*Das* meine ich."

„Oh", sagte Sam. *Oh*. Dann: „Keine Ahnung." Aber natürlich wusste er es. Nach einem kurzen Zögern sagte er: „Allie muss sie uns gebracht haben."

„Allie?"

„Allie ..." Sam wurde sich bewusst, dass er keine Ahnung hatte, wie sie mit Nachnamen hieß.

„Die Frau, mit der du gestern Abend gesprochen hast?"

„Ja."

„Wer ist sie eigentlich?"

„Eine alte Freundin."

Es folgte ein Schweigen, das darauf wartete, mit einer Erklärung gefüllt zu werden. Sam hatte nicht vor, es zu tun.

„Sie leiht uns eine Schaufel?"

„Sieht so aus."

„Warum sollte sie so etwas tun?"

Sam zuckte die Achseln.

„Hey, warst du in sie verliebt oder so? Du benimmst dich irgendwie komisch."

Sam öffnete die Tür, nahm die Schaufel und untersuchte sie mit großem Interesse. „Allie und ich dachten, dass wir heute Abend vielleicht zusammen ausgehen könnten, wenn du nichts dagegen hast."

Kevin grinste, als hätte er ein verbotenes Geheimnis entdeckt. „Ich habe Recht, was?"

„Komm, gehen wir Muscheln suchen, Kevin." Sam wog den Schaufelgriff in seinen Händen. „Ich zeige dir, wie man das macht."

„Du wechselst das Thema."

„Hör mal, hat dir niemand erklärt, was es heißt, wenn jemand deine Fragen nicht beantwortet? Das bedeutet, dass dieser Mensch keine Lust auf weiterführende Gespräche über das Thema hat."

*

Mit der Schaufel in der Hand stiegen sie über Roteisenstein und Schwefelkies, Achat und Schiefer, als das Meer mit der Ebbe zurückwich. Sam zeigte Kevin, wie er die besten Stellen für Venusmuscheln finden konnte. Der Junge grub kräftig, bohrte sich tief und schnell in den nassen Sand, während sein Onkel ihm Anweisungen gab.

Die Muscheln vergruben sich in erstaunlicher Geschwindigkeit. Nach ungefähr zehn ergebnislosen Versuchen gab Kevin es schließlich auf. Er stieß die Schaufel in den Sand und ließ sie dort stecken. „Kein Wunder, dass sie dir dieses blöde Ding gegeben hat. Es ist nutzlos. An diesem Strand gibt es keine Venusmuscheln."

„Das sagt am Anfang jeder." Seit Tagen hatte Sam schon Angst davor, seinen Neffen zu berühren. Er hätte es tun sollen, das wusste er, aber diese körperliche Nähe hätte aufgesetzt gewirkt. Jetzt legte er vorsichtig die Hand in Kevins Nacken und gab dem Jungen einen liebevollen Klaps. Dieses Mal hatte er das Gefühl, dass es richtig war. „Das habe *ich* auch gesagt. Aber sie sind da unten, Kevin. Man braucht nur Geduld und das richtige Timing. Kommst du mit?"

Auf dem Rückweg blieben sie immer wieder stehen, um Pfützen zu untersuchen, die das zurückgehende Meer in Felsnischen hinterlassen hatte. Sie fanden eine grüne Seeanemone, die wie eine Blume offen lag, bunte Seeschnecken, winzige Schwämme. Sie beobachteten einen Einsiedlerkrebs von der Größe eines Daumennagels, der in einer geborgten Muschelschale davonlief.

Eine Schar Seemöwen kreischte hinter ihnen, neugierig und fett; der nasse Sand spiegelte ihre Silhouetten wider. Etwas in der Ferne weckte Sams Aufmerksamkeit. Als er das tiefe Blau, das die Stelle markierte, an der das Meer und der Himmel zusammenstießen, genauer betrachtete, sah er eine Wasserfontäne hochsteigen.

„Da draußen ist eine Walschule", sagte er zu Kevin und legte dem Jungen die Hand auf die Schulter. „Die meisten wandern entlang der Küste nach Norden oder Süden, aber es gibt eine Gruppe Grauwale, die das ganze Jahr hierbleiben. Kannst du sie sehen?"

Kevin legte die Hand als Sonnenschild über seine Augen und schüttelte den Kopf. „Nein."

„Da, links von dir. Schau, dort, wohin mein Finger zeigt, ganz weit draußen."

„Ich seh nichts ..."

„Guck, da steigt eine neue Fontäne auf. Das ist ein Wal, Kevin. Er bläst."

Kevin entfernte sich von Sams Berührung. „Du weißt echt viel über diesen Ort." Er nahm ein Stück angeschwemmten Seetang, dessen Blätter dunkel und ledrig waren, und schleuderte es ins Wasser. „Als du früher hier warst, wie lang warst du dann immer da?"

„Eine Woche, manchmal zwei, jeden Sommer. Mit meiner Mutter, meinem Vater und meiner Schwester."

„Warum bist du später nicht mehr hierhergefahren?"

Sam suchte den Horizont ab, konnte die Wale aber nicht mehr finden. Die Sonne, die über ihnen gestanden hatte, hatte sich fast unbemerkt in Richtung Westen geneigt. Was vorher ein klares Panorama gewesen war, glitzerte und bewegte sich jetzt und ließ sich nicht mehr richtig erkennen. Sam kam in den Sinn, dass Kevin jetzt so alt war wie er damals, als er mit Allie über diesen Strand gelaufen war. War er wirklich auch einmal so *jung* gewesen?

„Ich schätze, ich wurde erwachsen", antwortete er.

„Das sollte doch nichts verändern."

„Oder vielleicht wurde ich erwachsen, weil ich nicht mehr hierherkam? Ich weiß es nicht."

*

Als er Allie an diesem Abend abgeholt hatte, fuhr Sam in Richtung Westen, an der alten Konservenfabrik vorbei – verrostet wie eh und je und bedrohlich mit einem riesigen Bild von einem Lachs auf der Seite. Sie sagten im Auto nichts Wichtiges. Die Stimmung war ruhig und fröhlich, fast feierlich. Er bemerkte, dass das Auto nicht besonders sauber war, und entschuldigte sich dafür, dass es nach Hund roch. „Ich war heute Morgen in der Waschanlage, wenn das etwas zählt.“ Er wollte das Fenster nach unten rollen, und das Auto schlingerte leicht.

„Vorsicht.“ Allie hielt sich am Türgriff fest, und sie lachten befangen. Sie war verlegen, weil sie ihn sofort getadelt hatte und ganz nach der Ehefrau und Mutter geklungen haben musste, die sie war.

„Wir brauchen ja nicht unbedingt einen Autounfall, wenn wir noch nicht einmal eine Gelegenheit hatten, uns alles zu erzählen.“

„Ich hatte vorher ein Auto mit automatischen Fensterhebern und Automatikverriegelung“, erklärte er, als sie ihr Fenster auch ein wenig nach unten kurbelte. „Aber Ginny drückte immer wieder auf den Knopf und sperrte sich ein.“

Sie hatte kein Recht auf die eifersüchtigen Gefühle, die sich bei ihr meldeten. Sie hatte sich Sam nie mit einer anderen Frau vorstellen können. Und jetzt ein Frauenname ...

Er warf einen Blick zur Seite, als spürte er, wie still sie wurde. „Ginny ist mein Golden Retriever. Vielleicht hätten wir sie mitnehmen sollen, aber sie lag auf dem Teppich und hatte alle viere von sich gestreckt. Sie geht gern früh schlafen.“

„Oh.“ *Oh.* Allie warf ihm ein Lächeln zu.

Jetzt versuchte er, den Aschenbecher herauszuziehen, und das Auto schaukelte wieder.

Sie griff besorgt nach dem Lenkrad. „Was machst du denn *jetzt*? Lass mich das machen. Konzentrier du dich aufs Fahren."

Er lächelte. „Mein Kaugummi."

„Was?"

„Ich wollte ihn in den Aschenbecher werfen. Ich hasse es, Kaugummis aus dem Fenster zu spucken. Das kommt wahrscheinlich daher, dass ich zu oft schon welchen an meinen Schuhsohlen kleben hatte."

Allie hielt ihm die Hand hin.

„Du willst ihn?"

„Ich wickle ihn in ein Papier ein. Das mache ich lieber, als bei einem Unfall zu sterben." Sie versuchte den absurden Gedanken zu verscheuchen, der sich ihr jetzt aufdrängte, nämlich dass sie beide tot in einem Autowrack gefunden würden. Was würde ihre Familie denken?

Er legte ihr den Kaugummiklumpen in die Hand, noch warm und weich von seinem Mund, die Eindrücke seiner Schneidezähne wie zwei eingravierte Zeichen darin. Sie starrte den Kaugummi in ihrer Hand einen Augenblick zu lange an, fühlte sich um Jahre jünger, spürte ein aufgeregtes Kitzeln in ihrem Magen, das sie nicht mehr gefühlt hatte, seit sie ein Mädchen gewesen war. Mit einer Hand wühlte sie in ihrer Handtasche und fand ein Taschentuch, in dem sie den Kaugummi entsorgte. Eine lange Weile starrte sie regungslos aus dem Fenster, wo Zaunpfosten wie die einzelnen Bildrahmen in einem verlangsamten Film an ihr vorbeizogen. Als sie mit ruckartigen Bewegungen anfing, das Fenster wieder hochzukurbeln, sagte Sam: „Nein, nicht", und berührte ihren Arm. „Lass es offen. Das ist schön."

Die aufgewirbelte Luft veränderte die Atmosphäre im Auto. Von Sam fielen die Gemeinde und das Obdachlosenprojekt und die Parkplatzbeleuchtung und Joes Tod und Grant Ransoms Verhalten ab. Bei Allie lösten sich die Ungewissheit, wie sie mit ihrem Mann umgehen sollte, die Sorge um ihre Kinder, die nächtlichen Polizeianrufe und Mias immer schlechter werdende Noten in Wohlgefallen auf. Sie waren eine kurze Weile lang für niemanden verantwortlich; diese Stunde gehörte nur ihnen beiden. Sie fühlten sich so jung wie zwei Teenager, als die Luft durch das Auto wehte und ihnen die Haare zerzauste.

Sam richtete sich auf und wickelte die Finger der rechten Hand besitzergreifend um den Knüppel der Gangschaltung. Allie wünschte sich für einen Moment einen Schal, dachte dann aber: *Ach, ich lasse meine Haare einfach im Wind wehen, oh ja! Genau das tue ich!*

Er drehte das Radio an und suchte nach einem passenden Sender: „... Kontroverse wegen des Doppelspiels in der fünften Runde ... Der Eintritt ist frei! Das dürfen Sie nicht verpassen ... wirklich gewinnt und verliert, wenn Städte ...“ Schließlich blieb die Sendersuche bei Musik hängen, leichtem Jazz mit gedämpften Trompeten.

„Ich kann nichts Vernünftiges finden. Was sind denn hier für Sender angesagt?“, fragte er.

„Keine Ahnung. Woher soll ich das wissen? Ich wohne nicht mehr hier.“

„Aber du *hast* hier gewohnt.“

„Es gab früher K-Gull. Das ist das Einzige, an das ich mich erinnere.“

Er lachte.

„Ich weiß. Es war schnulzig, nicht wahr?“

„Was für eine Musik magst du?"

Sie zögerte, als sie begriff, dass sie sich auf gefährlichen Boden begab, sagte es aber trotzdem. „Die alten Sachen. Die Sachen, die wir früher gehört haben." Er fing wieder an, auf Knöpfe zu drücken. Schließlich fand er einen Sender, der Oldies spielte. „Our Day Will Come" von den Shirelles.

„Diese ganze Gegend war immer ein wenig schnulzig", sagte sie.

„Nein, war sie nicht", widersprach er. „Sie war wunderschön."

„Bist du deshalb mit deinem Neffen hierhergekommen?", fragte sie. „Weil es früher so schön war?"

Sie sah, wie er hinter dem Lenkrad steif wurde und der Frage am liebsten ausgewichen wäre. „Der Junge macht eine schwere Zeit durch."

Sie wartete.

„Sein Vater ist vor kurzem gestorben."

„Dein ..." Mehr Bilder aus seiner Vergangenheit tauchten vor ihr auf – Details, die ihr fehlten, Ereignisse, von denen sie nichts gewusst hatte. Sie wünschte, sie hätte alles miterlebt. Er hatte keinen Bruder gehabt, soweit sie sich erinnerte.

„Mein Schwager", erklärte er. „Brendas Mann."

„Oh." Sie konnte sich ein Lächeln nicht verkneifen. „Ein ungewohnter Gedanke. Die kleine Brenda ganz erwachsen und verheiratet."

„Brenda ist schon lange nicht mehr klein."

„Wann erzählst du mir von dir?", fragte sie. „Ich kann mir gar nicht vorstellen, wie dein Leben aussieht."

Ein Café tauchte plötzlich vor ihnen auf. *Rubys Café* stand auf der Neon-Reklame mit der Kaffeetasse. Ein

Schild an der Tür verkündete: JA, WIR HABEN GEÖFFNET.

Sam setzte den Blinker. „Was hältst du davon?"

Sie rutschte auf ihrem Sitz vor. Ihre Stimme klang selbst in ihren eigenen Ohren enttäuscht. „Gehen wir zuerst zum Wasser, Sam. Ich weiß, dass wir eigentlich essen gehen wollen, aber ich könnte jetzt nichts runterkriegen; ich bin zu aufgeregt. Vielleicht später."

Er lachte leise. „Einige Dinge an dir haben sich also doch verändert. Weißt du noch, wie du mich 36 Meilen weit zu einem Hamburger-Restaurant hast fahren lassen? Wegen der Barbecuesoße, die dir so geschmeckt hat?"

Sie lächelte nicht mehr. Plötzlich spürte sie wieder ihr Alter, jedes einzelne Jahr, und starrte auf die ringlosen Finger auf ihrem Schoß. Natürlich waren sie nur um der alten Zeiten willen hier. *Daran ist nichts Gefährliches*, dachte sie, während sie den Drang unterdrückte, ihren nackten Ringfinger zu verstecken.

„Ja, Sam. Einiges hat sich geändert."

Ein Schild „ZUM STRAND" tauchte im Licht der Scheinwerfer auf. „Oh, da ist er ja." Er hätte das Schild fast verpasst und musste scharf abbiegen. Wegen der Dunkelheit konnten sie den Ozean so nicht sehen; sie konnten ihn nur auf die Art erkennen, auf die Sam Menschen half, ihren Weg zu Gott zu sehen – durch die Lichter vom Landesteg, die vom Wasser reflektiert wurden. Und sie konnten die dunkle, flüssige Bewegung vor sich spüren, das Rauschen des Wassers, das ans Ufer brandete, hören, den Geruch nach Salz und Seetang und Krebsen wahrnehmen.

Sam fand einen Parkplatz und stellte den Motor ab. Das Wasser schien sie durch die offenen Fenster anzubrüllen.

Einige Sekunden zu lange blieben sie sitzen, ohne etwas zu sagen. „Die Fenster", sagte sie. „Sollten wir sie hochkurbeln, damit wir das Auto abschließen können?"

„Wahrscheinlich. Natürlich sollten wir das."

Während er sein Fenster hochkurbelte und alles abschloss, stieg sie aus, stand neben dem Auto und umfasste ihre Schultern, als müsste sie sich vor etwas zurückhalten. Er kam um die Stoßstange herum und blieb stehen.

Eine Brücke führte vom Parkplatz über das hohe Gras. In der Ferne beleuchtete der Mond den Gehweg und das Meer. Die Silhouette der Brücke, die vom Meer abstach, lockte sie. Allie begann, darauf zuzugehen. Sie schleuderte ihre Schuhe ins Gras, während Sam sich über seine breiten Latschen beugte, die so ganz anders waren als alles, was Gary je anziehen würde. Sie ließen ihre Schuhe nebeneinander im Dunkeln stehen. *Wir finden die Schuhe nie wieder,* dachte sie, aber das war jetzt nicht wichtig. Nur an seiner Seite zu bleiben war wichtig. Als sie barfuß nebeneinander auf dem Sand gingen und die Kälte an ihren Füßen fühlten, war es, als beträten sie eine ferne Vergangenheit, eine Straße voller Erinnerungen, von der sie nicht gewusst hatten, dass sie sie je wieder betreten würden.

Ein Restaurant mit Glasfront erstreckte sich über die Länge des Piers. Als sie näher herantraten, konnten sie eine Kellnerin sehen, die von einem Tisch zum nächsten ging. Dann begann Sam zu lachen. „Wir waren in unseren Ferienhäusern am Wasser. Wir hätten das auch dort machen können, ohne so weit zu fahren."

„Ich weiß. Aber ..."

„... aber Kevin war dort."

„Ja."

Sie hob ihren Rock an und ging so nah ans Wasser heran, dass die Wellen, wenn sie sich auf dem Sand brachen, über ihre Füße rollten. Entsetzt kreischte sie auf. Die Kälte des Wassers hatte sie überrascht. Obwohl sie oft hierherkam, vergaß sie jedes Mal wieder, wie kalt das Meer war. Es raubte ihr den Atem.

Oh, wie gern wäre sie tiefer ins Meer gelaufen ... nicht zurückschauen, nicht mehr vernünftig sein! So zu tun, als wäre sie das, was sie früher gewesen war, statt dem, was aus ihr geworden war! Aber brav wanderte sie den Pier hinab und den Strand entlang.

„Hey, warte auf mich", rief Sam und ging schneller. Noch bevor er sie einholte, drängte sich ihm die Frage auf. *Wo seid ihr damals hingefahren, Allie? Wohin hat dein Vater dich gebracht, als ich in jenem Sommer zurückkam?*

Sam war außer Atem, als sie ihr Tempo endlich verlangsamte. „Wie geht es deinem Vater, Allie? Was ist mit ihm?"

Sie blieb stehen, mit den Schultern zum Ufer. „Mein Vater. Du willst wissen, was er macht? Er lebt auf einem Hausboot nicht weit von hier, von der ganzen Welt abgeschnitten. Er hat nicht mal ein Telefon."

„Fährt er noch mit Leuten zum Fischen hinaus?"

„Nein."

Allie gab keine weitere Erklärung. Das eine Wort, *nein*, war wie eine zugeschlagene Tür. Zum ersten Mal wurde sich Sam bewusst, dass er sich immer gefragt hatte, ob Walter McCart etwas unternommen hatte, um sie beide voneinander fernzuhalten.

Es würde zu nichts führen, so etwas jetzt zu fragen. Sam merkte, dass er sich gerade angewöhnte, jedes Wort abzuwägen, das er zu ihr sagte. „So viele Jahre haben wir über das Wasser geschaut, als wir Kinder waren", sagte er schließlich. „Fragst du dich immer noch, was da draußen ist, weiter, als wir sehen können?"

Sie zuckte die Achseln.

„Japan? Die Midway-Inseln? Aber die Midway-Inseln sind weiter südlich, glaube ich."

„Es kommt lange Zeit nichts."

„Russland. Russland ist da draußen. Heißt es überhaupt noch Russland? Es gibt ja jetzt diese ganzen neuen Länder."

„Wir haben die ganze Zeit da hinausgeschaut und über solche Sachen nachgedacht. Erinnerst du dich?"

„Ja."

Irgendwo auf der Landzunge, in weiter Ferne, begann in diesem Augenblick jemand, ein Feuerwerk über das Wasser zu schießen. Die Lichteffekte auf dem Meer waren wunderschön. Die Lichter sprangen in die Luft und auf das Wasser wie Blumen – rot und glitzernd silbern, golden und grün –, die Funken flogen weit, bevor sie anfingen, zu flackern und auf den Boden zu sinken.

Allie stieß einen überraschten Schrei aus, als etwas Schwarzes und Schaukelndes sich im Wasser auf sie zubewegte. Es war ein Surfbrett, schwer mit Wasser vollgesaugt. Sam hielt es lachend zum Himmel hoch und sagte im Spaß: „Ein Geschenk des Himmels! Danke, Herr!"

„Anscheinend zahlt es sich aus, mit einem Pastor unterwegs zu sein."

„Jemand muss es verloren haben."

„Es ist aber total schwer. Es wird nicht schwimmen."

„Vielleicht doch. Du könntest es ja versuchen."

„Ja, oder *du* versuchst es."

„Dann werde ich nass."

Sie forderte ihn und sich selbst heraus: „Aber was soll's, wir würden beide wieder trocknen."

Er hielt ihre Arme fest und versuchte, ihr Gesicht in der Dunkelheit zu sehen. „Ich mach's, wenn du es auch machst." Plötzlich schienen sie beide von mehr als von einem nächtlichen Surfgang im Meer zu sprechen.

Sie gab ihm nicht gleich eine Antwort. Erst wog sie die Folgen ab, vielleicht ein Essen in feuchten Kleidern, eine nasse, zittrige Heimfahrt im Auto.

„Noch etwas, das sich an dir verändert hat. Als du jung warst, hast du nie lange überlegt."

„Halt den Mund", sagte sie und stieß ihn. „Du hast gesagt, dass ich mich nicht verändert habe. Dann hast du also gelogen."

Wie konnte er es wagen zu glauben, sie hätte Angst? Er war auch noch nicht hineingegangen. Sie begann auf die Wellen zuzulaufen, lachte, warf die Arme in die Luft. Das Wasser baute sich zu einer Welle auf. Plötzlich kam sie, rollte auf sie zu und warf sie beinahe um. Bevor sie wusste, was los war, war Sam neben ihr. Er hatte das Brett, versuchte, darauf zu reiten, aber es ging natürlich sofort unter und er mit ihm.

„Sam!", rief sie lachend. „Du bist verrückt."

Prustend tauchte er wieder auf, die Haare klebten flach an seinem Kopf, bis er sie ausschüttelte wie ein Hund.

„Komm rein", sagte er. „Komm ganz rein."

Ihr blieb keine andere Wahl. Eine weitere Welle lief volle Breitseite auf sie zu, und sie köpfte hinein. Einige Sekunden lang wusste sie nicht, wo oben und wo unten war. Das Wasser brodelte um sie herum. Sie konnte nicht wahrnehmen, ob es sie tiefer hinunterzog oder ob es sie an die Oberfläche trieb. Als ihr Kopf auftauchte, waren sie und Sam nebeneinander, die Wellen hoben sie abwechselnd hoch und ließen sie wieder fallen.

Allie hatte noch nie so helle Sterne gesehen wie jetzt über ihnen am Himmel. Sie schwammen in ihrem eigenen himmlischen Meer. Sie spritzte Sam nass. Er revanchierte sich mit zwei kräftigen Kraulbewegungen und tunkte sie.

Sie blieben nicht lange drin. Das Wasser war viel zu kalt. Ihre Kleidung klebte an ihrem Körper, als sie wieder ans Ufer wateten. Wenn sie trocken würden, würde ein Salzfilm ihre ganze Haut überziehen. Sam ließ das Surfbrett am Ufer liegen, wo man es finden könnte. „Komm her", sagte er, als er sah, dass sie zitterte. Er hatte eine Decke mitgebracht und wickelte sie um ihre Schultern. „Du frierst ja."

„D-du frier-frierst auch."

Wir könnten die Decke teilen, hätte sie fast gesagt. Aber sie wollte es nicht. Sie wollte nicht so nah bei ihm stehen. Als sie den Rückweg antraten, fühlte sie den leichten Druck von Sams führender Hand auf ihrem Rücken. Seine Höflichkeit versetzte ihr einen ungewollten Stromstoß. *Wie viele Jahre war es her, seit Gary sich wie ein Kavalier benommen hatte? Wie viele Jahre war es her, seit er ihr eine Tür aufgehalten oder ihre Hand genommen und sie wie ein Mann geführt hatte, der seine Frau beschützt?*

Eine Gruppe jugendlicher Mädchen kam auf sie zu. Ihre nackten Füße sprangen über den Sand. Eine von ihnen, die sie stark an Mia erinnerte, hatte eine Taschenlampe. Die Mädchen kicherten und kreischten, während der Lichtstrahl der Taschenlampe über den Boden tanzte. Eines der Mädchen rief: „Da ist ein Krebs. Tretet nicht auf den Krebs!"

„Sei vorsichtig", flüsterte Sam Allie verschwörerisch zu. „Hier ist es dunkel, da ist ein Krebs im Sand, und wir haben keine Schuhe an."

„Wir fordern uns ständig gegenseitig auf, vorsichtig zu sein. Haben wir uns denn wirklich so sehr verändert?", fragte Allie, während ihre Füße im kühlen, weichen Sand einsanken.

„Ich war der Vorsichtige", erinnerte er sie. „Aber du, du nie."

Kapitel 17

Ihre Schuhe wiederzufinden stellte sich als schwieriges Unterfangen heraus. Vorhin war ihnen nicht aufgefallen, dass alle Wege zum Strand fast identisch aussahen. Jeder bestand aus einem schmalen Gehweg, niedrigem Gebüsch, einer Holzbrücke mit Geländer über den Dünen. Selbst jetzt, als der Mond den Sand erhellte, war es fast unmöglich, wieder dorthin zu finden, von wo sie gekommen waren.

„Das macht nichts", sagte Allie. Sie redete hauptsächlich, um zu verhindern, dass ihre Zähne laut klapperten. „Ich komme auch ohne diese Schuhe aus. Ich habe noch ein Paar."

Aber Sam durchsuchte weiter die Grasbüschel. „Du glaubst doch nicht, dass sie uns barfuß in ein Restaurant lassen ..."

„Wir sind nass von Kopf bis Fuß. Schuhe sind unsere geringste Sorge. Wir fahren zu einem Touristenladen und kaufen uns ein Paar billige Flipflops." Dann schaute sie ihn an und begriff endlich: „Du willst deine Schuhe hier nicht stehen lassen, nicht wahr? Das waren deine besten Schuhe! Du bist mit deinen besten Schuhen zum Strand gegangen?!"

Er sagte nichts.

„Das waren deine Sonntagsschuhe. Wahrscheinlich *predigst* du in diesen Schuhen."

„Ja", sagte er fast entschuldigend. „Das tue ich."

„Du kannst es dir nicht leisten, diese Schuhe zu verlieren?“

„Das würde mich das Gehalt einer ganzen Woche kosten.“

Sie stieß ein übertriebenes Seufzen aus. „Alles war viel leichter, als wir noch nicht erwachsen waren.“

Er war nicht bereit wegzufahren, ohne noch ein bisschen zu suchen. Als sie schließlich die richtige Brücke fanden, die richtigen Stufen, den richtigen Strauch, schlüpfte Allie ohne große Umstände in ihre Sandalen. Er setzte sich auf die Stufen, um sich den Sand von den Fußsohlen zu wischen und seine Socken anzuziehen. Während er seine Schuhe zuschnürte und sie ihm zuschaute, starrte sie auf seinen Hinterkopf, auf die Haare, den Wirbel. Wie sehr sie seine Haarfarbe immer geliebt hatte!

Wenn ich zurückgehen könnte, würde ich das wollen? Wenn wir die Zeit zurückdrehen könnten ...?

Ihre Kehle war wie zugeschnürt. Plötzlich erschien ihr ihr Ausflug hierher gar nicht mehr so unschuldig.

„Fertig?“ Er schaute zu ihr auf.

„Vielleicht sollten wir einfach zu den Ferienhäusern zurückfahren“, schlug sie vor. „Und heute Abend nichts mehr essen.“

„Ich bin am Verhungern, Allie.“

„Findest du nicht, dass wir uns umziehen sollten oder so?“

„Na ja, ich hätte nichts dagegen, aber dann müsste ich ...“

„... es deinem Neffen erklären.“

„Ja.“

„Er würde wissen wollen, warum wir mit Klamotten schwimmen gegangen sind.“

„Er würde viele Fragen stellen."

Sie dachten beide das Gleiche, als Sam aufstand und sich bemühte, den Sand von seiner Hose zu streifen. Keiner von ihnen war bereit, jemanden an diesem kostbaren Wiederaufleben ihrer Freundschaft, ihrer Freude, ihrer Unsicherheit teilhaben zu lassen. *Es führt zu nichts, wenn Kevin in diese Sache mehr hineindeutet, als dran ist.* Es war für sie selbst zu neu, einander wieder zu haben, ihrer Vergangenheit Raum zu geben.

Sie marschierten zu *Rubys Café* zurück, da sie zu dem Schluss gekommen waren, dass ihre Kleidung wahrscheinlich am schnellsten trocknete, wenn sie zu Fuß gingen.

Sie setzten sich an einen Tisch, und die Kellnerin reichte ihnen die Speisekarten, während Allie befangen eine klebrige Haarsträhne hinter ihr Ohr schob. Es fuchste sie, dass Sam mit relativer Würde getrocknet war. Er saß ihr gegenüber und überflog die Beschreibungen der Hamburger und Sandwichs. Sein Hemd sah glatt aus, obwohl es eben noch klatschnass gewesen war. Auch sonst sah er besser aus als je zuvor, seine Haare fielen in geschmeidigen Wellen um seine Schläfen.

Sam blickte von seiner Speisekarte auf und sagte, als hätte er ihre Gedanken gelesen: „Du siehst toll aus. Weißt du das?" Er ließ seine Augen über sie wandern.

„Das tue ich nicht. Ich war *schwimmen.*" Die Jahre hatten sie wirklich verändert. Sie versuchte, die Speisekarte zu lesen, konnte sich aber nicht konzentrieren.

„Du irrst dich. Das Meer hat dir gutgetan."

Trotz der späten Stunde war bei *Rubys* viel los. Musik dröhnte viel zu laut aus der Jukebox. Sie beugten sich näher zueinander, damit sie sich verstehen konnten. „Jetzt weiß ich, was du meinst. Ich sehe besser aus, wenn ich anständig getunkt worden bin."

„Na ja", sagte er grinsend. „Hat wahrscheinlich länger niemand mehr gemacht."

Die Kellnerin kam, um ihre Bestellung entgegenzunehmen, für Allie eine Suppe mit Meeresfrüchten und für ihn einen Hamburger mit Cheddarkäse und Speck. („Und du willst wirklich nichts mit Barbecuesoße?", hatte er grinsend gefragt.)

Genauso schnell, wie sie gekommen war, verschwand die verspielte Leichtigkeit zwischen ihnen und wich einem unsicheren Schweigen.

„Was hältst du von dieser ganzen Sache?", fragte Sam schließlich. „Was glaubst du, was Gott wohl vorhat, wenn er uns wieder so zusammenführt?"

Sie erinnerte sich, dass Sam früher schon von seinem Glauben gesprochen hatte; damals war sie spielerisch darüber hinweggegangen, hatte es akzeptiert, da es ein Teil von ihm war. Aber jetzt war sie durch den Kampf mit der Krankheit ihres Mannes zu verwundbar. Sie würde Sam sagen, dass sie nie akzeptieren konnte, dass irgendetwas von alledem *geplant* gewesen sein sollte. Sie erinnerte sich, dass sie mit Sam einmal am Strand darüber diskutiert hatte. *Ich glaube nicht an Gott. Ich glaube an das Meer.*

„Erzähl mir von dir, Allie. Erzähl mir von deinem Leben – was du gemacht hast, seit ich dich das letzte Mal sah."

Mein Mann ist in einer Klinik und macht einen Entzug, hätte sie jetzt sagen können. *Wir kämpfen schon lange. Die Kinder denken, wir wären gemeinsam verreist, weil ich nicht wollte, dass ihre Welt vollkommen aus den Fugen gerät.*

Allie wurde sich bewusst, dass sie viel lieber mit Sam am Strand wäre, in der Dunkelheit versteckt und mit der Brandung, die über den Sand rollte, als ihm im gnadenlosen Licht des Cafés gegenüberzusitzen und zu versuchen, ihr Leben zu erklären. Sam war ihr so vertraut, und doch war er auch ein Fremder geworden. Sie konnte nicht wissen, wer er geworden war oder wie sie ihn sehen sollte.

„Ich bin verheiratet", sagte Allie einfach und faltete die Hände unter ihrem Kinn. „Ich habe drei Kinder. In meiner Handtasche habe ich Bilder von ihnen."

Sie schaute sich nach ihrer Handtasche um, bevor ihr einfiel, dass sie sie im Auto gelassen hatte. „Sie sind toll. Ich kann es nicht erwarten, dir zu zeigen, wie sie aussehen."

„Wie alt sind sie?"

„Wie die Orgelpfeifen. Hannah ist vier. Sie ist das Nesthäkchen. Mia ist die Älteste. Sie ist 15 und geht stark auf die 20 zu."

„Eine Vierjährige *und* ein Teenager?"

„Und dazwischen kommt noch Billy. Er ist acht. Sein größtes Ziel ist es, Fußballspieler zu werden und mit nur einer einzigen Unterhose im Leben auszukommen. Einer *Spiderman*-Unterhose natürlich."

„Ein typischer Junge also."

„Du hast es erfasst." Allie hatte gedacht, sie würde nie mehr aufhören zu zittern. Aber Sams Nähe, sein Körper, der sich zu ihr vorbeugte, sein Handgelenk, das neben ihrem Ellbogen lag, wärmte sie. „Wie ist es mit dir? Ich will etwas über *deine* Familie hören."

„Dein Mann", fragte Sam. Sie merkte, dass er sich nicht so leicht ablenken ließ. „Wie heißt er?"

„Gary." Sie konnte nicht erklären, warum sie zögerte. „Gary Anderson."

„Dann heißt du jetzt ...?"

„Allie Anderson."

„Es ist nicht leicht, mir dich mit einem anderen Namen vorzustellen." Sie sah, wie wechselnde Gefühle über Sams Gesicht zogen, als koste es ihn Mühe, diesen Gedanken zu verarbeiten. „Wie hast du ihn kennengelernt? Wie hast du diesen Gary Anderson kennengelernt?"

„Bei der Arbeit. Jemand machte uns bei einer Weihnachtsfeier miteinander bekannt, Gary bat mich, mit ihm auszugehen, und ein Jahr später haben wir geheiratet. Eine ziemlich unspektakuläre Geschichte."

Sam betrachtete die Zinken seiner Gabel.

„Es war eine Fabrik, die Schiffszubehör produzierte. Polster für Boote. Dort haben wir beide gearbeitet."

„Und jetzt?"

„Vielleicht suche ich mir wieder eine Arbeit, wenn Hannah in die Schule kommt. Gary blieb in der Firma, hat sich nach und nach ins Management hochgearbeitet. Wir kommen mit seinem Gehalt ganz gut aus."

„Bist du glücklich?", fragte er und schaute ihr ins Gesicht.

„Ja", log sie.

Die Kellnerin kam mit ihren Tellern. Sie stellte vor Sam einen dicken Burger und vor Allie einen Suppenteller ab. Allie schaute zu, wie Sam seine Gurkenscheiben verschob und die Tomate hochhob, um zu sehen, was darunter war. Sie ließen sich beide viel Zeit, bis die Kellnerin wieder ging und sie allein ließ.

„Jetzt bist du dran", beharrte sie, als er nach der Senfflasche griff. „Ich habe dich zuerst gefragt, aber du hast mir noch keine Antwort gegeben und nur mich ausgefragt.“

Sam hob nacheinander die Finger. „Keine Kinder. Nie verheiratet gewesen.“

Sie nickte.

„Ich habe Theologie studiert und fing als Pastor in einer Gemeinde mit zwei Dutzend Mitgliedern an. Die Kirche, in der ich jetzt bin, ist viel größer.“

„Das ist gut, oder?“

„Wie man's nimmt. Ich besuche einmal in der Woche meinen Vater. Meine Mutter hat Alzheimer, aber wir kommen damit klar.“

„Du hakst alles so sachlich ab.“

„Macht das nicht jeder, wenn er so ein Gespräch führt? Brenda hat einen Mann namens Joe geheiratet. Er war für mich ein sehr guter Freund, fast wie ein Bruder.“

„Das ist Kevins Vater, der gestorben ist?“

Sam spielte mit seinem Wasserglas. „Ja.“

„Wie traurig für Brenda.“

„Daran denke ich auch immer. Vielleicht bin ich ihr nicht die Hilfe, die ich sein könnte.“

„Du hast Kevin hierher mitgenommen.“

„Das war nicht so ganz freiwillig.“

Allie ertappte sich dabei, dass sie ihn einzuschätzen versuchte und mit sich rang, ob sie ihre nächste Frage stellen sollte. Es ließ ihr jedoch keine Ruhe. „Du bist in einer protestantischen Kirche, nicht wahr? Hindert dich dein Beruf daran zu heiraten?“

Er legte seinen halb gegessenen Hamburger auf seinen Teller und hob die Schultern. „Ich dürfte schon heiraten. Es war einfach nie ...“

Er sprach nicht weiter und überließ den Rest unabsichtlich ihrer Fantasie.

„Hat es wirklich nie jemanden gegeben, Sam? Eine Frau, mit der du dein Leben verbringen wolltest?“

„Das ist nicht so leicht“, seufzte er. „Ich habe einmal eine Frau kennengelernt, bei der ich das Gefühl hatte, dass sie die richtige für mich sein könnte. Aber Gott hatte andere Pläne für sie. Sie war geschieden, und Gott hat ihre Ehe wieder in Ordnung gebracht.“

Ein Wirrwarr an Gefühlen melaete sich in ihr; Traurigkeit, dass er die ganze Zeit allein gewesen war; Erleichterung, weil das bedeutete, dass er sich nicht verändert hatte.

„Das ist ja eine erstaunliche Geschichte für diese Frau. Wie ein Wunder.“

„Ich habe viele Wunder gesehen“, bemerkte er glatt.

„Aber vielleicht nicht in deinem eigenen Leben“, erwiderte sie. Sie deutete mit ihrem Suppenlöffel auf ihn, als wollte sie ihn damit festnageln.

„Es ist nicht so leicht. Das habe ich schon gesagt, nicht wahr? In Covenant Heights werde ich ständig beobachtet.“

„Ich kann mir vorstellen, dass das schwer ist.“

„Die Entscheidung ist nie leicht. Egal, was ich tue, es hat Auswirkungen auf andere Menschen.“

„Ist das der Name deiner Kirche? Covenant Heights?“

„Ja. Und dein Mann heißt Gary.“

„Ja.“

„Schau uns beide nur an“, sagte er. „Wir waren damals so jung. Erinnerst du dich?“

„Oh, ja. Ich erinnere mich.“

„Ich dachte, ich würde mein Leben mit dir verbringen.“

Kapitel 18

Allie lag in dieser Nacht wach im Bett, ihre Augen waren trocken, und ihr Herz litt unter dem, was hätte sein können. Sams Worte flossen wie ein gefährlicher Bach durch ihren Kopf.

Ich dachte, ich würde mein Leben mit dir verbringen.

Ihre Kehle war ganz rau, als ihr Handy klingelte. Allies Herz schlug schneller. Oh, wie sie sich wünschte, es wäre Gary! Wie sehr sie es brauchte, die Stimme ihres Mannes am Telefon zu hören. Sie brauchte Gary nicht als den Mann, der er geworden war, sondern stark und gesund; sie brauchte es, dass er sie beruhigte und ihr Kraft gab.

Schon als sie das Telefon aufklappte und sich bemühte, die Nummer zu erkennen, wusste Allie, dass sie nicht die Stimme hören würde, nach der sie sich sehnte. Diese Stimme gab es nicht. Die Entzugsklinik würde Gary in den ersten 72 Stunden sowieso nicht telefonieren lassen, sondern erst wieder, wenn er die Entgiftung hinter sich hätte.

„Mami?"

Sobald Allie die leise Stimme hörte, war sie hellwach. „Hannah?" Die Nummer, die sie verschwommen gesehen hatte, sagte ihr endlich etwas. Mias Handy. Das bedeutete, dass ihre zwei Mädchen zusammen bei Emily waren und sich umeinander kümmerten.

„Ohne Elefant kann ich einfach nicht schlafen."

Allie presste die Augen zu. Erleichterung und Traurigkeit erfüllten sie gleichermaßen. „Das verstehe ich, Schatz."

„Mia hat gesagt, dass ich dich mit ihrem Handy anrufen kann."

„Ich bin froh, dass sie das gesagt hat."

„Hast du schon geschlafen, Mami?"

„Nein", antwortete Allie. „Ich war auch noch wach."

„Schläft Papa schon? Kann ich mit ihm sprechen?"

„Oh, Liebes." Sie hasste sich wegen der Tränen, die ihr in die Augen traten. „Er ist nicht ..." Allie brach ab und erinnerte sich an die Geschichte, die sie und Gary den Kindern erzählt hatten. *Eine Lüge führt zu so vielen anderen.* „Er ist nicht wach."

„Ich vermisse euch. Ich will bei dir und Papa sein."

„Ich weiß." Mit fahrigen Bewegungen wischte sich Allie die Tränen aus dem Gesicht. „Wir vermissen euch auch."

„Tante Emily hat uns gezwungen, Rosenkohl zu essen."

„Das tut mir leid."

„Ich habe ihn in meine Tasche gesteckt."

„Aber, Liebling!"

„Mami, ich *konnte* ihn nicht essen."

Es war so schwer, ernst klingen zu müssen, wenn sie am liebsten gleichzeitig gelacht und geweint hätte. „Weißt du was? Morgen früh, wenn Tante Emily aufwacht, werde ich mit ihr reden und sie bitten, mit dir ein neues Kuscheltier zu kaufen."

„Nein, das will ich nicht. Ich will kein *anderes* Tier. Ich will nur Elefant."

„Du wirst dich damit abfinden müssen, Hannah." *Wir müssen uns alle mit dem abfinden, was wir haben.* „Es tut mir leid, dass wir nicht mehr umkehren konnten, aber ihr drei hättet sonst wahrscheinlich das Flugzeug verpasst."

Die traurige, leise Stimme brach Allie fast das Herz. „Ich mag es, wie Elefant *riecht*. Ich mag ihn, weil er *blau* ist. Ich mag ihn, weil er am Ohr kein Fell mehr hat und weil er nur ein Auge hat."

Ist es im Leben nun mal so?, dachte Allie. *Suchen wir etwas, das nicht perfekt ist, und wollen wir damit etwas ersetzen, das wir zurücklassen mussten?*

„Hannah, Liebes. Wein doch nicht!"

„Ich k-kann nicht anders."

„Sag Mia, sie soll dich für mich ganz fest drücken, okay? Sie soll dir den Rücken kraulen, bis du einschlafen kannst."

Ich muss sie doch vor der Wahrheit schützen, oder? Wenn ich das nicht tue, verlieren sie genauso die Achtung vor Gary wie ich.

Hannah schniefte abgrundtief. „O-okay."

„Braves Mädchen."

„Mami, wann können wir heimfahren?"

Allie umklammerte das Handy mit beiden Händen und sehnte sich nach etwas, das es nicht mehr gab.

Oh, Gary, das ist deine Schuld. Du hast alles kaputt gemacht!

„Ich weiß nicht, Liebes", flüsterte sie. Aber sie dachte: *Unser Zuhause wird nie wieder so sein wie früher.*

*

Das Seehundjunge tauchte am selben Tag am Strand auf, an dem Kevin Freunde fand.

Einige hundert Meter nördlich von den Ferienhäusern erhob sich am Ufer eine Felswand. Hohe Wellen brandeten dagegen, brachen sich daran und explodierten in tausend Tropfen, die in der Sonne funkelten. Über die Jahre hatten diese Tropfen eine breite Vertiefung geschaffen. Darüber befand sich eine Landspitze, auf der die Erde weggeschwemmt war und Wurzeln zum Vorschein kamen, die wie dicke Seemannsseile ineinander verknüpft waren. In dieser ruhigen Senke, an diesem abgeschirmten Ort tauchte am späten Nachmittag der Seehund auf.

Sam hatte die Schilder schon als Junge gesehen, von Naturschützern von Hand geschrieben: DIE SEEHUNDJUNGEN AM STRAND BRAUCHEN RUHE. STÖREN SIE SIE NICHT! ES IST POLIZEILICH VERBOTEN, DIE TIERE ZU STÖREN!

Oder: SEEHUNDE BRINGEN IHRE JUNGEN ANS UFER, WENN SIE ERSCHÖPFT SIND ODER WENN DAS MEER ZU RAU IST. DENKEN SIE DARAN: GEBEN SIE IHNEN PLATZ AM STRAND UND STÖREN SIE NICHT DIE NATUR!!!

Sam hatte sich als Kind immer gewünscht, eines dieser Seehundbabys zu sehen. Obwohl er sich fest vorgenommen hatte, nie eines von ihnen zu berühren, hatte Sam sich schmerzlich danach gesehnt, wenigstens einmal ganz nah vor einem zu stehen und den Schnurrbart eines so kleinen Tieres und das unauslöschbare Leben, das aus seinen runden Augen leuchtete, zu sehen. Aber dieses Glück hatte er nie gehabt.

Seehundbabys waren für ihn immer genauso unerreichbar gewesen wie Allies magisches, phosphoreszierendes Licht, von dem sie behauptet hatte, dass sie es oft bei Sonnenuntergang in den Wellen sah.

Der Wagen war kurz nach Mittag auf den Parkplatz neben dem Ferienhaus gebogen, sein Kühlergrill und sein kalifornisches Nummernschild waren von der Fahrt mit Insekten verklebt. Sam schaute zu, wie die Eltern, zwei Jungs ungefähr in Kevins Alter und ein Mädchen im Teenageralter mit kurz geschnittenen Haaren nacheinander ausstiegen, sich streckten und begeistert aufs Meer starrten. Er hatte einfach nur so dagestanden und an Allie gedacht. *Was macht sie gerade? Hat sie mit ihren Kindern gesprochen, mit ihrem Mann? Versucht sie, sich von mir fernzuhalten nach dem, was ich gestern Abend gesagt habe?* Dankbar für die Ablenkung schlenderte Sam über den Rasen.

Er reichte allen zur Begrüßung die Hand und plauderte ungezwungen mit ihnen. „Ich wohne nebenan. Wie lange bleiben Sie?“ Und zu den Kindern: „Ich habe einen Neffen dabei, der ungefähr in eurem Alter ist. Ich weiß aber nicht, wo er sich gerade herumtreibt.“

Wenn die Jugendlichen auch nur im Geringsten scheu gewesen wären, wäre Kevin nie zu ihnen eingeladen worden. Aber Sam konnte beobachten, wie der vorsichtige Tanz begann, wie die Jugendlichen sich umkreisten, wie das Mädchen Kevin so einen ganz bestimmten Blick zuwarf, wie die Jungen winkten und riefen: „Hattest du beim Angeln auf dem Pier Glück?“

Bis drei Uhr, als die Sonne so tief gesunken war, dass sie spitze Schatten über die Grasbüschel warf, unterhielten sich die vier miteinander, als würden sie sich schon seit Jahren kennen, und bauten dann eine alte Feuerstelle auf der windgeschützten Seite der Dünen neu auf. Gestern war die Stelle kaum zu sehen gewesen, voll Sand und mit halb verkohltem Müll darin. Die mit Ruß überzogenen Steine waren wohl von einem früheren Lagerfeuer übrig geblieben. Heute schleppten Kevin und seine neuen

Freunde die kaputten Steine weg und trugen andere heran. Sie gruben ein tiefes Loch, wozu sie Allies Schaufel gut gebrauchen konnten. Dann brachten sie jede Menge Treibholz an, das von der Brandung ganz glatt gerieben war.

Er hätte nicht sagen können, wann Kevin zum Strand verschwand. Einer der Jungen klopfte an Sams Tür und fragte: „Hallo, ist Kevin hier irgendwo? Mein Bruder kann ihn nicht finden."

Sam zuckte die Achseln. „Ich weiß nicht."

„Wir wollten das Feuer nicht ohne ihn anzünden."

„Vielleicht mache ich einen Spaziergang am Strand", bot Sam an, dankbar für eine Gelegenheit, seine aufgestaute Energie abzubauen. „Falls ich ihn finde, sage ich ihm, dass ihr ihn sucht."

Er begab sich auf die Suche nach seinem Neffen und schaffte es nicht, an Allies Hütte vorbeizugehen, ohne in ihre Richtung zu schauen. *Was hält sie von mir fern?* Ihr Licht war den ganzen Tag nicht eingeschaltet gewesen; die Vorhänge waren offen, ihr Auto fort. *Allie ist allein hier und hat niemanden, dem es auffallen würde, wenn etwas nicht stimmt, niemanden, der merken würde, wenn sie nicht zurückkäme.*

Er müsste auf sie aufpassen!

Sam wurde aus den ständig in seinem Kopf kreisenden Gedanken gerissen, als er seinen Neffen sah. Zuerst beschleunigte Sam seine Schritte und wollte sich beeilen, den Jungen einzuholen, aber als er Kevins Körperhaltung bemerkte, wurde er langsamer. Der Junge bewegte sich nicht, seine Silhouette stand regungslos da und warf perfekte Linien auf den nassen Sand. Mit einer Hand umklammerte er die Schaufel. Seine andere Hand bewegte sich überhaupt nicht.

Das Seehundjunge, dunkel und geschmeidig, hob weder den Kopf, noch schlug es mit den Flossen. Es lag ruhig in der Senke, wo seine Mutter es zurückgelassen hatte, und starrte Kevin mit großen Augen neugierig an, zu jung, um Angst zu haben.

Kevin blinzelte nicht einmal. Der Junge musste mitten im Gehen plötzlich verharrt haben, sein ganzer Körper war in einer Vorwärtsbewegung erstarrt, wie eine Katze, die bereit ist, jeden Augenblick loszuspringen.

Der Moment schien ewig zu dauern, aber es war nur eine Minute, höchstens eineinhalb. Sam konnte nicht atmen, während er das Vertrauen im Gesicht des Seehundes betrachtete und Kevin, der sich entschieden hatte, das Tier nicht zu stören. Die tiefer stehende Sonne ließ Diamanten auf dem offenen Wasser funkeln. Der kleine Seehund verlagerte mit seiner Flosse sein Gewicht und hinterließ ein nasses M im Sand.

An einer leichten Veränderung in Kevins Gesicht konnte Sam sehen, dass sein Neffe lächelte. Sam wich zurück und gönnte seinem Neffen genauso viel Abstand, wie der Junge dem Tier zugestand. Dieser eine Augenblick verkörperte alles, wozu er ihn mit an die Küste genommen hatte.

Ihn zu stören und zu flüstern: *Schau, Kevin. Habe ich es dir nicht gesagt?*, erschien ihm einfach nicht passend.

Diesen Augenblick mit ihm teilen zu wollen, wäre fast so gewesen, als wollte er ihn ihm stehlen. Am besten, Kevin erfuhr gar nicht, dass Sam da gewesen war.

*

Sonnenuntergang und Feuer. Flüchtige Lichtspiele, die entstanden und wieder verschwanden. Als die Flammen das Feuerholz ergriffen, nahm es die Farbe des Himmels an. Leuchtende Gelb- und Rottöne brannten über dem Meer.

Als Sam zurückkehrte, spielten die Kinder im immer schwächer werdenden Licht Frisbee. Er ließ Ginny von der Leine, die ihre Freiheit sofort ausnutzte und ebenfalls hinter der Plastikscheibe herlief. Eine ganze Reihe Feriengäste hatten Gartenstühle zu einem Kreis zusammengestellt. Andere hatten es sich auf großen Treibholzstücken bequem gemacht. Sam gesellte sich zu ihnen.

Die offenen, dunklen Fenster von Allies Hütte starrten ihn wie leere Augen an. *Vater, warum hast du mich jetzt wieder mit Allie zusammengeführt, wo es zu spät ist?*

Jemand brachte eine Packung Würstchen, um sie über dem Lagerfeuer zu grillen. Erst einige Zeit später, als Sam daran dachte, seine Gitarre zu holen, kehrte Kevin zurück. Das kalifornische Mädchen hakte sich sofort bei ihm unter. „Hey, wo warst du denn? Wir haben dich gesucht!“ Kevin murmelte etwas Unverständliches, während er sich in die Gruppe ziehen ließ. Die Jungen begrüßten ihn mit einem freundlichen Schulterklopfen.

Erst als Scheinwerfer die Dunkelheit auf dem Parkplatz durchschnitten, merkte Sam, wie besorgt er gewesen war. Seine Schultern sackten erleichtert nach unten, als Allies Licht anging. Seine Brust zog sich zusammen, als er sah, wie sie die Vorhänge zuzog.

Wer in Weisheit wandelt, wird beschützt.

Sam zwang sich zu warten. Schließlich hatte er keinerlei Recht, sie zu fragen, was sie den ganzen Tag gemacht hatte.

Er hatte auch kein Recht auf diese Sehnsucht, die sich in ihm regte und ihn blind machen wollte. Er entfernte sich von den anderen, als er sie von der Veranda herab in den Sand kommen sah.

Später konnte er sich nicht mehr daran erinnern, wie es gekommen war, dass er neben ihr stand.

Sie sprachen gleichzeitig. „Das war heute vielleicht ein Tag!“, sagte sie.

„Wo warst du denn so lange?“, fragte er.

„Ich wusste nicht, dass du auf mich gewartet hast.“

„Das hab ich auch nicht.“ Eine unsichere Pause. „Aber ein bisschen Sorgen hab ich mir doch gemacht.“

„Ich habe mit den Kindern gesprochen. Ich habe mir die Schaufenster angeschaut. In der Sailor Avenue ist ein Laden mit antiken Glaskugeln. Ich bin durch die ganze Stadt gelaufen. Ich brauche niemanden, der auf mich aufpasst.“

„Das habe ich mir auch den ganzen Tag gesagt.“

Das Feuer warf ein flackerndes Licht auf ihr Gesicht, und zum ersten Mal sah er, dass ihre Augen rot und verschwollen waren. Sie hatte geweint. „Allie, was ist los? Was hast du?“

„Nichts, Sam.“

„Das glaube ich dir nicht.“

„Lass mich einfach.“

Sie entzog sich ihm und ging auf die anderen zu. Als er später wieder zu ihr trat, hatte sie ein Marshmallow auf einen Stock gesteckt. Sam nahm vage wahr, wie ihr Arm den Zweig hielt und ihn drehte wie den Zeiger einer Uhr, als würde er immer noch die Tage zählen, die sie zusammen gehabt hatten, und die Jahre, die sie nicht gehabt hatten.

„Ich habe noch nie jemanden gesehen, der ein Marshmallow so gewissenhaft röstet."

„Ich habe heute meinen Vater besucht", sagte sie und schaute in das Feuer. „Nach all den Jahren sollte man doch meinen, die Mauer, mit der er sich vor mir abschottet, würde ein wenig bröckeln. Man sollte meinen, er würde endlich aufhören, mich auszuschließen."

„Allie ..."

„Ich hatte erwartet, dass er sich wenigstens nach meiner Familie erkundigt. Es gab Dinge, von denen ich nicht sicher war, ob ich sie ihm erzählen sollte. Aber er wollte es nicht einmal *wissen*."

„Das tut mir leid."

„Es braucht dir nicht leidzutun. Es war ja meine eigene Entscheidung, zu ihm zu gehen."

Ich habe gesehen, wie er dich immer wieder verletzt hat. Diese ganzen Jahre, in denen er dich in den Schatten stellte und Ken zum Star erhob.

Das Marshmallow fing Feuer. Allie unternahm keinen Versuch, ihn zu löschen.

„Wenn ich mit dir gekommen wäre", sagte Sam, „hättest du nicht allein zurückfahren müssen."

„Du sprichst vom Alleinsein, als wäre es etwas, vor dem man Angst haben müsste."

„Lösch bitte mal deinen Marshmallow. Du setzt sonst noch alles hier in Brand."

Sie schwang den Stock so ruckartig herum, dass sie ihm beinahe die Augenbrauen angesengt hätte, und blies das Marshmallow schließlich aus. Als sie es vom Stecken zog und Sam in den Mund steckte, berührten ihre Finger seine Lippen.

Sam versuchte zu schlucken und konnte es fast nicht.

Genauso gut hätte er versuchen können, einen Lehmklumpen runterzukriegen.

„Erinnerst du dich daran, wie ich dich das erste Mal geküsst habe?“ *Das hätte ich nicht fragen sollen. Warum hab ich das getan?*

„Natürlich. Das habe ich nie vergessen“, sagte sie.

Die Erinnerung an diesen längst vergangenen Kuss hing zwischen ihnen wie etwas Lebendiges.

Allie stand abrupt auf. „Ich habe Bilder von den Kindern mitgebracht. Willst du sie sehen?“

Sie fischte in ihrer Tasche nach einer Plastikhülle, die aus ihrem Portemonnaie stammen musste. Dann hielt sie ihm die Bilder entgegen, als wären sie eine Art Talisman, der sie beide beschützen würde. Und vielleicht war es wirklich so.

„Das ist Mias Schulfoto von letztem Jahr. Aber sie ist in Wirklichkeit viel hübscher als auf dem Bild. Sie lächelt nicht richtig wegen ihrer Zahnspange. Und das ist unser Nesthäkchen, Hannah. Sie lässt sich nie ohne ihren Elefant fotografieren.“ Das Kind umklammerte ein abgenutztes, blaues Kuscheltier, das an den Nähten schon auseinanderging. „Und das ist Billy. Er ist so ein lieber, kleiner Kerl. Er war der Einzige, der mir am Flughafen einen Abschiedskuss gegeben hat. Schau ihn dir nur an. Sein Gesicht ist immer schmutzig und er ist ununterbrochen in Bewegung.“

Sam konnte die Bilder nur mit Mühe anschauen. Ihre lächelnden Gesichter, Billys Grinsen mit der Zahnlücke, versetzten ihm einen Stich. „Ich würde sie gern kennenlernen“, murmelte er. „Wir würden bestimmt gut miteinander auskommen.“

„Das glaube ich auch. Besonders du und Billy.“

„Mia sieht aus wie du.“

„Findest du?“

„Sie erinnert mich an dich, wie du früher warst, wenn du den Pier entlanggerannt bist.“

„Sie hat viele Stunden hier an diesem Strand verbracht.“

Die Schnappschüsse gaben Sam das Gefühl, irgendwie unzulänglich zu sein, wie der Knecht in der Bibel, der die Münzen seines Herrn vergraben hatte und nichts vorzeigen konnte. *Oh, Vater. Wenn Allie an dem Tag damals die Tür geöffnet hätte, wären diese Kinder dann jetzt meine?* Ein Abgrund tat sich in ihm auf, und er fragte schnell: „Ist Gary ...?“ Aber er brach ab, da er kein Recht hatte, diese Frage zu stellen. *Ist Gary dir ein guter Ehemann, Allie?* Er wagte es nicht, diesen Satz zu Ende zu denken: *Denn ich wäre dir ein guter Mann gewesen.*

Stattdessen fragte er: „Deine Kinder – du sagst, dass sie viel Zeit hier verbracht haben. Dein Vater hat sie doch sicher nicht auch so ignoriert wie dich, oder?“

„Nein, er mag meine Kinder. Es geht nur um mich. Das Problem war immer nur ich ...“ Allies schmerzverzerrtes Gesicht verriet ihm alles, was er wissen musste.

Kapitel 19

Sam kaufte am Kai einen Drachen, ein orangefarbenes Modell in Trapezform mit einem Spiralschwanz, der sich auseinanderzog, wenn der Wind ihn ergriff. Kevin verbrachte Stunden damit, ihn am Strand steigen zu lassen. Während er die Schnur abwickelte und rückwärts am Strand entlanglief, wies ihn Allie mit lauten Rufen durch ihre trichterförmig an den Mund gelegten Hände an: „Gut! Weiter zurück!“ Sam fing den Drachen auf, wenn er wilde Sturzflüge in den Sand veranstaltete.

Allie chauffierte sie an der Küste entlang zum Umpqua-Leuchtturm mit seinen berühmten Wanderdünen. Die lichten Kiefern entlang der Küste wurden dichter, als die Straße sich ins Landesinnere schlängelte und sie den Schildern zu den Dünen folgten. Jedes Mal, wenn sich die Straße nach Westen bewegte, kamen von ihr begeisterte Ausrufe darüber, wie grenzenlos weit das Meer sei. Sam lud sie zu einem Eis ein, als sie anhielten, um sich die Käsefabrik anzusehen, Kevin kaufte ein Windspiel für seine Mutter. Während der nächsten 60 Meilen bettelte Kevin ununterbrochen, ob sie sich Dünenbuggys mieten könnten, kleine, geländegängige Quads, mit denen man auf den Dünen herumsausen konnte.

Sam konnte den Buggys genauso wenig widerstehen wie sein Neffe. Bei den Dünen angekommen, gingen sie schnurstracks zu einer Buggyvermietung. Nachdem sie ihre Helme aufgesetzt und die Motoren angelassen hatten, folgten sie einem schmalen Weg durch hohes Gras und Zypressen und landeten schließlich auf einem riesigen Sandstrand, der bis zum Horizont zu reichen schien.

Allie stieß einen Kriegsschrei aus und raste geradewegs den Hügel hinauf. Kevin folgte ihr mit flatternder, orangefarbener Fahne an seinem Buggy. Sam blieb ein wenig zurück und ließ dieses Bild auf sich wirken. Er befand sich in einer Landschaft auf Zeit, wie von einem verrückten Künstler geschaffen, der seinen Pinsel nicht gerade führen konnte, ständig die Winkel und Abstände veränderte und Muster und Formen umgestaltete. Sam wusste, wenn er morgen an dieselbe Stelle käme, sähe es hier ganz anders aus. Der Sand bewegte sich und überrollte alles. Wenn er lange genug hier stehen blieb, würde er vielleicht selbst einfach verschwinden.

„Warum brauchst du so lange, Sam Tibbits?“ Allie preschte um eine Düne und kam mit voller Geschwindigkeit auf ihn zu. Er drückte das Gaspedal seines Buggys durch, überholte sie und fuhr auf eine große Anhöhe, die der Wind aufgebaut hatte. Kevin rauschte an ihnen beiden vorbei, mit triumphierend erhobener Faust und im Wind flatterndem T-Shirt. Alle drei legten einen Zahn zu und rasten mit Vollgas bergab.

Als sie nach diesem Abenteuer wieder im Auto saßen, hatten sie einen Sonnenbrand und ein breites Grinsen im Gesicht. Auf ihrer Kopfhaut knisterte der Sand. Sie fanden einen Oldiesender; Allie sang laut mit, klatschte aber nur bei jeder zweiten oder dritten Note den Takt. Sie unterbrach sich, um Kevin zu erzählen: „Wir waren einmal am Strand, und dein Onkel dachte, er hätte mit den Händen einen Seeotter gefangen. Er hielt seine Beute mühsam fest, und es war nichts weiter als ein alter Schuh. Hat er dir die Story schon erzählt?"

„Und wie war es, als Klein Allie die Krebsfalle umstieß und die Krebse unter den Sitzen im Boot herumkrabbelten? Lass dir das von ihr erzählen."

„Ich möchte wetten, dein Onkel hat dir nie vom ‚All-you-can-eat'-Abend im *Sea Basket* erzählt. Die Restaurantbesitzer baten schließlich seine Eltern zu gehen, weil er 167 Shrimps vertilgt hatte."

„Hör auf", sagte Sam grinsend, weil er wusste, dass sie Kevin so viele Geschichten aus ihrer Kindheit erzählen könnte, bis ihm die Augen aus dem Kopf traten. „Du quälst meinen Neffen nur."

„Ich quäle *dich*", sagte sie, stieß ihn in die Seite und lachte, bevor sie wieder anfing, laut zu singen.

*

Als Sam seine Laufschuhe anzog und mit Ginny zum Strand ging, kam er an einem alten, zerfallenen Pier vorbei. Dichtes Gras überzog die Pfosten. Wasserbäche flossen mit der Flut zurück und bildeten kunstvolle Skulpturen im Sand.

Während er lief, reihten sich seine Fußabdrücke in den Sand, seine Wadenmuskeln brannten, seine Lunge wollte platzen. Jeder Schritt rief ihren Namen: *Allie. Allie.*

Der Morgen war noch kühl, als er den Kirchturm aus dem Nebel aufragen sah. Sam konnte dieses große, handbehauene Steingebäude nicht in seinen Kindheitserinnerungen finden, aber er wusste, dass es schon damals hier gewesen sein musste. Der Friedhof neben der Kirche wirkte, als sei er hundert Jahre alt, und die Kirche selbst sah deutlich älter aus.

Er ließ Ginny draußen und zog die schwere Holztür der Kirche auf. Drinnen begrüßten ihn wunderbare alte Gerüche: Gladiolen und Nelken, Wachs von Vanillekerzen, Möbelpolitur und Silberputzmittel. Darunter lag ein anderer Geruch, modrig und beißend – Schimmel und Schweiß.

Vater, bist du hier? Ich fühle mich so verwirrt. Das ist alles ein bisschen zu viel für mich.

Die Buntglasfenster stellten keine biblischen Geschichten dar, sondern Szenen vom Meer. Ein Leuchtturm auf einem zerklüfteten Felsen. Ein Boot, das aufs Meer hinausfährt. Die Sonne fiel durch die Fenster und ließ die Staubkörner in der Luft tanzen. Die kühn geschwungene Decke türmte sich über ihm auf, während Sam sich dem Altar näherte.

Du hast mich auf weiten Raum gestellt. Aber die Fragen in meinem Kopf türmen sich immer höher auf. Was geschieht hier, Herr?

Sam erwartete nicht, dass ihn um diese frühe Morgenstunde jemand begrüßte. Er wollte nur durch den Mittelgang nach vorne gehen, wo der Teppich so abgenutzt war, dass man den Boden durchsehen konnte, wo jahrzehntelang Brautpaare gestanden haben mussten und sich ewige Treue versprochen hatten, wo Särge aufbahrt und Tote beweint worden waren, wohin Menschen gekommen waren, um sich taufen zu lassen, wohin gebrochene Seelen gekommen waren, um Gott um Hilfe zu bitten, und wo Heilung geschehen war.

Erforsche mich und erkenne mich, Herr, denn ich kenne mich selbst nicht mehr.

Ein Mann stieg von der Empore herab. Aus irgendeinem Grund erwartete Sam, dass der Pfarrer hier auch mitten in der Woche einen Talar tragen würde. Deshalb war er überrascht, als er sah, dass der Mann in einer ausgewaschenen Jeans und einem alten, grünen Hemd vor ihm stand und eher aussah wie ein wettergegerbter Fischer als wie ein Geistlicher.

Der Pfarrer sagte ruhig: „Herzlich willkommen", und ging langsam mit einem Teller, auf dem ungesäuertes Brot lag, zum Altar. Sam schaute zu, wie die Hände des Mannes das Brot in Stücke brachen. Dann verschwand er durch eine Seitentür und kam einige Minuten später mit einem Abendmahlskelch zurück. Er stellte ihn ebenfalls auf den Altar.

„Sie kommen gerade richtig zum Abendmahl. Die Kirche ist immer offen, aber mittwochs feiern wir das Mahl des Herrn."

Sam konzentrierte sich auf das Buntglasfenster über ihm, ein Schiff in einem Sturm, das auf einen Leuchtturm in der Ferne zusteuert. In die Fensterscheiben war der Lichtstrahl vom Leuchtturm aus klarem, facettiertem Glas geschnitten worden, das wie Diamanten glitzerte. Die blauen Teile waren durchsichtig, aber milchig.

„Salomon Fraser", stellte sich der Pfarrer vor. Er reichte Sam die Hand.

Sie schüttelten sich kräftig die Hand. „Sam Tibbits. Pastor Sam Tibbits."

„Ah, machen Sie hier Urlaub?"

Sam wusste nicht, was er antworten sollte. Diese Sabbatzeit war ja nicht seine Entscheidung gewesen. Er fragte sich, ob es anders wäre, wenn er es sich selbst ausgesucht hätte. Und ob Gott eher geneigt wäre, ihm den richtigen

Weg zu zeigen, wenn Sam nicht so sicher gewesen wäre, dass er sich bereits darauf befand.

Auf dem Altar zitterten die Kerzenflammen im leichten Zugwind. Ein Telefon klingelte aus einem Büro in der Ferne, gedämpft und dringlich. Der wartende Abendmahlskelch und der Teller mit dem ungesäuerten Brot standen auf dem Altar, so einladend wie ein Festessen, das für einen hungrigen Gast bereitet ist.

Sam merkte erst, dass er keine Antwort gegeben hatte, als Salomon unvermittelt sagte: „Wenn Sie sich selbst imstande fühlen, etwas zu tun, Sam Tibbits, dann kommt die Berufung nicht von Gott."

Als Sam das erste Mal verstanden hatte, dass er Pastor werden sollte, hatte er kein einziges Mal, *niemals*, infrage gestellt, dass das, was er da gehört hatte, die Stimme Gottes gewesen war. Er hatte schon als Kind angefangen zu beten, dass Gott sein Leben für etwas Besonderes gebrauchen würde.

„Seit Gott mich hierhergebracht hat, tut er nichts anderes, als mir *Erinnerungen* zu zeigen", sagte er zu Salomon.

Ich brauche dich, Vater. Ich suche verzweifelt deine Führung.

Salomon nahm den Teller mit dem Brot vom Altar, sprach ein Dankgebet darüber und hielt ihn Sam hin. Sam fiel auf, dass er genau auf der abgenutztesten Stelle des Läufers stand, wo schon unzählige Menschen vor ihm vor Gott gekommen waren.

Salomon zitierte aus der Bibel: „Dies ist mein Leib, für euch gegeben; tut dies zu meinem Gedächtnis."

Zu meinem Gedächtnis. Zur Erinnerung an mich.

Oh, Vater. Führst du mich deshalb zurück in die Vergangenheit?

Sam stand dort, wo Menschen voller Glück auf die Knie gesunken waren. Er stand dort, wo Menschen vor Schmerz in die Knie gegangen waren.

„Der Kelch des Neuen Bundes in meinem Blut", zitierte Salomon. „Tut dies, sooft ihr daraus trinkt, zu meinem Gedächtnis."

Komm zurück zu deiner ersten Liebe, mein geliebter Sohn.

Sam tauchte das Brot in den Kelch. Er wartete, bis das Brot sich mit der rubinfarbenen Flüssigkeit vollgesaugt hatte. Dann legte er das Brot auf seine Zunge, behielt es dort, schmeckte sowohl den Wein als auch das Getreide. Es schmeckte anders als alles, was Sam je zuvor gekostet hatte. Trotzdem war es auch so bekannt und süß wie beim ersten Mal, als er als Kind am Abendmahl teilgenommen hatte.

Danke, Vater.

„Sie dürfen nie vergessen", sagte Salomon, als Sam die massive Tür öffnete, um die Kirche zu verlassen, „dass Sie nicht dazu berufen sind, für die Menschen um Sie herum alles in Ordnung zu bringen. Sie sind dazu berufen, sie zu lieben. Manchmal ist das die schwerere Aufgabe."

*

Am Donnerstagmorgen, als der Frühnebel noch den Himmel bedeckte, klopfte Allie an die Tür von Sams Ferienhaus und rief, dass sie ein Krebsboot gemietet habe. Keine 20 Minuten später waren Kevin und Sam angezogen und startklar. Selbst Kevin fand es aufregend, so früh am Tag am Pier zu sein. Die Seemöwen kreisten bereits um die Boote in der Bucht. Menschen riefen einander Grüße zu. Eine Glocke ertönte von einer Boje in der Ferne.

Während Sam zuschaute, wie Allie auf die Planken des Docks stieg, die er in einem verwitterten Grau in Erinnerung hatte und die jetzt gelb gestrichen waren, überrollte ihn die Nostalgie wie eine Welle, die ihm fast den Atem raubte. Von den großen Pfosten, auf denen früher das verwitterte McCart-Schild gehangen, hing jetzt ein rubinrotes Metallschild mit weißen Blockbuchstaben: WALBESICHTIGUNG. BOOTE ZU VERMIETEN.

Auf der gegenüberliegenden Seite des Docks waren in den Fenstern eines großen Metallcontainers Bilder von Grauwalen ausgestellt.

Früher hatte es dieses Metallding noch nicht gegeben. Hier hatte die Hütte gestanden, in der Carl seinen Terminkalender geführt hatte; das große Ringbuch mit den rostigen Ringen und abgestoßenen Ecken. Wo Carl sich über die lange Theke gelehnt hatte, auf der Süßigkeiten und Plastikköder in jeder Farbe gestanden hatten. Wo die Bilder der *Westerly,* der *No Nonsense* und der *Stately Mary* an die Wand geheftet waren.

Wenn er seine Augen zusammenkniff, konnte Sam fast Ken McCart sehen, wie er die Decks abschrubbte und mit sicheren Bewegungen auf den Kai sprang.

Das Boot, das Allie gemietet hatte, war ein einfaches Aluminiumboot, verbeult und vertrauenerweckend. Es schaukelte, als Kevin einstieg. Der Besitzer lud Material für die Fahrt ein – Eimer, eine Tüte mit gefrorenen Ködern, Styropor-Schwimmer und Krebsfallen aus Maschendraht, deren Ränder dick mit schwarzem Klebeband umwickelt waren.

Sam zog an der Schnur des einzigen Außenmotors, und

mit einer blauen Rauchwolke erwachte der Motor hustend zum Leben. Das Boot stieg und fiel mit den Wellen. Allie zeigte Kevin, wie er die Köder in die Krebsfallen stecken musste, wie er sie versenken und gleichmäßig verteilen musste. Kevin entdeckte, was die anderen beiden bereits wussten, während sie an diesem Tag ihre Runden drehten und die Fallen kontrollierten: Das Spannende war nicht nur, die Krebse zu erwischen, sondern zu entscheiden, welche man behielt.

Die Krebse mussten genau inspiziert werden. Weibchen mit Eiern mussten wieder ins Wasser geworfen werden, jeder Krebs, der auch nur ein Haar kleiner war als 14,6 Zentimeter, musste auch zurück. Die Krebse liefen derweil auf dem Boden des Metallboots herum, ihre Beine machten klickende Geräusche.

Am Ende blieben nur wenige übrig. Kurz nach Mittag sammelten sie alles ein und begutachteten ihren Fang. Neun Dungeness-Krebse, genug für ein gutes Abendessen. Sam steuerte das Boot in den Hafen und lenkte sie dabei um die Landzunge herum, auf der die Seehunde immer in der Sonne lagen. Der größte hatte sich auf der trockensten, wärmsten Stelle breitgemacht und sonnte seinen Bauch. Andere scharten sich um ihn. Sie sahen aus wie faltige, fette Würste, die jemand achtlos auf die Sandbank geworfen hatte. Die Jungen spielten zwischen den erwachsenen Tieren und tänzelten auf ihren Flossen.

Kevin wollte im Boot aufstehen, aber Sam legte eine Hand auf seine Schulter.

„Nicht, solange wir fahren, Junge."

Kevin verdrehte sich den Hals. „Können wir nicht näher ranfahren?" Sein Neffe verlor kein Wort über seine Begegnung mit dem Seehundjungen.

Sam drosselte den Motor und steuerte auf das Ufer zu. Die leichte Brandung schlug gegen das Boot. Die einzigen anderen Geräusche waren das sporadische Bellen der Seehunde, das Dröhnen einer Schiffssirene, das Kreischen der Seemöwen, die über ihnen kreisten. Das Wasser wurde ruhiger, flacher. Unter dem Rumpf floss es wie geschmolzenes Zinn, schwer und still.

Kevin blieb im Boot sitzen, seine Kappe mit dem Rapper-Logo tief ins Gesicht gezogen. Sam sah dem Jungen seine Enttäuschung an, als er den Motor ganz ausschaltete.

„Wir dürfen nicht näher ran. Die Tiere, die draußen sind und Futter für ihre Jungen suchen, könnten sonst Angst bekommen und nicht ans Ufer zurückkehren."

„Wir sind doch vorsichtig. Niemand würde etwas merken."

„Wir dürfen das Risiko nicht eingehen, dass ihnen etwas zustößt."

Noch während Sam diese Worte sagte, fiel sein Blick auf Allie, die ihm gegenübersaß. Ihr war nicht bewusst, dass sie beobachtet wurde. Sie hatte die Arme fest um die Beine gelegt und ließ die Schultern niedergeschlagen hängen. Geistesabwesend beobachtete sie die Seehunde und biss sich dabei auf die Unterlippe. Sam spürte ihre Traurigkeit, die fast stärker war, als ihr Körper es ertragen konnte.

Fehlt dir immer noch die Liebe deines Vaters, Allie? Oder verbirgst du noch etwas anderes vor mir?

Salomon Frasers Worte hallten in seinem Kopf wider. *Sie sind nicht dazu berufen, für die Menschen um Sie herum alles in Ordnung zu bringen. Berufen, sie zu lieben.*

Ach, Allie. Ich liebe dich, seit ich elf war.

Kevin berührte seinen Arm. „Schau." Eine Seehunddame und ihr Junges waren an ihrer Steuerbordseite aufgetaucht. Zwei glänzende Köpfe, einer klein und einer groß, schaukelten über den Wellen. Die Meeressäugetiere schienen keine Angst zu haben. Sam konnte die Spitzen ihres Schnurrbarts fast berühren. Ihre Augen waren groß und fragend wie Kinderaugen.

Genauso schweigend, wie die Seehunde aufgetaucht waren, glitten sie wieder ins Wasser und waren fort.

Selbst Allie hatte das Kinn gehoben, um sie anzuschauen. Sam legte seinem Neffen die Hand auf die Schulter, dieses Mal nicht, um ihn zurückzuhalten. „Gott schenkt uns manchmal ein sichtbares Zeichen, Kevin. Etwas, das er dich sehen lässt, damit du weißt, dass er da ist. Etwas, das dir lieb wird."

„Wie die Seehunde?"

Sam schaute dem Jungen in die Augen. „Halt einfach die Augen offen, dann wirst du es sehen. Davon bin ich fest überzeugt."

Kapitel 20

Kevin steuerte das Boot seitlich an den Pier, während Allie stolz den Eimer hochhielt und ihn dem Hafenarbeiter zeigte. „Kein schlechter Fang für einen Vormittag, was?“

Sam warf das Seil auf den Kai und sprang. Nachdem er das Boot festgemacht hatte, reichte er Allie die Hand. Als sich ihre Finger umeinander schlossen, passten sie zusammen, als wären sie zu diesem Zweck geschaffen. Sams Berührung trug sie zurück zu einem Dutzend anderer solcher Momente, zu sonnengetränkten Sommertagen, an denen Sam sie über den Anlegesteg gejagt hatte und sie zwischen den Klippen Kraniche gezählt hatten und er sie geküsst hatte. Zurück in eine Zeit, als ihre Zukunft so voller Möglichkeiten gewesen war und sie gedacht hatte, ihr Vater würde ihr vergeben. Nicht im Traum hatte sie sich vorgestellt, einmal mit einem Mann verheiratet zu sein, der ein Sklave des Alkohols war.

Gary kann sich im Moment selbst keinen Schaden zufügen. Man kümmert sich um ihn. Er kann auch anderen keinen Schaden zufügen. Du kannst dich entspannen.

Aber was ist an dem Tag, an dem er nach Hause kommt?

Allie schwang sich aus dem Boot. Es gab Dinge, die sie Sam sagen musste. Es gab auch Fragen, die sie ihm stellen musste. *Wenn du der Pastor einer Kirche bist, wie kannst du dann so lange wegfahren?* Sie wollte es wissen. Aber jedes Mal, wenn sie zusammen waren, war ihr so leicht ums Herz. Sie ahnte, wie leicht die falschen Worte diese Fassade zum Einsturz bringen könnten. Und das wollte sie nicht.

Stattdessen fragte Allie: „Wer kocht und putzt die Krebse?“, während sie ihre Hand von seiner zurückzog. Daran, wie er schnell den Kopf schief legte, sah sie, dass er sie durchschaute. Es war so schwer, so zu tun, als hätte Sams Berührung keine Wirkung mehr auf sie.

„Ach, ich dachte, das könnte Kevin machen.“

Allie hatte in ihrem Leben schon viele Krebse geputzt. Walter McCart hatte ihr beigebracht, wie es ging, sie in einem riesigen Topf zu kochen und essfertig zu machen, als sie fast noch zu klein gewesen war, um sich selbst die Schuhe zuzubinden. Sie hätte binnen weniger Minuten den ganzen Schwung Krebse zerlegen können. Aber heute hatte sie keine Lust auf diese Arbeit. „Na, du ersparst ihm auch gar nichts, Sam.“

„Nein. Der Junge muss noch viel lernen.“

Das verspielte Wortgeplänkel zwischen ihnen begann wieder. „Ich erinnere mich daran, wie es war, als *du* es gelernt hast.“

„Ich glaube, *du* hast es mir beigebracht.“

„Das glaube ich auch.“

Kevin lief vor ihnen her und schwang den Eimer. Das Salz in der Luft gab ihnen das Gefühl, alles sei weiter voneinander entfernt, als es tatsächlich der Fall war. Alles war in Bewegung – die Brandung, die ans Ufer donnerte, Boote, die an ihren Vertäuungen schaukelten, Dünengras, das sich im Wind beugte, die Sonne, die ihre Strahlen über das Wasser warf.

Als die Gestalt des Jungen sich immer weiter von ihnen entfernte, sagte Allie: „Mein Vater spricht nicht über meine Mutter. Er spricht überhaupt nie über sie. Ist dir das früher aufgefallen?"

Sein Hemd flatterte im feuchten Wind. Er zog es gerade, doch das nützte nicht viel. „Wir waren Kinder. Uns interessierten so viele andere Sachen."

„Ich kann mich kaum an meine Mutter erinnern. Es gibt da nur das Bild, wie sie mit Ken einen Drachen steigen ließ. Sie hatte einen gelben Badeanzug mit Pünktchen an."

„Wie alt warst du, als sie starb?"

„Nicht alt genug, um mich zu erinnern, wie sie aussah. Ungefähr in Hannahs Alter, ist das nicht seltsam?"

„Hilf mir noch mal. Hannah ist ..."

„ ... vier. Ich war vier."

„Du hast aber doch sicher Fotos von deiner Mutter gesehen."

„Es gibt keine Bilder. Er hat sie alle weggeworfen."

Ein starker, beißender Geruch nach Fisch, Schlick und Schlamm erfüllte die Luft. Allie bückte sich, um eine Austernschale aufzuheben, deren Unterseite so rau war, dass sie sich die Hand daran aufreißen könnte. Sie nahm sie in ihre Handfläche, die Innenseite war so glatt wie eine Perle.

„Mein ganzes Leben lang habe ich gesehen, wie mein Vater Dinge, die wehtun, einfach ignoriert."

„Er muss doch wissen, dass es so nicht gehen kann. Wenn man solche Dinge ignoriert, gehen sie davon nicht weg. Sie werden nur größer."

Die Perlmutt-Innenseite der Muschel schillerte in ihrer Hand in allen Farben.

„Manchmal heilt Gott uns, indem er uns etwas mühsam durchackern lässt. So habe ich das jedenfalls erlebt."

„Ich hatte vergessen, wie es ist, sich mit dir zu unterhalten, Sam." Allie drehte ihren Daumen in der Muschel. „Ich konnte dir immer alles erzählen. Niemand hat mir jemals so zugehört wie du."

Kevin trabte zu einer dicken Felsplatte, die ungefähr zehn Meter entfernt war. Seine Schuhe spritzten im Wasser. Sie holten ihn ein. „Du könntest die Schuhe ausziehen, weißt du!", rief Sam ihm zu.

Aber Kevin konnte ihn über den Wind hinweg nicht hören. Sie schauten zu, wie er den Felsen erklomm, bis ganz nach oben kletterte und den Eimer hochhielt wie ein König, der ein Land für sich in Anspruch nimmt. Sie schauten zu, wie er eine sichere Stelle für den Eimer fand, bevor er ein paar vermooste Vorsprünge erforschte, flache Steine aufhob und sie über das Meer hüpfen ließ.

Er beugte sich weit nach unten und zog ein nasses Seetangband heraus, auf dem viele Miesmuscheln saßen. „Die sehen gut aus", rief er ihnen zu. „Da wir schon alles andere kochen, könnten wir doch die hier auch mitnehmen, oder? Hat jemand ein Messer?"

Allie warf ihre Muschelhälfte weg und angelte ein Taschenmesser aus ihrer Tasche. „Damit müsste es gehen. Aber sei vorsichtig. Es ist scharf!" Währenddessen wickelte Sam sich die Hosenbeine über den Waden hoch.

Er krempelte die Hose gerade ein letztes Mal um, als sie in einem Anfall von Mut sagte: „Ich beneide dich, weißt du das? Ich beneide dich, dass du dir deiner Sache immer so sicher bist."

Sam richtete sich auf. Sie verstand nicht warum, aber er klang fast, als würde er sich über sie ärgern. „Ich meiner Sache sicher?"

„Ja."

„Du weißt ja nicht, was du da sagst."

„Sam?"

Sie hatte ihn nicht verletzen wollen. Aber ihre Worte veränderten etwas zwischen ihnen.

An der Art, wie er die Schultern straffte und mit forschen Schritten zu Kevin ging, merkte sie, dass ihre Bemerkung eine Wunde bei ihm aufgerissen hatte. Sie merkte es daran, wie er mit seinem Neffen an seiner Seite zum Ufer zurückstapfte, das Messer zuklappte und es ihr präzise mitten auf die Handfläche legte.

„Sam?", fragte sie wieder. Aber Kevin blieb den Rest des Nachmittags an ihrer Seite, schwang den Eimer und plauderte vom Krebsfang und den Seehunden. Sie ging neben ihnen her, still und gedankenverloren, während Sam und Kevin sich von der Rezeption eine riesige Zinkwanne ausliehen, sie hinausschleppten und mit Meerwasser füllten. Sie ging in ihre eigene Hütte und schaute zu, ohne etwas zu sagen, während die beiden noch glühende Kohlen aus der Feuerstelle harkten, trockenes Gras und Zweige als Zunder aufhäuften und ein kleines Feuer entfachten. Nur kleine Hitzewellen und ein schmaler Rauchfaden stiegen vom Sand auf. Das helle Licht der Sonne machte die Flammen unsichtbar.

Es war das erste Mal, dass Sam den Jungen benutzte, um sich von ihr zu distanzieren. Er sorgte dafür, dass der Junge alle Hände voll damit zu tun hatte, Holz nachzulegen und das Feuer zu füttern. Er brauchte Kevins Hilfe, um die Wanne vom Rost zu heben und das Feuer mit dem dampfenden Wasser zu löschen, als die Krebse gekocht waren. Er unterwies seinen Neffen in der unangenehmen Arbeit, die Krebse sauber zu machen. Sie breiteten Zeitungen auf der Veranda aus und steckten die Köpfe zusammen, während sie Schalen knackten und Eingeweide beseitigten und nur die Beine und das weiße Fleisch übrig behielten.

Allie zog sich in ihre kleine Küche zurück und versuchte, auf andere Gedanken zu kommen, indem sie einen Salat zubereitete. Sie hatte auf einem Bauernmarkt am Straßenrand frische Zutaten gekauft: Aragula-Salat. Eine Zwiebel, die so knackig war, dass sie spritzte, als sie hineinschnitt. Kaiserschoten, die aufschnappten, als sie die Spitzen abschnitt.

Sie mischte alles kräftig mit zwei Gabeln durcheinander und reagierte ihren Frust daran ab. *Er ist doch derjenige, der Gott hat, mit dem er reden kann. Man sollte meinen, dass er mir wenigstens eine Erklärung für sein Verhalten liefern könnte.*

Kaum hatte sie das gedacht, fiel ein Schatten über die Spüle. Sie musste sich nicht umdrehen, um zu wissen, dass jemand auf der Türschwelle ihres Ferienhauses stand. Sie musste sich nicht umdrehen, um zu wissen, wer es war.

Befangen wischte sie sich eine Haarsträhne hinter das Ohr. Sie starrte auf ihre Fingernägel, die vom Salatschneiden ganz grün waren.

„Es gab in meinem ganzen Leben nur zwei Dinge, deren ich mir wirklich sicher war“, sagte er zu ihrem Rücken. „Erstens wusste ich, dass ich dazu berufen war, Pastor zu werden. Zweitens wollte ich dich wiederfinden.“

Oh. *Oh.*

Sie drehte sich um, ließ aber die Hände hinter ihrem Rücken und stützte sich an der Arbeitsplatte ab.

„Du hättest mich anrufen sollen, als Kens Beerdigung war. Ich wäre so gern für dich da gewesen.“

Seitdem war so viel Zeit vergangen.

„Es wäre so wichtig für mich gewesen. Du und Ken und dein Vater, ihr wart das Einzige, was für mich wichtig war. Du weißt, dass ich für dich alles getan hätte."

„Sam, wir waren beide so jung. Ich wusste nicht, wie ich dich einbeziehen sollte. Ich habe doch selbst so ums Überleben gekämpft."

Ganz ähnlich, wie ich jetzt ums Überleben kämpfe.

„Ich bin im Sommer nach Piddock Beach gekommen, wusstest du das? Ich kam zu eurem Haus und hämmerte an die Tür. Niemand öffnete. Ich konnte es nicht fassen."

„Sam ..."

„Eure Nachbarin, wie hieß sie noch gleich?" Er runzelte die Stirn. „Ach ja, Mrs Branton, genau, das war ihr Name. Sie backte gerade einen Kuchen. Und du warst einfach *fort.*"

Sie öffnete den Mund, wusste aber beim besten Willen nicht, was sie antworten sollte.

„Ich wollte dir einen Heiratsantrag machen, aber du warst einfach verschwunden. Ich hatte mir alles genau überlegt, ich war zwei Tage durchgefahren, und ich musste einfach wieder gehen."

„Tu das nicht", flüsterte sie. „Sprich nicht darüber, Sam. Das ist nicht gut."

Sie wusste nicht, wann er den Raum durchquerte. Plötzlich stand er vor ihr, und sie fühlte seine Hand auf ihrem Arm. Er war so nah, dass sie die Lichtpunkte in seinen Augen sehen konnte. Sie konnte ihn riechen, das Salz in seinen Haaren und den Tag auf dem Meer auf seiner Haut. Sie nahm die Hände von der Arbeitsplatte und dachte, sie würde sie brauchen, um einen gewissen Abstand zu ihm zu wahren. Aber sie konnte nicht aufhören zu zittern.

Er fuhr mit den Händen ihre Arme hinauf und flüsterte ihren Namen. Ihr stockte der Atem. Als sie die Hände um seinen Nacken legte, glitten ein paar Locken zwischen ihre Finger. Er drückte seine Stirn an ihre. Er berührte ihren Hals. Sie lehnte sich an ihn, jede Faser ihres Körpers schrie danach, dass ihr Leben so sein sollte, wie es früher gewesen war. Sie wollte, dass er sie küsste.

Aber er tat es nicht.

Er zwang sich, sie loszulassen. Seine Hände fielen von ihr ab.

Sie zitterte vor Dankbarkeit und Enttäuschung. „Wir müssen miteinander reden", sagte sie. „Über das, was du gesagt hast ... dass du versucht hast ... dass du geplant hattest, mich zu fragen ... zu fragen ..." Sie starrte auf den Boden vor seinen Füßen. „Das lässt mich an Dinge denken, an die ich nicht denken sollte."

Ein kurzes Schweigen legte sich zwischen sie. „Ich musste es dir sagen", sagte er.

„Vielleicht wäre es mir lieber, wenn du das nicht getan hättest."

„Das, was ich vorher über deinen Vater gesagt habe, meine ich auch so. Über Gottes Methoden – darüber, dass man sich durch etwas durchackern muss. Manchmal ist das die einzige Möglichkeit."

Sie biss sich auf die Unterlippe und hasste sich selbst für die Tränen in ihren Augen.

„Dein Vater ..."

„Nein", sagte sie und begegnete seinem Blick. „Mein Vater ist es nicht, der mir zurzeit so viele Schmerzen bereitet."

Zum zweiten Mal flüsterte er ihren Namen. „Wohin bist du in diesem Sommer gegangen, als ihr verschwunden seid?“

Sie schüttelte den Kopf. „Ich ... ich kann das nicht“, sagte sie. Als sie zu ihm aufschaute, sah sie unendliches Bedauern in seinen Augen. „Ich kann es nicht, Sam.“ Sie betrachtete das Muster des Linoleumbodens, als könnte es ihr verraten, was sie sagen sollte. „Zwischen mir und Gary läuft es zurzeit gar nicht gut. Deshalb ist das hier gefährlich. Wenn ich mit dir zusammen bin, habe ich das Gefühl ... ihn zu betrügen.“

Sam setzte sich schwer auf die Bettkante, als hätte er einen Schlag in den Magen bekommen.

„Willst du wissen, was ich neulich getan habe? Ich habe meine Nachbarin angerufen und ihr erklärt, wo sie den Ersatzschlüssel findet. Ich habe zwanzig Minuten damit verbracht, ihr zu erklären, wo sie in Hannahs Spielzeugkiste den blauen Stoffelefanten finden kann, dem ein Auge fehlt. Als sie ihn gefunden hatte, fuhr sie damit zur Post und zahlte viel Geld, damit er per Express zu meiner Tochter geschickt wurde. ‚Oh ja, und schicken Sie ihn als versichertes Paket‘, habe ich ihr gesagt. ‚Nach diesem ganzen Aufwand will ich nicht das Risiko eingehen, dass er verloren geht.‘ Dreißig Dollar für den Versand, dabei hätte Hannah für einen Bruchteil davon ein neues Stofftier haben können.“

Die Sonne war draußen nach Westen gewandert. Wolken standen wie Säulen über dem Meer. Ein spektakulärer Sonnenuntergang kündigte sich an.

„Das ist nicht gerade praktisch gedacht, nicht wahr?“ Allie begann, den Salat in scharfen, zittrigen Bewegungen zu mischen. „Aber so läuft es nun mal. Das weiß selbst eine Vierjährige. Man kann etwas nicht einfach durch etwas anderes ersetzen."

Allie konnte ihr Spiegelbild in dem Wassertropfen sehen, der am Wasserhahn hing und wuchs, aber noch nicht so schwer war, dass er nach unten fiel. Als sie die Salatschüssel nahm, um sie zum Kühlschrank zu tragen, hatte sie das Gefühl, als trüge sie ihr Leben in ihren zittrigen Händen, und es war so zerbrechlich.

Sie sagte: „Ich will nur hier bei dir sein."

„Allie. Nicht ..."

„Gary ist in einer Entzugsklinik. Er ist Alkoholiker. Emotional hat er sich schon lange aus unserer Ehe zurückgezogen."

Ich habe dich benutzt, Sam. Ich habe das, was du früher für mich empfunden hast, benutzt, um wieder Selbstvertrauen zu bekommen. Um mich zu betäuben. Sie schob die Schüssel in den Kühlschrank und drehte sich zu ihm um. Das Herz tat ihr weh. *Ich habe dich genauso benutzt, wie Gary den Alkohol benutzt.* „Beim besten Willen kann ich mir nicht erklären, wie das hier passieren konnte", sagte sie. „Dass ich nach Piddock Beach fliehe und ausgerechnet dich hier finde."

So. Sie hatte es gesagt. Sie schaute wieder zu ihm auf und sah, dass er kreidebleich geworden war. Ihre Beine gaben unter ihr nach und sie sank auf den Boden.

„Oh, Allie", flüsterte er. „Ich habe nur an meine eigenen Gefühle gedacht. Es tut mir so leid. Ich habe es zu weit getrieben."

„Aber siehst du es denn nicht, Sam? Ich *wollte*, dass du es so weit treibst. Ich wollte das fühlen ..." Sie brach ab und vergrub ihr Gesicht in ihren Händen, dann blickte sie wieder auf. „... ich wollte mich wieder so fühlen, wie ich mich früher gefühlt habe.“ Und dann: „Nur dass es auch damals schon nicht leicht war, nicht wahr?“

„Nein.“ Er fuhr sich wieder mit den Fingern durch die Haare. „Das war es nicht, Allie. Nicht einmal damals. Das, woran ich mich am deutlichsten erinnere, ist die Tatsache, dass ich dir immer wieder Lebewohl sagen musste.“

Kapitel 21

Als sie später daran zurückdachten, konnten weder Sam noch Allie genau sagen, wann der Lärm am Strand begann. Die Verandatür stand offen und gab den Blick frei auf den Sonnenuntergang. Zu Sam drang der Aufruhr erst nach und nach durch. Plötzlich hörte er die lauten, wütenden Stimmen. Er vernahm das bekannte Bellen eines Hundes.

Er stürmte in das Abendlicht hinaus, rief „Ginny!“, und erwartete, sie mit heraushängender Zunge in den Wellen herumtollen zu sehen. Doch sie sprang im Kreis um etwas herum und hatte die Ohren aufgeregt aufgestellt. Als er noch einmal ihren Namen rief, wurde sie nicht einmal langsamer.

Sam schirmte seine Augen ab, um gegen den Sonnenuntergang etwas erkennen zu können. Als er Kevins panische Schreie hörte, begriff Sam, dass etwas nicht stimmte. Er begann, zum Meer zu laufen.

An der Stelle, an der die Wellen schäumend am Strand ausliefen, hatte die Seehunddame wieder ihr Junges abgelegt. Das Tier lag wie ein glatter Stein im Sand, völlig regungslos, still und geschmeidig. Sein Kopf lag auf dem Strand. Seine Augen schauten Kevin vertrauensvoll an.

Selbst aus dieser Ferne konnte Sam sehen, dass seinem Neffen Tränen über das Gesicht liefen, während sich immer mehr Menschen um den jungen Seehund drängten.

Er sah eine Spur im Sand und begriff, dass der Seehund heftig aus einer Wunde in der Seite blutete.

Der Seehund hatte sich von seinem geschützten Platz entfernt und lag verletzt im Sand, mitten in einem von Menschen bevölkerten Teil des Strandes. Einer von Kevins Freunden, der die Feuerstelle mit aufgebaut hatte, wagte sich so weit vor, dass er ihn mit einem Stock anstupsen konnte. Ginny war außer sich von dem Geruch nach Blut. Sie tanzte und sprang bellend herum. Kevin versuchte, sie mit einem strengen Befehl von dem Seehund fernzuhalten, aber das half nichts. Falls Ginny dem verwundeten Tier noch näher kam, könnte sie ihm Schaden zufügen. Irgendwelche Instinkte brannten dann mit ihr durch. Sam hatte einmal gesehen, wie Ginny eine Ente in den Nacken gebissen hatte.

„Kevin!" Sam drängte sich an den Fremden vorbei, vielleicht machten sie ihm auch den Weg frei, er wusste es nicht genau. Plötzlich hatte er genauso große Angst um den Seehund wie Kevin. „Treten Sie zurück. Bitte!" Immer noch bahnte er sich einen Weg zu seinem Neffen. Anscheinend blieb seine predigtgewohnte Stimme nicht ohne Wirkung, obwohl er gar nicht richtig merkte, dass er die Worte sagte: „Sie werden dem Tier schaden."

Wie eine Hauptattraktion in einem Boxring hatte Kevin einen spitzen, gegabelten Holzstock gepackt. Er war nass. Während er seinen Stock als Abwehrwaffe gegen den Hund und die Menschen, die zu nahe kamen, einsetzte, flogen Wasserperlen durch die Luft.

Später erfuhr Sam, dass Ginny anscheinend als Erste den Seehund entdeckt hatte. Sie musste mit ihrem Hüpfen und Bellen die anderen auf das Tier aufmerksam gemacht haben. Touristen liefen zusammen, um das Tier zu berühren und zu stupsen. Die Wunde konnte von einer Glasscherbe, einem spitzen Stock oder Hundezähnen herrühren. Mit endgültiger Sicherheit würden sie das nie erfahren.

Sam erinnerte sich an das Handy in seiner Tasche. *Lächerlich, das zu machen!*, dachte Sam, während er die Notrufnummer wählte. Er rechnete damit, dass die Notrufzentrale einfach auflegen würde, wenn er sein Anliegen vorbrachte, aber das tat sie nicht. Sie stellte ihn sofort zur Naturschutzbehörde durch.

Wie aus einer anderen Welt hörte Sam sich den Ort des Geschehens beschreiben. Sie forderten ihn auf, das Seehundjunge vor weiterem Schaden zu schützen. „Wir schicken einen Wagen." Er konnte eine Computertastatur im Hintergrund klicken hören. „Aber wegen des dichten Verkehrs können wir nicht sagen, wie lange es dauert, bis sie bei Ihnen sind."

Sam klappte sein Telefon zusammen und steckte es wieder in seine Hosentasche. „Kevin, Junge! Alles wird gut." Aber zu Kevin drangen keine Gesichter und Stimmen und Erklärungen mehr durch. Sam befand sich aus seiner Sicht am falschen Ende des Holzstocks. Kevins Muskeln traten unter den Ärmeln seines T-Shirts hervor, während er auch seinen Onkel abwehrte. Sam versuchte, sich mit den Händen zu schützen, aber Kevin schlug blindlings zu.

„Junge. Ich bin's. Alles in Ordnung."

Kevin verpasste ihm zwei weitere, gut gezielte Schläge, bevor er seinen Onkel erkannte. Er starrte ihn einen Moment überrascht an. Der Stock trudelte in den Sand. Sam ergriff Kevins Schultern und zog den Jungen an sich.

Durch das Gewühl hindurch sah Sam, wie Allie Ginny am Halsband packte. Er warf ihr einen dankbaren Blick zu, als sie den Hund zum Ferienhaus zog. „Der Seehund ist verletzt." Sams Stimme klang so laut, als müsse sie eine ganze Kirche füllen. Ihre Autorität überraschte sogar ihn selbst. „Wenn Sie das Leben dieses Tieres nicht gefährden wollen, müssen Sie zurücktreten."

Noch während Sam redete, kam der Wagen vom Naturschutz über einen Hügel, rollte dröhnend auf sie zu und zermalmte wilde Rosen und Muschelschalen unter seinen Reifen. Der Geruch, den Sam nie vergessen würde, war eine süße Mischung aus Diesel und Rosen und zerriebenem Sandstein und Öl.

Ein Grollen begann tief in Kevins Kehle. Er wehrte sich wieder gegen seinen Onkel und fuchtelte mit dem Stock. „Ist ja gut, Kevin", sagte Sam. „Ist ja gut."

Aber es war nicht gut.

Sie sahen beide vor sich, wie die Mutter zum Strand zurückkam, um ihr Junges zu holen, und dass ihr Baby dann nicht mehr da wäre.

Als Sam das Ende von Kevins erneut um sich schlagender Waffe packte, bohrten sich Splitter tief in seine Haut. Schließlich schienen Kevin die Kräfte zu verlassen. Er ließ sein hölzernes Schwert zu Boden fallen. Sam schloss den Sohn seiner Schwester in die Arme.

Die meisten Umstehenden am Strand entfernten sich wieder, als der Tierarzt vom Naturschutz das Baby untersuchte. Während dieser ganzen Zeit wandte das Tier kein einziges Mal die Augen von Kevin ab. Sam ließ einen Arm sinken und setzte seine ganze Kraft ein, um den Jungen zum Gehen zu bewegen. Als die Leute vom Naturschutz das Seehundbaby in ein Netz hoben und es mit Meerwasser übergossen, liefen dem Jungen Tränen über das Gesicht.

Er wehrte sich ein letztes Mal gegen seinen Onkel, schlug drei halbherzige Fausthiebe in die Luft. „Nichts ist gut."

„Kevin."

„Nein."

Ihre Füße sanken im tiefen Sand ein, sodass sie gegeneinandertaumelten. Das Gehen war schwer. Sie keuchten beide, als sie ihre Schritte verlangsamten und Sam ihn losließ.

„Es gibt nichts, was ich sagen könnte", sagte Sam. „Ich kann nichts tun, um es irgendwie besser zu machen."

„Glaubst du, das *weiß* ich nicht?" Kevin beugte sich vor, stemmte die Hände auf die Knie und rang nach Luft. „Mein Vater ist tot. Mama ist völlig fertig. Ich habe dein Auto zu Schrott gefahren. Deine Gemeinde hat dich weggeschickt. Und du wolltest mich eigentlich gar nicht mitnehmen! Wie kannst du so tun, als wäre alles gut?"

Diese Liste aufgezählt zu bekommen, war wie ein Schlag in den Magen. „Du hast Recht. Zurzeit laufen ziemlich viele Sachen schlecht."

„Mr Ransom war neulich bei uns, weißt du? Er hat zu Mama gesagt, wenn du so bleibst, wie du bist, wollen sie dich nicht mehr haben."

Kevin genoss es irgendwie, ihm das ins Gesicht zu schleudern, das konnte Sam ihm ansehen. Manchmal glaubt man, wenn man anderen wehtut, würde das etwas von dem Schmerz vertreiben, der im eigenen Herzen wütet. Sam erwiderte seinen Blick. Sam sah in Kevins Augen Wut, fast bedrohlich, aber unter dieser Wut lag eine große Verwirrung.

„Kevin ..."

„Ich habe dein Auto zu Schrott gefahren."

„Ja, und du wirst für den Schaden aufkommen müssen. Dazu hattest du kein Recht."

„Ich habe es aus deiner Garage gestohlen. Und du bist stinkwütend deswegen!"

„Das heißt aber nicht, dass ich dich nicht liebe."

Kevin und Sam trampelten genauso durch den Sand, wie sie auf den Gefühlen des anderen herumtrampelten, und entfernten sich immer weiter vom Wasser. Sie gerieten in ein Gewirr aus angeschwemmten Holzbrettern. Sam setzte sich schwer auf einen Holzbalken. Er zog seinen Neffen neben sich nach unten.

„Ich habe gehört, wie du zu Mama gesagt hast, dass sie sich selbst um mich kümmern soll ... dass du es nicht tun willst", wiederholte Kevin denselben Satz, den er schon einmal benutzt hatte, um Sam zu verurteilen.

An Sams Hose klebte Sand. „Die Dinge haben sich anders entwickelt, als ich gedacht hatte."

Er konnte sehen, dass Kevins Wut langsam verrauchte. Sam brach einen Ast von einem Stück Treibholz ab und begann, Muster in den Sand vor seinen Füßen zu zeichnen. Kevin sagte mit erstickter Stimme: „Es dauert vielleicht mein halbes Leben, das Auto zu bezahlen, aber ich werde es tun. Wenn wir nach Hause kommen, suche ich mir eine Arbeit."

Und plötzlich fiel es Sam überhaupt nicht mehr schwer, ihn zu lieben.

*

Sam und Allie blieben an dem Tor aus Maschendraht stehen, das Besucher vom Pier fernhalten sollte. Unter sich konnten sie sehen, wie das Wasser an den Bug des alten

Hausbootes schwappte. Der Anker baumelte an einer rostigen Kette. Eine dicke Salzschicht klebte auf den Fenstern. Walter McCart musste sie sehr lange nicht mehr geputzt haben. Der aufgemalte Name über dem Heck des Bootes war so abgeblättert, dass er kaum noch lesbar war.

No-Nonsense II.

Auf den ersten Blick sah das Deck menschenleer aus. Aber Sam erspähte den Mann, der auf einer Seite auf einem Hocker saß. Er sah irgendwie wild aus, anders, als Sam ihn in Erinnerung hatte. So als käme er gerade aus einem Sturm zurück. Seine Sandalen hatten Risse, seine Füße standen in einer Trotzhaltung breit auseinander.

Mr McCarts ungepflegter Bart ließ ihn älter aussehen, als er war. Sam konnte nicht sagen, ob die Rötung in seinem Gesicht von der Sonne oder von Alkohol herrührte. In diesem Moment begriff Sam, dass er sich möglicherweise geirrt hatte. Diese Begegnung würde nicht einfach werden. Es wäre nicht damit getan, seinen Namen zu rufen und ihn zu bitten, an Bord kommen zu dürfen. Allie berührte seinen Arm. „Sam? Siehst du? Verstehst du mich jetzt?“

Als er Allie an diesem Morgen hierhergefahren hatte, hatte Sam Zuversicht statt Angst gefühlt. Er hatte Frieden statt Sorgen gefühlt. Er begriff, dass in den letzten Tagen in Piddock Beach etwas sein Herz erfrischt und verändert hatte.

Sei du meine erste Liebe, Vater, hatte er gebetet. *Hilf mir, dem Menschen zu helfen, den ich immer über dich gestellt habe.*

Obwohl Sam von Garys Alkoholproblem wusste, konnte er die Traurigkeit in Allies Augen nicht einordnen. Sie schien bis in die Tiefen ihrer Seele zu reichen. Er musste es sagen: „Ich habe nie verstanden, warum dein Vater immer nur deinen Bruder beachtet hat und dich nie."

Sie senkte den Blick auf ihre Finger, die sich um den Draht klammerten. „In der Nacht, bevor er nach Vietnam fuhr, sagte Ken: ‚Wenn ich aus der Stadt bin, bin ich Papa aus dem Weg. Dann wird er aufhören zu denken, ich wäre das einzige Kind, das er hat.' Dann sagte er: ‚Das kann ich dir versprechen, Allie.' Er hätte nichts versprechen sollen, was er nicht halten konnte." Sie drückte ihre Stirn an das Tor. „Ich habe mich immer gefragt, ob du in diesem letzten Sommer gekommen bist." Als sie die Augen schloss, konnte er es kaum ertragen.

Sam starrte auf das klapprige Boot, das auf dem Wasser schaukelte.

„Du hast mich immer geliebt, Sam. Mein Vater nie."

In der Ferne saß der Mann auf dem Hocker, wie verwachsen mit dem Boot, das auf den Wellen schaukelte. Ein alter, fleckiger Fischerhut lag auf McCarts Knien.

„Du hast einen Vater, der dich liebt, Allie. Nicht den alten Mann da draußen. Aber dafür einen himmlischen Vater."

„Als ob das helfen würde! Ich wüsste ja nicht einmal, wie sich diese Liebe anfühlen soll."

Er musste einfach weitersprechen. Sie schien offen für Gott; er konnte jetzt nicht schweigen. „Was willst du in deinem Leben, Allie? Obwohl wir so viel miteinander gesprochen haben, hast du mir das nie verraten."

Sie machte die Augen auf und hob den Kopf. „Ich will eine Familie, die nicht auseinanderfällt. Und Liebe."

„Es gibt einen Gott, für den du absolut wunderbar bist, einen Erlöser, der für dich sogar gestorben ist." Er schob ihr eine Haarsträhne hinters Ohr. „Er sieht all das Gute in dir, das du sein kannst. Bitte, Allie, versuch es mit ihm. Dann ist alles möglich!"

Sie umklammerte immer noch das Tor mit beiden Händen. Er war überrascht, als er plötzlich bemerkte, dass sie einen Ehering trug. Ihr entging nicht, dass er den Ring anschaute. „Ich liebe Gary immer noch. Ich liebe den Mann, der er ist, wenn er nicht trinkt. Wolltest du mich das nicht fragen, Sam?"

Er sagte nichts.

„Ich hatte den Ring eine Weile abgenommen. Aber ich will ihn wieder. Und wer weiß, vielleicht schaue ich wirklich mal, ob dein Gott mir dabei helfen kann."

Sie legte die Hand auf den Torgriff und öffnete es. Erst jetzt merkte Sam, dass es nicht verschlossen gewesen war.

„Er hat mich in diesem Sommer zu einer Tante gebracht." Sie hielt das Tor auf. „Zur Schwester meiner Mutter. Er wollte nicht mehr, dass ich bei ihm lebe."

„Warst du ...?" Er betrachtete angestrengt eine Wolke über ihrem Kopf. Über ihm kreischten Seemöwen in der Luft. Er zögerte, weil er nicht wusste, wie er die Frage aussprechen sollte. „Deine Nachbarin hat mir gesagt, dass du vielleicht ein Kind erwartetest."

Ihr Lächeln reichte nicht bis zu ihren Augen. „So etwas wird *immer* gemunkelt, nicht wahr?"

„Vielleicht", gab er zu. „Aber wenn es das nicht war, was wirft dein Vater dir dann vor?"

„Vielleicht einfach, dass ich nicht mein Bruder bin."

Walter McCart beugte sich leicht nach vorn, als sie näher traten, seine struppigen Brauen waren gerunzelt. Offenbar fühlte er sich nicht wohl dabei, dass jemand auf ihm zukam. Als Sam an Bord stieg und ihm seine Hand hinhielt, schienen Walters Augen der einzige Zugang zur

Vergangenheit zu sein. Obwohl sie alt geworden waren, waren sie immer noch wie früher sehr blau, wie von der Sonne ausgebleicht. Es waren freundliche Augen, deren Besitzer ihm als Kind das Paradies auf Erden geboten hatte.

Der Fischerhut fiel auf das Deck, als Walter aufstand und Sam die Hand schüttelte. „Ich bin Sam Tibbits. Mein Vater und ich sind früher oft mit Ihnen fischen gefahren."

Aber Walter McCarts Augen waren nicht auf Sam gerichtet. Er beobachtete seine Tochter, die ebenfalls an Bord gekommen war. Der Hocker fiel hinter ihm um. Er löste das Heckseil vom Mooring und ließ es auf das Deck fallen.

Dann hob er seinen Hut auf und setzte ihn aufgebracht auf seinen kahlen Kopf.

„Papa. Tu das nicht."

„Ich habe dir gesagt, dass du nicht wieder hierherkommen sollst. Habe ich dir das nicht gesagt?"

„Papa", weinte sie. „Ich bin deine Tochter. Ich kann nichts dafür, dass ich nicht Ken bin. Bitte sag mir endlich, warum du mit mir nichts zu tun haben willst."

„Verschwinde von meinem Boot."

„Warum schaust du mich nicht an?"

Sam sagte: „Allie ..."

„Warum hast du deine Boote verkauft und mich weggeschickt, als wir einander am meisten gebraucht hätten?" Allie drückte die Knöchel ihrer Hand an ihren Mund. „Warum schaust du mich nicht an und siehst, was du hast, statt nur das zu sehen, was du *nicht* hast?"

Einen Augenblick lang schien die Welt den Atem anzuhalten. Walter McCart griff nach der Motordrossel. Wenn er das Boot jetzt anließ, würden sie beide über Bord fallen. Aber er tat es nicht. Seine Hand hielt inne.

„In deiner Schwimmweste war eine Biene, als deine Mutter starb. Sie beugte sich vor, um dir zu helfen, weil sie dich gestochen hatte. Sie sah den Balken nicht, der auf sie zukam."

„Papa. Ich ..."

McCart schaute an der Hafenausfahrt vorbei zu den Bojen, die das offene Meer markierten. „Ich habe es nie geschafft, fair zu dir zu sein, Allie. Du und ich, wir beide wissen das. Ich kann nicht anders, egal, wie sehr ich es versuche."

Kapitel 22

Sam hielt die Autotür auf, während Allie ihre Tasche auf den Rücksitz legte. Ein nervtötendes Summen ertönte, weil der Schlüssel in der Zündung steckte und die Tür offen stand. Keiner von ihnen bemerkte diesen lästigen Warnton.

„Ich muss das machen“, sagte sie und schaute auf Sams Hand hinab, die auf der Tür lag. „Für die Kinder ist es wichtig, dass ich zu ihrem Vater stehe und nicht beschämt davonlaufe.“

Der Türgriff fühlte sich in seiner Hand heiß an.

„Wenn ich es noch länger vor ihnen verstecke, gebe ich Garys Problem Macht über uns alle.“

„Ich bin stolz auf dich, Allie.“

„Wirklich?“

Er sah in ihren Augen, dass sie danach hungerte, das zu hören.

„Ja.“

Sie drückte ihre Finger auf seine Lippen. „Ich will nicht alles verlieren und bitter werden wie mein eigener Vater.“

„Vielleicht schafft er es noch eines Tages“, sagte Sam. „Gib ihn nicht auf. Versuche es weiter.“

„Oh, Sam.“

„Es hat unheimlich gutgetan, dich wiederzusehen“, sagte er leise.

Sie antwortete: „Mir hat es auch gutgetan.“

Damit sie vorwärtsgehen konnten, vorwärts in das, was Gott mit ihrer beider Leben vorhatte, wollte keiner von ihnen, dass etwas zurückblieb.

Als Allie Sams Handgelenk ergriff und die Augen zu ihm wandte, schloss er für einen Moment die Augen. Er hielt den Atem an, fühlte die Wärme ihrer Hand. Er wusste, dass dies das letzte Mal war, dass sie sich sehen würden.

„Allie McCart." Er sagte ihren Namen ein letztes Mal. Und sie wussten beide, dass jeder von ihnen seinen Weg bis zum Ende gehen würde, auch wenn einige Strecken dieses Weges bestimmt nicht leicht werden würden.

Ich übergebe Allie dir, Herr. Heile ihre Ehe, Vater. Ich habe mich viel zu lang an den Traum von ihr geklammert.

„Geh und erobere dein Leben zurück, Sam."

„Das werde ich. Versprochen."

„Gut."

„Ich werde für dich und Gary beten. Das verspreche ich dir auch."

Er ließ ihr Auto los, und sie klammerte sich an sein Hemd. „Ich glaube dir." Sie lächelte. „Nach diesen ganzen Jahren glaube ich, dass du jemand bist, der seine Versprechen hält."

Er sah, dass ihre Lippen zitterten. Da wusste er, dass sie den Augenblick nicht länger aufschieben konnten. Alles war gesagt, alles war getan. Er legte eine Hand auf ihre. Sie verstärkte ihren Griff um sein Hemd. Am liebsten hätte er sie niemals losgelassen.

„Danke", flüsterte sie. Er konnte helle Flecken in ihren klaren, grünen Augen sehen. Er erinnerte sich daran, wie sie ihm von dem Meeresleuchten erzählt hatte.

Als sie sich auf die Zehenspitzen stellte, um ihn zu küssen, beugte er sich hinab, um ihre Lippen zu berühren. Er konnte fühlen, wie ihr Herz hart gegen ihre Hände, die sich berührten, klopfte. Sam drückte sie ein wenig länger an sich, als er es für angemessen hielt. Aber diese Umarmung musste einen verletzten, verwirrten, jungen Mann für einen verlorenen Sommer und eine Tochter, die ihre Mutter nie gekannt hatte, für viele Entbehrungen entschädigen. Er dachte: *Auf diese Weise trennen wir uns also. Der endgültige Abschiedskuss.*

Als er sie losgelassen hatte, spielte sie unentschlossen mit dem Schlüssel. Er warf einen letzten Blick auf ihre im Wind wehenden, wunderschönen Haare, bevor sie die Tür schloss.

Als Allie rückwärts vom Parkplatz des Ferienhauses fuhr, spiegelte sich die Sonne auf der Windschutzscheibe, und er konnte ihr Gesicht nicht sehen. Er trat auf die Straße hinaus, um ihr nachzuwinken, und schaute ihr nach, bis von ihrem Auto nur noch ein Punkt zu sehen war.

Die Fenster blitzten noch einmal grüßend in der Sonne auf, als sie in der Ferne abbog. Er winkte noch lange, obwohl er sie nicht mehr sehen konnte.

*

Die Kerzen in der Kirche in Piddock Beach brannten während des gesamten Gottesdienstes. Der Vanillegeruch durchdrang die Luft, und das elfenbeinfarbene Wachs warf einen warmen, lebendigen Schein auf den Raum. Die Orgel dröhnte, während die Gottesdienstbesucher nach und nach eintraten, mit den Liederbüchern raschelten, einen Platz fanden und sich setzten.

Draußen am Wasser schüttete es. Der Regen prasselte auf die Erde und hinterließ Pockennarben im Sand. Schaumkronen warfen die Bojen an der Mündung der Bucht hin und her. Sämtliche Walbeobachtungsfahrten waren für diesen Tag abgesagt worden.

Die grauen Wolken verdunkelten alles. Im Inneren sahen die Buntglasfenster trüb und dunkel aus, als Pastor Salomon Fraser eintrat, um den Gottesdienst zu beginnen; die Bilder der Seemöwen und Leuchttürme waren nur schwach zu sehen.

Sam wusste nicht, warum er einen so starken Drang verspürt hatte, heute hierherzukommen. Vielleicht kam er, weil er um seine verlorene Liebe zu einem Mädchen trauern wollte, vielleicht kam er aus Dankbarkeit, weil er seine verlorene Liebe zu Gott wiedergefunden hatte. Vielleicht war es beides.

Kevin hatte nicht mit ihm kommen wollen. Sam hatte vorgehabt, direkt nach Salomon Frasers Gottesdienst zu fahren. Aber draußen gingen wolkenbruchartige Regenfälle nieder. Die Gottesdienstbesucher blieben in der Eingangshalle stehen und waren noch nicht bereit, sich in den Regen hinauszuwagen. Es ging recht eng zu.

Sam schob sich langsam zu einem Seitenausgang, als er sah, wie Salomon sich durch die Menge einen Weg zu ihm bahnte. Er lächelte und nickte freundlich.

„Ich bin so froh, Sie zu sehen. Ich hatte gehofft, ich könnte mit Ihnen sprechen." Salomon reichte ihm die Hand. „Würden Sie bitte für eine Minute mit in mein Büro kommen? Hier entlang."

Sam folgte ihm, seine Neugier war geweckt.

Der Raum, den sie betraten, war von schweren Walnussregalen beherrscht, ganz anders als das Büro, das

Sam in seinem anderen Leben hatte. Der Regenguss draußen warf einen bleigrauen Schatten auf Salomons Schreibtisch.

Sam machte es sich auf dem federnden Stuhl, der vor dem Schreibtisch stand, bequem.

„Als Sie letztes Mal hier waren, habe ich Ihnen das nicht erzählt." Salomon schlüpfte aus seinem Talar und hängte ihn neben sich an einen Garderobenhaken. „Ich werde in ein paar Monaten in Pension gehen. Die Zeit dafür ist gekommen, und ich bin bereit. Aber trotzdem ist es, wie Sie sich wahrscheinlich vorstellen können ... nicht gerade leicht."

Sam fühlte, wie er nervös zu schlucken begann. Er hatte keine Ahnung, wohin dieses Gespräch führen würde.

„Es ist ungewöhnlich, diesen Weg einzuschlagen, das weiß ich. Man hat angefangen, einen Ausschuss zu bilden, der einen Nachfolger für mich suchen soll. Und natürlich muss diese Stelle mit jemandem besetzt werden, der die nötige Ausbildung und die richtige Vision hat."

„Verstehe."

„Dies ist eine Gemeinde, wie sie sich jeder Pastor nur wünschen kann." Salomon lehnte sich auf seinem Stuhl zurück und faltete die Hände hinter seinem Kopf. „Diese Gemeinde ist für jeden offen. Man ist es gewohnt, dass Urlaubsgäste kommen; sie werden hier herzlich empfangen."

Sam musste anscheinend blass geworden sein, denn Salomon brach ab und fragte, ob er einen Schluck Wasser brauche.

„Nein, danke. Mir geht es gut." Sam schüttelte den Kopf.

„Es ist eine Gemeinde, in der die Berufung, andere Menschen mit Gottes Liebe zu erreichen, ziemlich ernstgenommen wird.“

Sam umklammerte krampfhaft die Lehnen seines Stuhls.

„Ich weiß, das klingt, als wollte ich Ihnen einen Köder vor die Nase halten, aber ohne Ihre Erlaubnis wollte ich nichts unternehmen. Ich wollte Sie fragen, ob Sie etwas dagegen haben, wenn ich dem Ausschuss Ihren Namen gebe.“

Sam klammerte sich so fest an den Stuhl, dass seine Knöchel ganz weiß hervortraten.

„Ich habe etwas bei Ihnen gespürt, als ich Sie das erste Mal sah, Sam. Und ich weiß, dass Sie diese Gegend lieben.“

„Salomon“, sagte er mit rauer Stimme. „Sie können sich gar nicht vorstellen, wie sehr mich Ihr Angebot ehrt.“ Ein Funke war in ihm entzündet worden, den er nicht länger unterdrücken konnte. „Ich weiß, wie es ist, eine Gemeinde, die man liebt, in die Hände eines anderen zu übergeben.“

„Und? Was sagen Sie?“ Salomon legte den Kopf schief und wartete gespannt auf eine Antwort.

Sam sagte: „Das Kapitel meines Lebens ist abgeschlossen, Salomon. Meine Zukunft liegt nicht hier, sondern bei mir zu Hause, bei meiner Gemeinde.“

Und in diesem Moment wusste er ganz sicher, dass alles gut werden würde.

*

Allie hatte die Wahl, ob sie an der Küste entlangfahren oder ins Landesinnere abbiegen wollte. Die Küste bot mehr stille Schönheit, mehr Zeit zum Nachdenken, stellte aber auch mehr Ansprüche an ihre Fahrkünste. Der Highway, der sie direkt von Oregon nach Kalifornien führen würde, würde ihr viel Zeit sparen. Allie wählte die idyllischere Route mit Haarnadelkurven und unübersichtlichen Stellen, nicht weil sie es hinauszögern wollte, an ihr Ziel zu kommen, sondern weil ihr die Strecke so gut gefiel, die wunderbaren Anhöhen, die weiten Strände, die die Küste säumten, die Schaumkronen, die sich weiter erstreckten, als das Auge reichte.

Sie folgte einer Route, die sich nicht allzu sehr von dem Weg unterschied, den sie in ihrem eigenen Leben gegangen war. Dieser Weg schenkte ihr Zeit, über sich und ihren Vater Walter McCart nachzudenken, und über ihren himmlischen Vater, der sie über alles liebte, wie Sam behauptete. Allie konnte oft an den Straßenrand fahren und das Auto abstellen, sich auf die Landzunge stellen und den Blick genießen, der bis über den Rand der Welt zu reichen schien. Als sie über das Panorama aus Himmel und Dünen und Küstenwald schaute, wusste sie, dass sie wieder zum Boot ihres Vaters zurückkehren würde. Sie würde mit Mut dorthin zurückkommen, wo Walter McCarts Boot am Landesteg lag. Sie würde sagen: *Ich will dich nicht verlassen, Vater. Ich bin für dich da, wenn du bereit dazu bist.* Das hatte Sam ihr gezeigt. *Mit Gottes Hilfe muss die Wunde, die du mit dir herumträgst, nicht auch meine Wunde sein.*

Aber das würde erst an einem anderen Tag kommen. Wohin ihre Fahrt sie heute führen musste, wusste Allie. Nicht dorthin, wo sie mit ihrer Vergangenheit konfrontiert würde, sondern dorthin, wo sie an ihrer Zukunft arbeiten konnte.

Allie verbrachte eine unruhige Nacht in einem Motel in der Nähe von San Luis Obispo. Sie wachte oft auf und schaute auf die Uhr. Manchmal betete sie auch – eine vorsichtige Annäherung an einen fremden Gott. Noch vor Tagesanbruch stand sie auf, holte sich ein Frühstück bei McDonalds und balancierte den Kaffee beim Fahren in einer Papiertasse zwischen ihren Knien.

Als der Verkehr dichter wurde, musste sie gut aufpassen. Aber sie fuhr ruhig weiter. Sie fühlte sich nicht eingeengt. Sie fühlte sich erfrischt, wie neugeboren, frei, vom Wind durchweht und von den Wellen umspült.

Sie parkte vor Emilys Haus und atmete zweimal tief durch. Dann lehnte sie den Kopf an den Rücksitz und gestand sich ein, dass sie Angst hatte. Es wäre so leicht gewesen, den Motor wieder anzulassen und zu fliehen. Aber wenn sie die Wahrheit über Gary vor den Kindern verbarg – auch wenn sie dachte, sie täte es aus Liebe –, würde sie ihre Familie damit von der Kraft abschneiden, die sie so dringend brauchten.

Sie musste zu ihrem Mann stehen und gesunde Grenzen ziehen und ihn wissen lassen, dass sie ihn liebte und auf ihn stolz war, dass sie ihr Herz vor ihm nicht verschloss und dass sie daran glaubte, dass er geheilt werden konnte.

Sie konnte das. Sie konnte es.

Nein, sie konnte es nicht. Nur Gott konnte das.

Dank Sam Tibbits hatte sie angefangen, sich auf diesen Gott einzulassen, der wollte, dass sie reifte und wuchs, indem sie sich auf ein Abenteuer einließ.

Und, ja, Allie hatte Abenteuer schon immer geliebt!

Emilys Tür wurde aufgestoßen. Heraus sprang Hannah, ihre kleinen Beine rasten, flogen ihr entgegen. „Mama!! Was machst du hier?“

„Ich bin gekommen, um euch nach Hause zu holen.“

Hannah schaute sich um. „Wo ist Papa?“

„Wir werden ihn bald abholen. In einer kleinen Weile. Aber wir anderen können vorher schon zusammen sein.“

Ich werde dich nie verlassen.

„Tante Emily fährt mit uns Hamburger essen“, flötete Hannah.

„Wirklich?“

Sie nahm Hannah in die Arme, genoss die kräftigen, kleinen Gliedmaßen, die sich wie ein Schraubstock um sie legten.

Jahre später erinnerte sich Allie nicht in allen Einzelheiten an diesen Moment, sondern in kleinen, kostbaren Ausschnitten: wie die anderen in Emilys Garten kamen, um sie zu begrüßen; an das leuchtende Türkis von Mias neuem Rock; an die Form von Billys Händen, als er hochsprang, um den untersten Ast eines Baumes zu erwischen. Sie würde sich immer an den würzigen Geruch von Hannahs Haaren erinnern, als Hannah ihr Gesicht mit Küssen bedeckte, an Billys Socken, die heruntergerutscht waren und sich um seine Knöchel rollten. So viel Unschuld, dass Allie am liebsten geweint hätte. Und sie würde sich an Mias Augen erinnern, die das gleiche Grau hatten wie eine Welle bei Regen.

Allie ließ Hannah auf den Boden gleiten, damit sie ihre älteste Tochter umarmen konnte. Dabei stellte sie fest, dass sie ungefähr gleich groß waren, Schulter an Schulter, Ohr an Ohr. Wann war Mia so gewachsen?

Ihre Fantasie hatte sie getäuscht. Als sie sich ausgemalt hatte, wie Mia vor ihr stand, hatte sie sich ein dünnes Mädchen vorgestellt, das nicht einmal bis zu ihren Schultern reichte. Allie hatte vergessen, dass eine junge Frau und kein Kind sie erwartete. Als sie sich umarmten, war Mia kräftig und stark in ihren Armen. Mia schaute Allie mit großer Intensität in die Augen, als schaue sie viel weiter, als das Auge sehen konnte. Allie erkannte, dass Mia längst wusste, dass die Dinge nicht so waren, wie sie sein sollten.

Es folgte ein langes Schweigen zwischen Mutter und Tochter, in dem Allie die Wahrheit erkannte. *Ich kann vor ihr nichts verstecken. Mia weiß, was mit ihrem Vater los ist.*

Allie erklärte ihren drei Kindern ruhig: „Morgen fahren wir zusammen nach Hause."

Kapitel 23

Gleich nach der Mittagspause setzte sich Mary Pokorny an ihren Computer in Covenant Heights und begann, die Termine für den nächsten Monat einzugeben. Die Daten hatte sie in verschiedenen Formen erhalten; einige am Telefon, einige als E-Mail, einige auf Notizzetteln. *Chorprobe*, tippte sie. *Mittwoch, 19.00 Uhr.*

Marys Finger stockten auf den Tasten. Sie starrte auf den Bildschirm, ohne etwas zu sehen. *Oh, Sam. Wenn Sie nur sehen könnten, was hier los ist.*

Drei vergoldete Bilderrahmen lagen in verschiedenen Winkeln neben ihr auf dem Schreibtisch. Heute Nachmittag, wenn sie ihre anderen Pflichten erledigt hätte, würde sie Sams‘ Theologiediplome einrahmen. Sie hatte sie in einem Stoß mit Ordnern entdeckt, die sie aussortieren sollte, als der Interimspastor gekommen war. Seit Sam Tibbits weg war, war ihr etwas aufgefallen: Außer den Reihen mit C.S.-Lewis-Büchern und seiner zerfledderten Ausgabe der *Studienbibel* hatte er sich mit Erinnerungen aus seiner Gemeinde umgeben: ein Bild von Brendas und Joes Hochzeit, ein Zettel, auf dem ein Kind mit Wachsmalkreide geschrieben hatte: „Sie sind der Beste! Kelly“, ein Kreuz aus Ahornholz, das Ian Barker für ihn geschnitzt hatte, eine Krippe, die Dottie Graham gebastelt hatte.

Nichts im Raum verriet das große Wissen und die Bildung dieses Mannes. Stattdessen hatte er sich entschieden, sich mit Erinnerungen an die Menschen zu umgeben, die er liebte.

Mary hatte einen Blick auf die Diplome aus schwerem Bütten geworfen, die vergoldeten Prägebuchstaben, die verkündeten: ERFOLGREICH ABGESCHLOSSENES THEOLOGIESTUDIUM, DOKTOR DER THEOLOGIE, und dachte: *Wenn Sam eine Frau in seinem Leben hätte, würde sie dafür sorgen, dass diese Urkunden das Tageslicht sehen!*

Sie stand von ihrem Computer auf und spielte geistesabwesend mit dem Saum ihres Ärmels. Die Gemeinde kam ohne den Pastor ganz gut aus; darüber konnte sie sich nicht beklagen.

Die Predigten des Interimspastors lösten leidenschaftliche Diskussionen aus. Die Frauengruppe hatte ein intensives Bibelstudium begonnen. Harry Kraft hatte ein gebrauchtes Teleskop für die eBay-Aktion der Jugendgruppe gespendet.

Aber niemand hätte ihr vorhersagen können, wie sehr *sie* Sam Tibbits vermissen würde.

Sie ertappte sich dabei, dass sie aufblickte, wenn die Tür aufging, und hoffte, sein Gesicht zu sehen. Sie ertappte sich dabei, dass sie zu den verrücktesten Zeiten Mutmaßungen darüber anstellte, was er wohl gerade tat. Sie ertappte sich dabei, dass sie dachte: *Oh, das muss ich unbedingt Sam erzählen!*

Ihr Handy lag neben dem Schrank mit dem gelben Papier, das sie für die Rundbriefe verwendete. Während sie zum x-ten Mal nach dem Telefon griff und nach seiner Nummer suchte, fühlte Mary, wie ihre Wangen rot wurden. Sollte sie es wagen? Ach, es wäre bestimmt nicht gut, ihn zu stören! Sie lief rot an. Wenn jemand sie jetzt sah, würde er denken, sie hätte einen Feuerwerkskörper verschluckt.

Mary wählte die Nummer und drückte das Telefon an ihr Ohr. Zu spät ... sie wünschte fast, er würde nicht drangehen. Sie sagte sich ihr Sprüchlein vor, während sie auf das Klingeln am anderen Ende wartete. *Kein Rückruf nötig*, würde sie leichthin sagen. *Ich wollte Ihnen nur ein paar Neuigkeiten erzählen.* Das Herz blieb ihr im Halse stecken, als sie am anderen Ende ein Klicken hörte, gefolgt von einem dumpfen Dröhnen.

„Hallo?"

„Pastor Tibbits?"

„Mary? Sind Sie das?"

„Ja."

„Wie geht es Ihnen? Ist alles okay?"

„Alles ist bestens. Ich wollte ... Wo *sind* Sie? Sie hören sich an, als wären Sie in einer Autowaschanlage."

Sie hörte ihn lachen, bevor er ein wenig stolz erzählte: „Ich bin irgendwo im Norden von Nebraska." Sie hörte das Lächeln in seiner Stimme. „Wir haben uns entschieden heimzufahren."

„Oh." Mary sank auf ihren Stuhl zurück. „Sie hätten nicht drangehen sollen ... ich hätte nicht anrufen sollen ... Ich, ich wusste nicht, dass Sie gerade Auto fahren."

„Ist schon in Ordnung. Ich sitze nicht am Steuer. Schön, Sie zu hören! Bleiben Sie bitte dran!" Er wies jemanden an, sich an die Geschwindigkeitsbegrenzung zu halten und bei einer Tankstelle abzufahren. Sie hörte jemanden ein Fenster zumachen, dann war er wieder am Apparat. „Können Sie mich jetzt besser hören?"

„Ja", antwortete sie. „Danke."

„Mein Neffe fährt. Wir wechseln uns ab. Er macht sich gut als Chauffeur."

Sie fand, dass er anders, ruhiger, zufrieden klang. Sie drückte sich das Handy mit beiden Händen an den Kopf, hörte ihn ihren Namen sagen.

„Ich habe ... ich meine ... ich rufe an, weil ich Neuigkeiten habe."

„Ich hoffe, es sind gute Neuigkeiten!" Das klang, als würde er nichts anderes erwarten.

„Ihr Freund Kurt kommt jeden Sonntag zum Gottesdienst."

„Ich habe nicht ..." An ihrem Ohr dröhnten Geräusche, von denen keines von Sam Tibbits stammte.

„Sind Sie noch da, Pastor Tibbits? Hören Sie mich noch?"

„Wer hätte das gedacht!"

Ah, dachte Mary. Sie hatte das Richtige gemacht. Es war gut gewesen, ihm das zu erzählen. Wie sie die Ungläubigkeit in seiner Stimme genoss! „Das überrascht Sie, nicht wahr? Warten Sie nur, bis Sie alles andere hören. Ted und Mary Barker, Ians Eltern, haben die Geschichte gehört, wie Kurt seinen Hund verloren hat. Sie sind ins Tierheim gegangen und haben ihm einen neuen Hund geholt."

„Aber ... ein Hund", sagte er. „Kurt hat doch schon Mühe, sich um sich selbst zu kümmern ..."

„Sie sollten ihn sehen. Er hat einen braunen Flecken über einem Auge. Kurt hat ihm den Namen *Sofa* gegeben. Er sagt, er wollte schon immer ein Sofa haben. Kurt kommt weiterhin regelmäßig, hören Sie? Einige machen einen weiten Bogen um ihn, aber andere zeigen ihm, dass er willkommen ist. Die ganze Sache hat eine Eigendynamik entwickelt. Ted hat eine Stelle für ihn gefunden, das ist die andere Sache. Kurt stapelt jetzt im Tierheim Futterkisten und nimmt Spenden für die Tiere entgegen."

„Wer hätte das gedacht?", wiederholte Sam. Offenbar hatte er seinen Wortschatz verloren.

„Pastor Tibbits?", rief sie in die Leitung. „Ist das alles, was Sie zu sagen haben?"

„Oh, Mary", sagte er. „Es ist so viel passiert. Sie sind neben Brenda die Erste, die es erfährt. Lassen Sie Grant Ransom bitte wissen, dass ich morgen wieder in der Stadt bin, ja?"

*

Obwohl er offiziell keine Anstellung hatte, fand Sam jede Menge Arbeit vor, als er nach Hause kam. Er strich die Fassade von Brendas Haus. Er fuhr mit Kevin zu einem christlichen Rap-Konzert und ging danach mit ihm einen Hamburger essen, wobei sie sich lange über die Botschaft der Musiker unterhielten. Eines Abends zeigte er Kevin eines seiner alten Tagebücher, in denen er viel über Allie geschrieben hatte. Er erzählte seinem Neffen, wie sehr ihm das Schreiben geholfen hatte, alles zu überleben. Bevor Sam Brendas Haus verließ, wurde er mit einer Hip-Hop-Melodie belohnt, die aus dem Computer in Kevins Zimmer ertönte.

„*Vielen* Dank für den Lärm", sagte seine Schwester.

„Meine Rechnung für die Therapie kommt mit der Post", neckte er sie.

Als er die Tür einen Spaltbreit öffnete, um Kevin zu sagen, dass er ihn später sehen würde, war die Musik ohrenbetäubend laut. Kevin hatte den Kopf über seinen

Schreibtisch gebeugt und schrieb etwas auf ein zerknittertes Notenpapier.

Sam verbrachte einen Tag mit seinem Vater auf dem Golfplatz. Er verbrachte einen Tag im Tierheim, machte Kurt Mut und ließ Ginny Kurts neuen Hund Sofa beschnuppern. Und zehn Tage lang saß Sam jeden Nachmittag auf dem Korbstuhl im Zimmer seiner Mutter im Pflegeheim, wo er direkt aus dem Fenster auf den grünen Rasen schauen konnte.

Bei einem Besuch beschrieb er, wie Kevin am Strand entlanggelaufen war, die Drachenschnur in der Hand, und versucht hatte, den leuchtenden Drachen im Wind zu halten. An einem anderen Tag erzählte er ihr, dass das Motel verkauft worden war und dass ihr Lieblingsstrand mit Häusern verschiedener Größe und Formen zugebaut worden war. Er beschrieb ihr mindestens drei verschiedene Sonnenuntergänge. Eines Tages brachte er seine Gitarre mit und sang ihr etwas vor.

Während dieser ganzen Zeit saß seine Mutter ihm gegenüber auf dem Stuhl und lächelte ihn höflich an, so wie sie einen etwas lästigen Fremden anlächeln würde. Die Altenpflegerin kämmte ihr jeden Morgen die Haare, und im diffusen Sonnenlicht, das durch die zugezogenen Vorhänge fiel, leuchtete es wie gesponnenes Silber. Sam erzählte ihr eine Geschichte nach der anderen von Piddock Beach, während er sich selbst zwang, geduldig zu bleiben.

„Erinnerst du dich, wie die Seehunde sich immer auf den Felsen sonnten, Mama? Kevin entdeckte einen am Strand und wusste instinktiv, dass er nicht zu nahe an ihn herangehen durfte.“ Er erinnerte sie daran, wie gut Muscheln schmeckten, wenn sie in geschmolzene Butter getaucht wurden. Er beschrieb die Farbe des Wassers und den Geruch des Meeres.

Schließlich erhob er sich enttäuscht von seinem Stuhl und gab ihr einen Abschiedskuss auf die Wange.

Da fragte sie: „Erinnerst du dich, wie perfekt die Muscheln aussahen, Sam? So klein, mit so zarten Strichen wie Zuckerguss. Ach, wie waren diese Urlaube schön!"

*

Kevin zu beobachten, wie er Takte zählte und seine eigenen Lieder schuf, brachte Sam auf die Idee, wieder Tagebuch zu führen. Natürlich könnte er nicht einfach irgendwo da weiterschreiben, wo er vor langer Zeit aufgehört hatte. Er hatte neue Ideen und brauchte das richtige Buch dafür. Etwas aus Leder, mit Papier, das etwas aushielt, etwas, das sich gewichtig anfühlte, wenn er es in der Hand hatte.

Aus diesem Grund landete er schließlich in einem bestimmten Gang im Supermarkt und konnte sich zwischen den drei Büchern in seiner Hand nicht entscheiden. Er blickte auf, als er jemanden vor den Briefumschlägen auf der anderen Seite des Ganges etwas murmeln hörte.

„Mary."

Sie schob mehrere Stöße mit Druckerpapier in ihrem Wagen durch den Gang, eine Auswahl bunter Reißzwecken und einen elektrischen Bleistiftspitzer, der einer Raumsonde der NASA ähnelte.

„Wie geht es Ihnen?"

„Mir ginge es viel besser, wenn ich diese Briefumschläge mit Fenster finden könnte, die einen selbstklebenden Streifen auf der Klappe haben. Sie sehen sie nicht zufällig, oder?

Bei den vielen Briefen, die ich verschicken muss, will ich nicht alle anlecken."

„Ich muss immer an Florida denken, wenn ich Sie sehe, wussten Sie das?"

„Oh." Sie richtete sich auf und strich mit den Händen ihren Pullover über ihren Hüften glatt. „Danke, schätze ich."

Schweigen. Ihm fiel beim besten Willen nicht ein, was er sonst noch sagen sollte. Er, Sam Tibbits, zu dessen Beruf es gehörte, in jeder Lebenslage reden zu können.

Sie schob ihre Handtasche über ihre Schulter hoch. Die Leuchtstoffröhren über ihnen summten, und ein Lautsprecher dröhnte. Weiter vorn stopfte eine hektische Kassiererin Sachen in eine Plastiktüte.

„Ich habe Ihnen noch nicht für Ihren Anruf gedankt", sagte er. „An dem Tag, an dem Kevin und ich nach Hause fuhren."

„Oh", sagte sie und klang verunsichert. „Ich dachte, es wäre vielleicht nett, Sie anzurufen und Ihnen das zu erzählen."

„Sie haben mir Mut gemacht." Er blätterte in einem der Tagebücher in seiner Hand. „Ich wusste, dass ich zurückkommen sollte. Aber ich wusste nicht, was man hier davon halten würde. Ihre Worte haben mir Hoffnung gegeben."

„Gut." Sie klang erfreut. „Gern geschehen."

„Ich habe noch eine Frage."

„Ja?"

„Ja."

„Schießen Sie los."

„Ehrlich gesagt, ist es eine komische Frage." Sam merkte plötzlich, dass er nervös war. Vielleicht hätte er auf den richtigen Zeitpunkt warten sollen. Aber jetzt war es zu spät. „Es ist etwas, über das Sie vielleicht lachen."

„Vielleicht", ermutigte sie ihn. „Aber Sie könnten mich ja auf die Probe stellen."

„Versuchen die Leute in der Gemeinde bei Ihnen auch ständig, Sie zu verkuppeln?"

„Oh, ja, ständig!" Sie blickte zu Boden. „Sie hätten die Anrufe hören sollen, als Max Hanbury neu in unsere Kirche kam. Die Telefone standen nicht mehr still. Man ließ mir tagelang keine Ruhe."

So. Sam wählte das Tagebuch aus, das er wollte, und legte die anderen entschieden zurück ins Regal. „Max Hanbury, hm?"

„Ja." Als sie errötete, wurden sogar ihre Ohrenspitzen rot. „Ist das nicht witzig?"

„Ich habe mich gefragt ..." Sam betrachtete die Tesafilmrollen im Regal, als hätte er so etwas noch nie in seinem Leben gesehen. „... ob jemand schon einmal vorgeschlagen hat, dass Sie mit *mir* ausgehen könnten."

Sie schien sich plötzlich wieder brennend für die Briefumschläge zu interessieren.

„Was ich damit sagen will ... da ist nächsten Monat diese Oldtimer-Ausstellung. Ich würde gern für einen Tag hinfahren und dabei mehr von der Gegend sehen. Dafür hatte ich bis jetzt nie richtig Zeit. Ich habe mir überlegt, ob Sie vielleicht auch Lust dazu hätten. Mit mir, meine ich. Ich ... also, ich weiß, dass Max ein netter Kerl ist. Aber für Sie hätte ich an jemand anderen als an Max Hanbury gedacht."

Kapitel 24

Als das Handy klingelte und Sam Libby Krafts Stimme hörte, wusste er, dass mit ihrem Mann Harry etwas Furchtbares passiert sein musste. Libby hatte Mühe zu sprechen, als sie versuchte, ihm alles zu erklären.

„Es, es geht um Harry, Pastor Tibbits. Bitte helfen Sie uns. Wir brauchen Sie. Sofort. Können Sie kommen?"

„Libby." Er sprach mit ruhiger Stimme. Gleichzeitig begann er zu beten. *Sie brauchen das, was* du *ihnen geben kannst, Vater, nicht, was ich geben kann. Hilf mir, ein Werkzeug deines Friedens zu sein.* „Können Sie mir sagen, was passiert ist?"

„Er ist rückwärts aus der Ausfahrt gefahren. Er hat sich umgeschaut, und er sah niemanden. Er ... er wusste es doch nicht ..."

„Was ist passiert, Libby?" Sam spürte, wie sich ein Schraubstock um sein Herz legte, wusste, dass er sich in eine unmögliche Situation begab. „Wurde jemand verletzt?"

„Unser kleiner Philip ..."

Sam wollte das Herz stehen bleiben. Einen Moment konnte er das Kind nicht einordnen, von dem sie sprach. Die Worte blieben ihm im Halse stecken, als er begriff. Natürlich. Philip. Ihr vierjähriger Neffe. „Ist er ...?"

„Oh, Sam."

„Libby, lebt der Junge?"

Das erstickte Schluchzen am anderen Ende der Leitung

sagte ihm alles, was Libby nicht über die Lippen bringen konnte.

Der Schmerz um seinen Freund traf Sam wie ein Fausthieb. Er klemmte sich das Telefon unters Kinn und schlüpfte schnell in seine Jacke. Der Lederumschlag um die Bibel, die er sich schnappte, war abgenutzt und brüchig wie ein alter Schuh. Mit ganzer Kraft bat Sam seinen Herrn, da zu sein und der Familie beizustehen. Er wusste genau, wohin er gehörte.

*

Der Interimspastor von Covenant Heights, Jack Jensen, ging zu Philips Eltern, um ihnen in ihrer Trauer beizustehen. Er sagte der Mutter des kleinen Jungen, dass es vollkommen in Ordnung sei, wenn sie auf Gott wütend wäre. Er half dem Vater des Kindes, am Ende ihrer Auffahrt aus Kupferrohren und Zement ein Kreuz zu errichten. Er leitete außerdem am zweiten Abend eine Totenwache mit Kerzen für die Familien und Nachbarn, die etwas tun wollten, denen aber beim besten Willen nichts einfiel, was helfen würde.

Vier Straßen weiter saß Pastor Sam Tibbits bei den Krafts. Niemand kam, um in Harrys Auffahrt Kerzen anzuzünden oder Lieder zu singen oder zu weinen. Niemand brachte Lasagne oder selbstgebackene Kekse oder sagte: „Ich bin einfach nur gekommen, um dich zu umarmen."

Aber Libby und Harry waren in der dunkelsten Stunde ihres Lebens nicht allein. Sam saß bei ihnen. Sie weinten miteinander. Sie suchten miteinander in der Bibel nach Trost, als der Himmel sich verdunkelte und der Abend hereinbrach.

Kurz nach Mitternacht, in den frühen Morgenstunden, rief der Interimspastor Sam an. „Ich bin hier bei Philips Eltern“, erklärte Pastor Jensen. „*Sie* sind der Mann, der die Gemeinde in dieser Tragödie zusammenführen kann. Jeder, mit dem ich gesprochen habe, stimmt mir zu. Die Eltern hätten gern, dass Sie bei der Beerdigung ihres kleinen Jungen predigen.“

*

Wenn die Nachmittagssonne sich über die Hügel von Iowa legte, konnte man fast meinen, es wären Wellen. Sam lehnte sich an die Treppe der Kirche, den Kopf an den rauen Zement gelehnt. Seine Augen fühlten sich aufgrund des Schlafmangels an, als hätte jemand Sand hineingestreut.

Er hätte hundert bessere Gründe gewusst, auf die Kanzel zu steigen, als ausgerechnet diesen. Der Trauergottesdienst für den kleinen Philip würde jeden Augenblick beginnen. Sams Nerven lagen blank, als er in seinen Talar schlüpfte. Er hätte nie gedacht, dass er so nervös sein konnte! Er fuhr mit der Zunge über seinen Gaumen, der knochentrocken war.

Falls er gedacht hatte, er könnte mit einem nüchternen Gefühl wieder vor seine Gemeinde treten, hatte er sich schwer getäuscht. Sein Herz schlug wie wild in seiner Brust. Seine Kehle fühlte sich nicht so an, als würde sie jemals wieder Töne hervorbringen.

Ian Barker bewegte sich geschäftig um ihn herum und steckte ein Mikrofon an Sams Talar. Dann tippte er mit dem Finger auf das Mikrofon, um sicherzustellen, dass es eingeschaltet war. „Alles fertig.“

Danke, formulierte Sam mit den Lippen.

Er hüstelte, dann durchquerte er den Altarraum, trat vor und ergriff die Seiten der Kanzel. Als er die Gemeinde begrüßte, konnte Sam selbst hören, wie seine Stimme zitterte. Als er Philips Mutter nach Libbys Hand greifen sah, hatte er das Gefühl, sein Herz müsste vor Liebe zerspringen. Und als er anfing zu sprechen, beachtete er seine Notizen mit keinem einzigen Blick.

Sam sprach von tiefer Trauer, als er Harrys Blick auffing. Er sprach von einer Tragödie, von einem Kind, dessen Leben viel zu früh zu Ende gegangen war. Und dann von etwas, das keine Kosmologie oder Quantenphysik oder irgendeine andere Naturwissenschaft wegdiskutieren konnte: Er sprach von Vergebung. Wie ein Mensch einem anderen vergibt. Wie man sich selbst vergibt. Und wie Gott den Menschen vergibt und Wunden heilt, von denen man nicht gedacht hatte, dass sie jemals heilen könnten.

Kapitel 25

Als Mary in Covenant Heights ankam, sah sie, dass in dem Raum, in dem die Besprechung stattfinden würde, bereits die Lichter an waren. Sie eilte zum Büro und schnappte sich die Tagesordnung, die sie an diesem Tag getippt hatte. Als sie die Papiere zum Konferenzraum trug und vor jeden Platz eins auf den Tisch legte, drückte die feuchte Spätsommerluft wie eine schwere Hand auf ihre Lunge.

Die Mitglieder des Kirchenvorstands und die Diakone betraten zögernd das Zimmer, als hätten sie Angst, ihnen könnte eine hässliche Szene bevorstehen. David Hawthorne umklammerte seinen Stuhl, als wäre er auf dem Jahrmarkt und warte darauf, dass die Achterbahn losfährt. John McKinley las seine Tagesordnung mit unangemessener Faszination. Grant Ransom stemmte beide Hände auf die Tischplatte und setzte sich schwer an seinen Platz. Seine Blicke schossen von Davids Oberlippe zu Johns Krawatte und zu Marys Hinterkopf.

„Die Sitzung ist eröffnet", sagte Grant, der irgendwie krank aussah. Mary begann, handschriftliche Notizen für das Protokoll zu machen. Mit kratzenden Geräuschen brachte ihr Füller Buchstaben zu Papier. *Was hier passiert, liegt in der Hand des Herrn und nicht in meiner.* Trotz ihrer äußeren Ruhe hatte sie das Gefühl, der Boden würde unter ihr weggezogen und sie würde jeden Augenblick 20 Meter tief fallen.

Die Gruppe saß stocksteif da, während die Tagesordnung verlesen wurde. Es gab keine Anmerkungen zum Bericht des Schatzmeisters. Niemand regte sich, als die Geschäftspunkte durchgegangen wurden. Niemand runzelte die Stirn. Niemand trommelte mit dem Fuß oder fuhr sich mit den Fingern durch die Haare.

„Nächster Punkt der Tagesordnung", sagte Grant und starrte auf seine Notizen, „ist die Frage der Wiedereinsetzung von Pastor Samuel Tibbits." Niemand sagte einen Ton. Sie warteten auf Grant, wollten hören, was er vielleicht zu sagen hätte.

Mary legte ihren Stift weg, da sie sicher war, dass Grant sonst das Zittern in ihrer Hand sehen würde. Abgesehen von einem scharfen und vielleicht zu eiligen Blick auf den Mann, der ihr gegenübersaß, verriet sie sich nicht.

David Hawthorne nahm sein Wasserglas und trank etwas. Nach einem extrem lauten Schlucken sagte er: „Vor drei Tagen hätte ich euch noch gesagt, dass Grant unserem Pastor eine Entschuldigung schuldet. Aber jetzt glaube ich, das war falsch gedacht."

Nein! Mary blätterte auf die nächste Seite ihres Notizblocks und starrte auf die linierten Zeilen, ohne etwas zu sehen. *Bitte öffne ihnen doch die Augen.*

„Ich glaube, die Schuld liegt nicht nur bei Grant." David spreizte die Finger. „Ich glaube, wir alle tragen einen Teil der Schuld."

Grants Hand schlug auf die Tagesordnung. „Jetzt mach aber mal halblang! Wir waren uns alle einig, dass Sam die Pause brauchte."

„Ja." John beugte sich vor. „Aber unsere Gründe dafür waren nicht unbedingt richtig."

David betrachtete seinen Daumennagel. „Pastoren können sich manchmal dadurch Feinde schaffen, dass sie treu ihre Pflichten erfüllen. Und eine dieser Pflichten ist es, die Gemeinde zu mehr Nächstenliebe anzuhalten. Sam hat das getan. Und wie haben wir es ihm gedankt?"

Grant schob sich vom Tisch zurück. John hielt eine Hand hoch, um ihn zurückzuhalten. „Ich gebe zu, dass Pastor Tibbits einen Urlaub gut brauchen konnte. Aber wir haben ihm keine Wahl gelassen. Wenn wir auf Gott gehört hätten, wenn wir einfach geschaut hätten, wie Jesus gelebt hat und was er von uns will, wäre das Ganze vielleicht weniger ... kontrovers gewesen."

„Vielleicht auch nicht", vermutete David.

Das Schweigen erstreckte sich über mehrere Sekunden.

„Wenn ihr glaubt, ich wäre derjenige, der sich entschuldigen sollte", sagte Grant – seine Stimme war etwas heiser –, „müsst ihr euch noch etwas anderes überlegen. Ich bin nicht bereit, das Geld aus der Stiftung in dieser Gemeinde zu lassen, wenn es hier zu politischen Umwälzungen kommt. Und es wird zu Umwälzungen kommen, wenn dieser Obdachlose weiterhin zu den Gottesdiensten erscheint. Ich kann das Geld auch gut an anderen Stellen spenden, vielleicht in einer anderen Gemeinde ..."

Davids Mund war vor Anspannung ganz schmal geworden.

Mary wollte etwas sagen, konnte aber nicht.

John schob in einer missbilligenden Geste das Kinn vor. Er streckte die Hände mit den Handflächen nach oben aus. „Wir sind *alle* verantwortlich für das Wohl des Mannes, der für uns arbeitet. Er ist gestärkt zurückgekommen, und bei Philips Beerdigung hat er uns in sein Herz blicken lassen. Sam ist ein Mann Gottes, das ist er immer gewesen, und was er mit den Obdachlosen vorhat, ist gut. Ich sehe keinen Grund, warum wir nicht wie geplant vorgehen und ihn wieder mit offenen Armen aufnehmen sollten."

Grant stammelte: „Ich glaube, ihr habt nicht zugehört, was ich gesagt habe."

„Wenn du gehen willst, Grant, dann können wir dich nicht aufhalten." John ließ sich in keinster Weise beirren. „Gott ruft Menschen in diese Gemeinde. Alle Arten von Menschen. Und ich habe vor, sie hier willkommen zu heißen, wenn sie kommen. Ungewaschen. Unvollkommen. Genauso, wie wir alle sind."

„Wenn Sie gehen, wird Pastor Tibbits das sicher bedauern", sagte Mary zu ihrer eigenen Überraschung. „Er achtet Sie als Gemeindeleiter und liebt Sie als einen Freund."

„Es tut mir leid, dass es so weit gekommen ist", sagte Grant.

Er verließ den Raum, ohne noch etwas zu sagen.

Kapitel 26

Der Brief landete zwischen den Seiten eines Katalogs im Briefkasten von Covenant Heights. Er lag unter einer defekten Glühbirne und einem Stapel monatlicher Gemeindebriefe, die wegen einer Adressänderung zurückgeschickt worden waren.

Mary kam erst nach 17.00 Uhr dazu, die Post durchzusehen. Sie legte die Rechnungen in das Fach des Schatzmeisters und stapelte die Gemeindebriefe neben ihrem Computer, um morgen die neuen Adressen einzugeben. Den Katalog warf sie in den Papierkorb.

Kurz bevor sie so weit war, ihren Computer auszuschalten und die Lichter zu löschen, hob sie ihren Kaffeebecher und trank einen letzten Schluck Tee.

Während sie daran nippte, fiel ihr Blick zufällig auf den Boden. Etwas stach ihr ins Auge. Ein Umschlag war unter ihren Schreibtisch gefallen. Sie hob ihn auf und las den Absender. *Hm. Niemand Bekanntes.* Jemand aus Portland.

Der Umschlag war kühl in ihren Händen, hellblau und edel, wie ein Leinenstoff. Er war an Sam adressiert, aber das konnte alles bedeuten. Mary schlitzte ihn auf.

Sie las die erste Zeile und die zweite. Sie las die Unterschrift. Dann nahm sie das Telefon und rief Sam zu Hause an.

„Ich glaube, Sie sollten ins Büro kommen. Ich weiß, dass Sie offiziell noch nicht zurück sind, aber ich habe etwas, das Sie bestimmt sehen wollen.“

*

Sam hielt ihr die Hand hin, und Mary legte ihm den Brief in die Hand. Er betrachtete den Absender, den Poststempel, die hübsche Briefmarke mit dem Bild von einem Schiff. Als er die Handschrift auf dem Umschlag sah, erkannte er sie sofort. Allies Schrift hatte sich nicht verändert, seit sie ein junges Mädchen gewesen war.

Lieber Sam,

ich denke, Du weißt, wie viel es mir bedeutet hat, Dich wiederzusehen. Ich wollte Dir nicht schreiben, und falls ich den Mut aufbringe, diesen Brief tatsächlich abzuschicken, brauchst Du mir nicht zu antworten. Ich werde nicht auf einen Brief von Dir warten. Hoffentlich ist es okay, dass ich an Deine Kirchenadresse schreibe. Das war die einzige Adresse, die ich finden konnte.

Gary ist letzte Woche aus der Klinik heimgekommen. Du hättest sehen sollen, wie die Kinder sich gefreut haben. Billy wollte überhaupt nicht von seinem Schoß herunter, und Hannah hat ihm ihren Elefant gegeben. Kannst Du Dir das vorstellen? Nach dem ganzen Geld, das ich ausgegeben habe, um das Tier durch zwei Bundesstaaten zu schicken, gibt sie ihn einfach so ihrem Vater! Er überlegte, wie er ihn ihr zurückgeben könnte, und dann schaute er mich an. Wir verstanden uns so gut, dass ich nur nicken musste. Er schaute Hannah an und dankte ihr und sagte, dass er ihn immer behalten werde.

Kinder können manchmal so viel klüger sein als Erwachsene.

Ich schreibe Dir hauptsächlich, um Dir zu sagen, dass Gary nach Hause gekommen ist, und um mich bei Dir dafür zu bedanken, dass Du für uns betest. Ich weiß, dass ein weiter Weg vor uns liegt, aber ich habe das Gefühl, etwas, das stärker ist als ich selbst, hat mir die Kraft gegeben weiterzumachen.

Ich ging gestern Abend ärgerlich ins Schlafzimmer, weil Gary vergessen hatte, mir eine Nachricht von Mias Schule auszurichten, und ganz plötzlich hielt mir etwas den Mund zu, und ich konnte nichts sagen. Ganz plötzlich wusste ich, was ich sagen sollte. Es kam mir ganz leicht über die Lippen! Etwas, an das ich nicht einmal gedacht hatte. „Gary", sagte ich, „du sollst wissen, wie stolz ich auf dich bin. Du sollst wissen, dass ich den Menschen bewundere, zu dem du dich in den letzten zwei Monaten entwickelt hast. Du sollst wissen, dass ich zu dir halte und dir helfen will, dass dieser Mensch so stark wie möglich wird." Er sagte: „Ich habe so sehr darauf gewartet, dass Du so etwas sagst, seit ich nach Hause gekommen bin." Dann sagte er: „Ich muss nur wissen, dass du neben mir stehst, Allie. Du brauchst mir nicht zu helfen, stärker zu werden. Dafür bin ich selbst verantwortlich. Ich will kein Mann sein, der nur von dir nimmt und nichts zurückgibt. So will ich nicht weiterleben."

Bis dahin wusste ich nicht, wie dringend nötig ich es hatte, das zu hören.

Eines Tages werde ich Gary vielleicht von unserer gemeinsamen Zeit erzählen. Vielleicht auch nicht. Ich werde darüber beten. Ich wollte nur, dass Du weißt, wie viel es mir bedeutet hat, Dich wiederzusehen, Sam. Die Zeit am Meer hat mein Leben verändert. Ich bin überzeugt, dass all das mit meinem Mann nie so gekommen wäre, wenn

Du mir nicht den Weg zum Herzen des himmlischen Vaters gezeigt hättest.

Ich werde Dich nie vergessen, Sam. Ich werde oft an Dich denken. Ich werde mich gern an Dich erinnern.

Wie immer
Deine Allie

Kapitel 27

Sams Berufung zum Pastor war ein Augenblick gewesen, den er viel eher *gefühlt* hatte, als dass er später darüber sprechen konnte. Während er auf der Leiter vor dem Haus seiner Schwester stand und sich den Hals verrenkte, um die Wand über dem Garagentor ein zweites Mal zu streichen, erinnerte er sich genau an den Studenten, der in dem knarrenden Bett in seinem Studentenwohnheim lag und die Decke anstarrte. Der Mühe hatte zu atmen. Der sich an die Worte erinnerte, die er früher in seinem Geist gehört hatte.

„Du bist berufen, denen Speise zu geben, die ich liebe."

In jener längst vergangenen Nacht hatte er nicht schlafen können. Er war aus dem Bett gesprungen und hatte das Licht eingeschaltet. Sein Zimmerkamerad hatte gestöhnt: „Sam, was machst du denn? Kann das nicht bis morgen früh warten?"

„Nein", hatte er beharrt. Er hatte seinen Schrank durchwühlt. Seine Schuhe waren mit einem dumpfen Schlag hinter ihm gelandet, sein Highschool-Jahrbuch flatterte auf den Boden, der Haufen schmutzige Kleidung endete in einem Wirrwarr mitten im Zimmer. Dann hatte er es in der Hand: das Buch mit blauem Ledereinband mit seinem Namen in kleinen, goldenen Buchstaben darauf: SAMUEL JAMES TIBBITS.

Der Einband löste sich von der Bibel, denn er hatte sie einmal mitgenommen, um am Strand darin zu lesen.

Ein Gemeindebrief fiel heraus, und er sah das Datum, an dem er das letzte Mal mit einem Freund in der Kirchenbank Galgenmännchen gespielt hatte. Unglaublich, dass er das alles so auf die leichte Schulter hatte nehmen können!

Er begann zu blättern, versuchte, die Bibelstelle zu finden. *Er.* Sam Tibbits. Der in der dritten Klasse in der Sonntagsschule nie Belohnungsaufkleber bekommen hatte, weil er immer vergaß, die Verse auswendig zu lernen, die sie als Hausaufgabe aufbekommen hatten. Er vermutete, wenn er die Seite fände, die er suchte, würde das wahrscheinlich nichts bedeuten. Aber er irrte sich. Als er sie fand, starrte er die Seite an. Er las die Worte noch mal und noch mal.

Und geh in das Land, das ich dir zeigen werde.

Als er diese Bibelstelle vor so langer Zeit gelesen hatte, hatte etwas in Sam Tibbits angefangen zu fliegen. Die Worte schienen sich zu bewegen und auf der Seite zu leuchten. Sie wurden lebendig und persönlich und legten sich um sein Herz.

Das waren die Tage gewesen, in denen er voller strahlender Hoffnung gelebt hatte, sich gleichzeitig unzureichend und ängstlich gefühlt hatte und fest geglaubt hatte, dass sein himmlischer Vater ihm den Weg bereiten würde; die Tage, in denen er von einer herrlichen Strömung mitgerissen worden war, von etwas, das nicht aus ihm selbst heraus kam.

Er begriff jetzt so vieles, weil der Vater es ihm gezeigt hatte.

Diejenigen, die sich von ihrer ersten Liebe entfernt haben, sollen zu ihr umkehren. Wo ist der Segen, von dem sie früher gesprochen haben?

„Danke, Vater. Oh, danke, dass du mich nicht aufgegeben hast“, flüsterte Sam, während er den Pinsel hochhielt.

Was ist Heilung, wenn du nicht die Absicht hast, die Kranken zu besuchen? Wozu brauchst du Liebe, wenn du dich von anderen distanzierst? Was ist eine Gabe vom Herrn, wenn du sie nur für dich selbst horten willst?

Er war wieder angekommen. In dem Land, das der Vater ihm gezeigt hatte.

*

Sam steht am Wegrand und genießt den Anblick der Ahornblätter. Sie schaukeln verspielt an den Zweigen über seinem Kopf. Der Himmel ist so blau, dass ihm davon fast schwindelig wird.

Die Hitze hat das Gras verfärbt, bis es die gleiche Farbe angenommen hat wie Ginnys Fell. Die Hündin ist heute aufgeregt. Wenn sie auf die Ahornblätter tritt, knistern sie unter ihren Füßen. Sie erinnert sich nicht daran, dass sie im letzten Jahr gern in den Blätterhaufen gespielt hat. Sie springt entsetzt zur Seite, und Sam lacht darüber, dass sie immer wieder vergisst, was jede neue Jahreszeit mit sich bringt.

Noch drei Monate, dann muss sich der verrückte Hund an den Schnee erinnern.

Sam hat nicht erwartet, dass so viele Gemeindemitglieder so weit fahren würden, um das Oldtimer-Treffen mitten im tiefsten Farmland von Iowa zu besuchen. Die Gegend zu erkunden ist etwas, wozu er sich früher nie die Zeit genommen hat. Die Herbstsonne übergießt die rasan-

ten Rundungen der alten Autos mit einem goldenen Licht. Überall, wohin er sich wendet, sieht er jemanden, den er kennt.

Er und Mary sitzen im Gras und essen Eis. John McKinley erwischt ihn mit dem Mund voller Bananen-Walnuss-Eis. „Gut, dass du wieder das Ruder übernimmst, Sam." John klopft ihm herzlich auf den Rücken.

Als sie in einem Geschäft mit Spitze aus der alten Welt stöbern, winkt Dottie Graham von der anderen Seite des Ganges. Ihre Augen wandern vielsagend von Mary zu ihm und wieder zu Mary. Sie hält ein Spitzendeckchen hoch und (als würde das Deckchen irgendwie ihre Stimme dämpfen!) flüstert dahinter ihrer Freundin zu: „Sind sie nicht wirklich ein schönes Paar?"

Kevin ist natürlich von den Autos fasziniert. Die meisten von ihnen sind auf Hochglanz poliert, ihre Stoßstangen funkeln so, dass man jemandem, der sich auf einem anderen Hügel verirrt hat, Lichtzeichen geben könnte. Auf den Schildern in ihren Fenstern steht: NICHT BERÜHREN. Mittendrin steht ein Cadillac-Cabrio aus den 1960er Jahren, schwarz und weiß lackiert und mit roten Ledersitzen, in dem kein solches Schild hängt. Kevin saß schon dreimal in diesem Auto.

Sam hat von Allie seit ihrem Brief nichts mehr gehört, und er weiß, dass er auch nie wieder etwas von ihr hören wird. Sie wird immer ein Teil von ihm sein, denn die Liebe zu ihr hat ihm geholfen, der zu werden, der er ist. Von ihr hat er gelernt, Venusmuscheln auszugraben. Von ihr hat er gelernt, dass es tatsächlich Liebe gibt, die nie aufhört. Dass Liebe nicht immer stirbt und dass Liebe manchmal stärker wird, wenn sie sich verändert.

Manchmal, wenn der Wind auffrischt, glaubt er fast, er

rieche salzige Meeresluft. Er bildet sich ein, er könne das Meer hören.

Dann denkt er an Allie.

Er weiß, dass er nicht zurückschauen wird. Er wird nach vorne gehen und sich immer mehr auf sein eigenes Leben konzentrieren.

Sam fragt Mary nicht oft, was sie von ihnen beiden als Paar hält. Es war leicht, in der Hitze des Spätsommers ihre neu erwachende Freundschaft ruhig anzugehen, weil er in dieser Zeit noch im Urlaub war. Sobald er wieder in sein Büro geht, gleich am Dienstagmorgen, wird ihn die ganze Gemeinde mit Ratschlägen überhäufen wie eine große Familie. Er und Mary werden sich viele Meinungen anhören müssen, ob sie wollen oder nicht.

Sam steht schon zu lange bei den Ahornbäumen und träumt. Er hört Mary seinen Namen rufen. Sie ist bei der Möbelausstellung und steht neben einem riesigen, handgemachten Sessel.

Ein Stand mit Zuckerwatte fällt ihm ins Auge. Er kämpft mit Ginnys Leine, während er versucht, das Kleingeld aus seiner Hosentasche zu kramen. Obwohl Mary mit den Händen abwehrt, kauft er ihr trotzdem einen ganzen Strauß. Nicht einfach eine Portion Zuckerwatte für seine Freundin – absolut undenkbar! Sie haben Orange. Und Pink. Und Blau. Toll! Früher gab es so etwas nicht. Sie muss alle Farben haben. Denn so ist Mary. Sie strahlt, sie ist farbenfroh. Wie hatte ihm das nur so viele Jahre entgehen können?

Manchmal fängt Sam einen Blick von ihr auf, wenn sie beide zusammen sind, ein Funkeln, das seine eigene Seele widerzuspiegeln scheint. Es fällt ihm leicht, wegen Mary zu beten, die Meinung des Herrn über das, was er fühlt, einzuholen, Gott sein Herz hinzuhalten und um seine Führung zu beten. Heute fragt er Mary ganz behutsam: „Was würdest du dazu sagen, wenn wir anfingen, über unsere Zukunft nachzudenken?" Er könnte noch hinzufügen: „Weil ich nämlich damit fertig bin, über meine Vergangenheit nachzudenken." Aber das sagt er nicht.

Sie lacht. „Nur, wenn du mich deine Gefriertruhe ausräumen lässt." Sie stemmt die Hände in die Hüften wie ein Drillsergeant, ihre Fingernägel leuchten fröhlich rot, ihr Lächeln erhellt seinen Tag. „Ich habe in meinem ganzen Leben noch nie so viele Auflaufformen mit Telefonnummern drauf gesehen. Von nun an stellt niemand mehr Aufläufe in deine Gefriertruhe außer mir!"

Sam lacht auch, legt den Arm um sie und zieht sie zu sich heran. Er ist jetzt sicher, dass sie die Frau ist, die Gott in sein Leben geschickt hat.

Über ihnen ziehen die Wolken in Richtung Westen. Bald werden sie die Berge überqueren. Und schließlich werden sie über das Meer schweben.